# LOB FÜR TAMMY L. GRACE

»Ich hatte geplant, früh zu Bett zu gehen, aber ich konnte dieses Buch nicht aus der Hand legen, bis ich es gegen 3 Uhr morgens beendet hatte. Wie ihre anderen Bücher zeichnet sich auch dieses durch faszinierende Charaktere und eine Handlung aus, die das wahre Leben auf die beste Weise nachahmt. Meine Empfehlung: Es ist an der Zeit, alle Bücher von Tammy L. Grace zu lesen.«

– *Carolyn, Rezension von Beach Haven*

»Dieses Buch ist eine saubere, einfache Romanze mit einer Hintergrundgeschichte, die den Werken von Debbie Macomber sehr ähnlich ist. Wenn Sie Macombers Bücher mögen, werden Sie auch dieses mögen. Eine Urlaubsgeschichte voller Hunde, Urlaubsspaß und der Freude am Schenken wird Ihr Herz erwärmen.«

– *Avid Mystery Reader, Rezension von A Season for Hope: A Christmas Novella*

»Dieses Buch war genauso bezaubernd wie die anderen. Harte Zeiten mit der Liebe einer besonderen Gruppe von Freunden. Ich empfehle die Serie als Pflichtlektüre. Ich habe jeden spannenden Moment geliebt. Eine neue Autorin für mich. Sie ist fabelhaft.«

*– Maggie! Rezension von Pieces of Home: Ein Hometown-Harbor-Roman (Buch 4)*

»Tammy ist eine erstaunliche Autorin, sie erinnert mich an Debbie Macomber … Entzückend, herzerwärmend … einfach bodenständig.«

*– Plee, Rezension von A Promise of Home: Ein Hometown-Harbor-Roman (Buch 3)*

»Dies war ein unterhaltsamer und entspannender Roman. Tammy Grace hat eine einfache, aber fesselnde Art, den Leser in das Leben ihrer Figuren zu ziehen. Es war ein Vergnügen, eine Geschichte zu lesen, die nicht auf theatralische Tricks, unrealistische Ereignisse oder heiße Sexszenen angewiesen war, um die Seiten zu füllen. Ihre Charaktere und die Handlung waren stark genug, um das Interesse des Lesers zu halten.«

*– MrsQ125, Rezension zu Finding Home: Ein Hometown-Harbor-Roman (Buch 1)*

»Dies ist eine wunderschön geschriebene Geschichte über Verlust, Trauer, Vergebung und Heilung. Ich glaube, jeder kann sich mit den hier geschilderten Situationen und Gefühlen identifizieren. Es ist eine Lektüre, die einen noch lange nach dem Ende des Buches begleiten wird.«

»Mörderische Musik ist ein kluger und gut durchdachter Krimi. Die lebendigen und farbenfrohen Charaktere glänzen, während die Autorin nach und nach ihre verborgenen Geheimnisse enthüllt – eine fesselnde Lektüre, die einem das Wasser im Munde zusammenlaufen lässt.«



»Ich konnte dieses Buch nicht aus der Hand legen! Es war so gut geschrieben und eine spannende Lektüre! Dies ist definitiv eine 5-Sterne-Geschichte! Ich hoffe, dass es eine Fortsetzung geben wird!«



»Dies ist das bisher beste Buch dieser Autorin. Die Handlung war gut durchdacht mit einem unerwarteten Ende. Ich versuche gerne, vorauszuspringen und zu sehen, ob ich das Ergebnis richtig erraten kann. Ich war in der Lage, einen Teil der Handlung vorherzusagen, aber nicht die tatsächlichen Details, was das Lesen der letzten Kapitel sehr fesselnd machte.«

# TÖDLICHE VERBINDUNG: DIE HOCH GELOBTE DETEKTIVSERIE MIT UNMENGEN AN TWISTS

# TÖDLICHE VERBINDUNG: DIE HOCH GELOBTE DETEKTIVSERIE MIT UNMENGEN AN TWISTS

---

## DETECTIVE COOPER HARRINGTON BUCH 2

### TAMMY L. GRACE

LONE MOUNTAIN PRESS

Tödliche Verbindung
Ein Roman von
Tammy L. Grace

*Tödliche Verbindung* ist ein Werk der Fiktion. Namen, Charaktere, Orte und Begebenheiten sind entweder Produkte der Fantasie des Autors oder werden fiktiv verwendet. Jegliche Ähnlichkeit mit tatsächlichen Ereignissen, Orten, Einrichtungen oder Personen, ob lebend oder tot, ist rein zufällig.



www.tammylgrace.com

Facebook: https://www.facebook.com/tammylgrace.books

Twitter: @TammyLGrace

Umschlag von Elizabeth Mackey Graphic Design

Gedruckt in den Vereinigten Staaten von Amerika

ISBN: 9781945591488 (eBook) 9781945591532 (paperback)

One Forgettable Christmas: A Hometown Christmas Novella

Christmas Sisters: Soul Sisters at Cedar Mountain Lodge

Christmas Wishes: Soul Sisters at Cedar Mountain Lodge

Christmas Surprises: Soul Sisters at Cedar Mountain Lodge

Christmas Shelter: Soul Sisters at Cedar Mountain Lodge

**Glass-Beaches-Cottage-Reihe**

Beach Haven

Moonlight Beach

Beach Dreams

**The-Wishing-Tree-Reihe**

The Wishing Tree

Wish Again

Overdue Wishes

**Sisters-of-the-Heart-Reihe**

Greetings from Lavender Valley

Pathway to Lavender Valley

**Bücher von Casey Wilson:**

A Dog's Hope

A Dog's Chance

*In liebevoller Erinnerung an meine Großeltern Karl und Ruthe*

# KAPITEL EINS

Callie wartete an der Rezeption, bis die ernst dreinblickende Frau ihr Gespräch beendet hatte. Sie trug Handschuhe, während sie die Hände aneinander rieb und aus dem Fenster des sechsten Stocks blickte, in dem sich das Refugium des Richters Reese Hunt befand. Der leichte Regen, durch den sie auf dem Weg vom Büro gegangen war, prasselte nun heftig gegen die Fenster, von denen man einen Blick auf den grauen Cumberland River hatte. Callie fröstelte, als sie an den kalten Weg zurück zu ihrem Auto dachte, das vor der Anwaltskanzlei von Brandon King parkte. Dies war das dritte Mal an diesem Tag, dass sie zum Gericht musste. Die Verkehrs- und Parkplatzsituation war schon früher am Tag ein Fiasko gewesen, sodass sie beschlossen hatte, nicht mit dem Auto zu fahren, weil sie dachte, zu Fuß ginge es schneller, aber jetzt wünschte sie sich, sie hätte sich die Zeit genommen.

Callie hörte, wie die Empfangsdame ihr Gespräch beendete, und versuchte, ihren Blick zu erhaschen, als sich ein Fahrradkurier dem Schalter näherte. Wasserperlen tanzten auf seiner reflektierenden Jacke und seine Schuhe quietschten auf dem polierten Boden. »Hallo, Miss Sadie«, sagte der junge Mann fröhlich.

Sadies strenges Gesicht wurde weicher, als sie sich ihre Lesebrille auf die Nase setzte und einen Stapel Akten von der Theke nahm. »Bitte sehr, Billy. Bleib trocken da draußen.«

Er warf einen Blick auf die Etiketten und erfasste sie mit einem tragbaren Scanner, bevor er sie in einen Schutzumschlag in seiner Tasche steckte. »Wir sehen uns morgen.« Er drehte sich um und nickte Callie zu. »Einen schönen Tag noch, Miss.«

Der Hauch von Sanftheit verschwand und verwandelte Sadies Gesicht in das der strengen Hüterin des Empfangstresens. »Wie kann ich Ihnen helfen?«

Callie unterdrückte den Drang, Sadie zu fragen, ob sie sich nicht an sie erinnerte, da sie in dieser Woche schon mehrmals hier gewesen war, aber stattdessen beschwor sie ihre höfliche Stimme herauf. Callie erklärte, sie käme von Brandon Kings Büro, und Sadie zog ein Paket aus Aktenordnern aus einem Fach. Callie unterzeichnete und verstaute die Akten in ihrer übergroßen Tragetasche. »Danke, Sadie. Ich wünsche Ihnen einen schönen Abend«, sagte sie, als sie zur Tür ging. »Eines Tages wird sie sich an meinen Namen erinnern«, murmelte Callie, als sie die Tür hinter sich schloss.

Nur widerwillig verließ sie den warmen Schutz des Gebäudes und eilte auf den Bürgersteig. Als sie das Büro erreichte, war sie völlig durchnässt, kalt und schlecht gelaunt. Da es kurz vor fünf Uhr war, verwarf sie die Idee, noch den Weg bis ins Gebäude zu stapfen, sondern warf ihre Tasche auf den Beifahrersitz des Autos. Sie drehte die Heizung auf und sah zu, wie die Scheibenwischer das Wasser von der Windschutzscheibe wischten, während sie sich in ihren Mantel kuschelte.

Die warme Luft ließ ihre Zehen und Finger auftauen. Sie betrachtete ihr schlaffes Haar im Rückspiegel und schüttelte den Kopf. Mit voll aufgedrehtem Gebläse fuhr sie nach Hause. Für die drei Meilen bis zu ihrem Haus in der Nähe von Green Hills brauchte sie dreißig Minuten, denn der Regen bescherte viel Verkehr. Sie lenkte ihr Auto unter den Carport und schleppte die Tasche die Treppe hinauf. Trockene Blätter schwebten über den Gehweg, während ein frischer, kalter Luftzug seinen Weg in den Schal um ihren Hals fand. Wärme empfing sie, als sie die Tür öffnete. Nachdem sie sich ihrer Schuhe und ihres Mantels entledigt hatte, ging sie in ihr Schlafzimmer und zog ihren wärmsten Schlafanzug an.

Sie stellte ein paar Reste in die Mikrowelle und schaltete mit der Fernbedienung ihren Lieblingssender ein – immerhin war sie ein Nachrichtenjunkie und hatte ihn bei der Arbeit und zu Hause immer eingeschaltet. Sie fand das unaufhörliche Summen der Stimmen im Hintergrund beruhigend. Obwohl Weihnachten nur noch wenige Wochen entfernt war, hatte sie keinen Baum und keine Dekoration. Sie hatte vor, die Feiertage bei ihrer Familie in Virginia zu verbringen, und nicht die Energie, sich mit der Aufgabe des Schmückens zu beschäftigen. Ihr winziges Häuschen in einer ruhigen Straße war komfortabel und gemütlich, aber weit entfernt von dem, was sie als Unterkunft gewohnt war. Sie bereitete ihr Essen zu und kuschelte sich in ihren Sessel, um fernzusehen.

Callie sehnte sich nach einem prasselnden Feuer, musste sich aber mit der kratzigen Decke begnügen, die ihre Mutter ihr geschenkt hatte. Callie wusste, dass sie ihr Leben verpfuscht hatte und ein Neuanfang in Nashville ihre beste

Hoffnung auf eine Zukunft war. Es waren erst drei kurze Monate seit ihrem Umzug vergangen, aber sie machte schon Fortschritte. Sie war eine vierzigjährige Kanzleimitarbeiterin, was besser war, als gar nichts zu haben. Statt Partnerin in einem großen Büro zu sein, saß sie in einem neben Kindern, die gerade die Uni beendet hatten. Aber sie war froh, einen Job zu haben. Hätten ihre Eltern keine Beziehungen gehabt, hätte sie froh sein können, einen Job in einem Supermarkt zu bekommen. Sie rollte die Schultern und drehte den Nacken, um den unaufhörlichen Krampf zu vertreiben, der sich dort verfestigt hatte.

Um sich von der Einsamkeit des ruhigen Hauses abzulenken, überflog sie das Mitteilungsblatt der Nachbarschaft. Im Vordergrund standen Artikel über Feiertage, Mülleinsätze und Sicherheitstipps. In der Rubrik für Haustiere waren sowohl verlorene und gefundene Tiere als auch solche, die zum Verkauf standen, aufgeführt. Sie stieß ein leises »Ohh!« aus, als sie die Fotos der Welpengesichter studierte. »Wenn ich einen Hund hätte, würde ich mich nicht so einsam fühlen.« Sie schüttelte den Gedanken ab, weil ihr klar wurde, wie ungerecht es wäre, den Hund den ganzen Tag allein zu lassen.

Nachdem sie ihr Geschirr in den Geschirrspüler geräumt hatte, nahm sie ihre Tasche und holte die Akten heraus, die sie im Gericht abgeholt hatte. Sie sah die Papiere durch und machte sich eine Liste mit Notizen für morgen. Sie musste eine Klageerwiderung vorbereiten und wollte Mr. King beeindrucken.

Schließlich war sie fertig und drehte die Lautstärke auf, um die Spätausgabe der Lokalnachrichten zu sehen. Sie ordnete gerade die Akten, als sie einen dünnen Manila-Umschlag in dem Bündel bemerkte. Das Etikett des Kurierdienstes hatte sich von dem Umschlag gelöst und klebte auf der Rückseite der Akte, sodass die beiden Umschläge miteinander verbunden waren. Sie versuchte, das Etikett abzuziehen, um die Akte zu lösen, und riss dabei den Umschlag auf. »Verdammt!«, murmelte sie.

Sie stellte fest, dass es sich um einen einfachen Umschlag ohne die Absenderadresse des Justizgebäudes AA Birch handelte. Er war an H. Featherstone an eine Adresse in der Innenstadt adressiert. Sie wusste nicht, was sie mit dem zerfledderten Umschlag anfangen sollte, und wollte sich nicht mit dem Gericht anlegen. Sie eilte ins andere Zimmer und fand einen Manila-Umschlag. Sie adressierte ihn, wobei sie darauf achtete, die einfache Handschrift des Originalumschlags zu kopieren. Es gab keine Möglichkeit, das gesamte Versandetikett zu retten.

Im Fernsehen lief eine Nachrichtensendung, und sie hörte dem Nachrichtensprecher zu, der über einen tödlichen Unfall mit Fahrerflucht in der Innenstadt berichtete. Sie wurde hellhörig, als sie hörte, dass es sich bei dem Opfer um einen Fahrradkurier namens William Corey handelte, der bei all seinen Kunden als »Billy« bekannt war. Der Besitzer des Fahrradkurierdienstes wurde interviewt und konnte sich kaum beruhigen, als er davon sprach, was für ein netter junger Mann Billy gewesen war.

Callie hielt sich die Hand an den Hals, als sie ein Foto von Billy sah, auf dem er lächelnd in seiner Uniform zu sehen war, wie sie ihn noch vor wenigen Stunden gesehen hatte. Die Polizei ermittelte und bat jeden, der Hinweise geben konnte, sich zu melden.

Obwohl Callie Billy nicht besser kannte, als es ihr die Begegnung mit ihm bei Gericht möglich gewesen war, fühlte sie einen Kloß im Hals und Trauer um den jungen Mann und seine Familie. Sie machte sich wieder daran, den Inhalt des zerrissenen Umschlags in den neuen Umschlag zu legen.

Als sie die Papiere hervorholte, wurde ihre Neugier geweckt. Sie hatte nicht die Absicht, zu schnüffeln, aber sie konnte nicht umhin, zu bemerken, dass der Umschlag mehrere Fotos eines Mannes enthielt, der in den Fünfzigern zu sein schien. Einige Fotos waren aus der Nähe, andere aus einiger Entfernung vor einem Haus aufgenommen. Zu den Fotos gehörte ein maschinengeschriebenes Blatt mit dem Namen »Avery Logan« und einer Adresse in Nashville am oberen Rand der Seite. Unter Averys Namen befand sich eine Liste mit weiteren Namen von Personen mit dem Nachnamen Logan und Fotos von zwei Fahrzeugen. Auf der folgenden Seite waren Daten und Uhrzeiten sowie verschiedene Orte in Nashville angegeben.

Ihre Stirn legte sich in Falten, als sie die Liste und die Fotos noch einmal durchging. »Das ist seltsam.« Sie entfernte einen Teil des losen Etiketts von dem ursprünglichen Umschlag und klebte es auf den neuen. »Ich sollte das zurück in das Büro von Richter Hunt bringen.« Sie zuckte mit den Schultern und sah sich die Adresse noch einmal an. »Oder ich könnte es morgen selbst abliefern. Es ist nicht weit vom Büro entfernt.« Sie bewunderte ihre Arbeit und verglich die Handschrift ein weiteres Mal. »Sieht genauso aus.« Callie kratzte die Reste des Botenetiketts von ihrer Akte und stopfte den neuen Umschlag und den zerrissenen in ihre Tasche.

Sie schaltete den Fernseher aus, ging ins Bett und fühlte sich schuldig, weil sie heute Abend nicht zu ihrem Meeting gegangen war. Sie besuchte regelmäßig die Treffen der Anonymen Alkoholiker, um ihr Leben wieder in den Griff zu bekommen. Zu den Abendmeetings in Belle Meade ging sie gern. Da morgen Abend die Spendenaktion im Vanderbilt stattfand, würde sie zu einem Meeting am Mittag in der Stadt gehen müssen oder riskieren, zwei Meetings auszulassen. Sie schlug auf ihr Kissen und richtete ihren Kopf neu aus. »Ich werde morgen in die Stadt fahren. Ich brauche das Meeting, um die Party zu überstehen.«

Sobald sie es sich im Bett bequem gemacht hatte, fuhr sie hoch und erinnerte sich an ihr Telefon. Sie war so aufgeregt gewesen, als sie nach Hause gekommen war, dass sie vergessen hatte, es aufzuladen, und den ganzen Abend nicht darauf geschaut hatte. Sie schüttelte den Kopf, als sie drei verpasste Anrufe von ihrem Ex-Freund Ollie sah. Er versuchte schon seit ein paar Wochen, sie zu erreichen, und sie ignorierte ihn. Ihre Augen leuchteten auf, als sie eine SMS von Annabelle sah, die sie an die Spendenaktion erinnerte und ihr schrieb, dass sie sich auf den Abend freute.

Annabelle, oder AB, wie sie von den meisten ihrer Freunde genannt wurde, war immer für Callie da gewesen, und ihre Freundschaft war eines der besten Dinge, seit sie wieder in Nashville war. Callie hatte die College-Freundschaft, die sich zwischen den beiden entwickelt hatte, wieder aufleben lassen, und AB akzeptierte sie ohne Vorbehalt. Callie hatte AB von dem Desaster erzählt, das sie aus ihrem Leben und ihrer Karriere in Virginia gemacht hatte, und AB hatte sie nie verurteilt. Sie war eine wahre und treue Freundin. Die beiden Frauen trafen sich alle paar Wochen, seit Callie zurückgekehrt war. Obwohl Callie schon seit Jahren keine Beziehung mehr zu AB gehabt hatte, machte sie sie Callie nie ein schlechtes Gewissen. Sie empfing sie mit offenen Armen und stellte kaum Fragen.

Annabelle arbeitete für Coop Harrington, einen Anwalt und Privatdetektiv. Die drei hatten zusammen an der Vanderbilt studiert. Callie hatte sich Sorgen gemacht, dass AB ihre Misserfolge mit Coop teilen könnte, aber AB versicherte ihr, dass sie ihre Gespräche vertraulich behandelte. Callie vertraute ihr und wusste, dass AB ihre

Geheimnisse hütete. Callie tippte eine kurze Antwort und ein fröhliches Emoji ein, bevor sie das Telefon zum Aufladen für die Nacht einsteckte.

---

Am Freitagmorgen stand Callie zu spät auf. Sie beeilte sich, um rechtzeitig im Büro zu sein, und verwarf die Idee, den Umschlag auf dem Weg zur Arbeit abzuliefern. Eine Verspätung könnte ihren Job gefährden, und das wollte sie nicht riskieren. Sie nahm die Aktenordner von Richter Hunt aus ihrer Tasche und ließ den Umschlag zurück, um ihn später abzugeben. Sie schmuggelte den zerrissenen Umschlag in den Kopierraum und ließ ihn durch den Schredder laufen. Anstatt zu schlafen, hatte sie die Dunkelheit der letzten Nacht genutzt, um über ihre beste Vorgehensweise nachzudenken. Sie kam zu dem Schluss, dass es besser wäre, den Umschlag dem Empfänger zu übergeben und die Sache damit zu erledigen. Sie hatte vor, sich so unauffällig wie möglich zu verhalten, und wollte im Gerichtsgebäude keine Aufmerksamkeit auf sich ziehen.

Sie trank einen Schluck Kaffee, schaltete die Nachrichten ein und begann mit der Arbeit an der Klageerwiderung. Gegen elf Uhr war sie mit dem endgültigen Entwurf fertig und schickte ihn per E-Mail an Mr. Kings Assistenten. Sie hatte gerade noch genug Zeit, um zu dem um halb zwölf stattfindenden Meeting ein paar Straßen weiter zu gelangen. Diesmal entschied sie sich für das Auto, da es immer noch regnete und die Kirche über einen großen Parkplatz verfügte.

Sie warf etwas Geld in die Sammelbüchse und nahm sich ein Sandwich vom Tablett. Obwohl sie erst ein paar Mal zu diesem Treffen gekommen war, fand sie die Möglichkeit für ein schnelles Mittagessen praktisch. Als mehrere Redner über ihren Weg zur Nüchternheit und die Kämpfe, die sie durchmachten, sprachen, hörte Callie aufmerksam zu. Ein Teil der Anspannung in ihrer Brust löste sich, und als sie den anderen zuhörte, gerieten ihre eigenen Probleme in den Hintergrund. In den Meetings wurde sie immer ruhig und gelassen. Die Teilnahme an einem Treffen gab ihr ein Gefühl der Erfüllung, und sie war froh, dass sie sich heute die Zeit dafür genommen hatte.

Sie fühlte sich kraftlos und konzentrierte sich darauf, die Energie aufzubringen, die sie brauchen würde, um die Veranstaltung heute Abend ohne Alkohol zu überstehen. Sie war auch drogensüchtig gewesen, aber nach Drogen sehnte sie nicht wie nach einem Drink. Die Drogen hatten sie in die zerstörerischste Zeit ihres Lebens geführt. Sie hatte Geld aus der Anwaltskanzlei gestohlen, um ihre Sucht zu stillen, mit dem festen Willen, das Geld zurückzugeben, was sie aber nie getan hatte. Ihre Eltern hatten ihr geholfen und das gesamte Geld zurückgezahlt, und die Kanzlei hatte sich bereiterklärt, die Angelegenheit vertraulich zu behandeln, wenn sie still und leise ginge. Sie war auf dem Weg zu einer Seniorpartnerschaft gewesen und hatte ihre Karriere zerstört. Nun war sie nicht ganz ein Jahr nüchtern und kämpfte immer noch.

Es war keine Zeit mehr, den Umschlag abzugeben und ins Büro zurückzukehren, bevor ihre Mittagspause zu Ende war, also versteckte sie ihn in ihrer Tasche, die im Aktenschrank ihres Arbeitsplatzes lag. Ihr Schreibtisch befand sich zwar in einem abgetrennten Bereich eines Großraumbüros, aber es war kein billiger Callcenter-Arbeitsbereich. Ihr Platz war komfortabel und ziemlich groß, mit hohen Wänden für mehr Privatsphäre und mit einem Fernseher ausgestattet. Ihr Schreibtisch befand sich an der Stirnseite und bot einen Blick aus dem Fenster. Sie war gerade dabei, ihren Mantel zu verstauen, als sie im Fernsehen den Namen Avery Logan hörte. Sie wandte ihre Aufmerksamkeit dem Bildschirm zu, auf dem die Moderatorin eine aktuelle Mordermittlung über den Tod eines Einwohners von Nashville, nämlich Avery Logan, schilderte. Er war am frühen Freitagmorgen erschossen in einem Park aufgefunden worden.

Callie schnappte nach Luft, als sie sich die News weiter ansah. Sie war versucht, den Umschlag hervorzuholen, aber sie kannte den Namen, ohne die Papiere darin zu überprüfen – es war Avery Logan. Das Sandwich, das sie gerade gegessen hatte, fühlte sich wie eine Bleikugel in ihrem Magen an. Sie schluckte schwer und betete, dass ihr Mittagessen an Ort und Stelle bliebe. Sie sah sich um, aber niemand schenkte ihr oder den Nachrichten Aufmerksamkeit. Sie ging in die Küche, um sich ein kaltes Getränk zu holen, und brachte es zurück an ihren Schreibtisch.

Auf ihrem Stuhl sackte sie zusammen, ihre Hände zitterten, als sie überlegte, was sie tun sollte. Sie überlegte, ob sie mit Mr. King sprechen sollte, aber dann überlegte sie es sich anders. Sie wollte keine negative Aufmerksamkeit auf sich lenken. Es war schon schlimm genug, dass sie ihn und seine Assistentin letzte Woche in einer kompromittierenden Stellung erwischt hatte. Sie wusste, dass die beiden jeweils verheiratet waren. In ihrem aufgeregten Zustand war sie aus dem Zimmer gestolpert. Keiner der beiden hatte Callie auf den Vorfall angesprochen, und es war ihr recht, so zu tun, als wäre es nie passiert. Dies war ihre letzte Chance auf eine Anwaltskarriere, und sie hatte nicht vor, sich in eine Affäre am Arbeitsplatz oder etwas anderes einzumischen. Sie hatte weder AB noch irgendjemandem auf der Arbeit erzählt, was sie gesehen hatte, nur ihrer Sponsorin bei den AA.

Sie erledigte noch ein paar Aufgaben und starrte dann auf den Fernseher, als in der Vorschau der Abendnachrichten ein Foto von Avery Logan gezeigt wurde. Sie verschluckte sich an ihrem Getränk, als sie das gleiche Gesicht wie auf den Fotos im Umschlag sah, das auf dem Bildschirm erschien.

Sie trommelte mit den Fingern auf ihrem Schreibtisch und prüfte ihre E-Mails. Eine Nachricht von ihrem Chef, in der er ihr mitteilte, dass er ihre großartige Arbeit an der Klageerwiderung, die sie verfasst hatte, zu schätzen wusste, hob ihre Laune, aber nur für einen Moment. Um sich vom Fernseher abzulenken, blätterte sie in ihrem Kalender und sah die Benefizveranstaltung in der juristischen Bibliothek der Vanderbilt.

Das war die Idee. Sie würde heute Abend mit AB sprechen und einen Termin bei Coop vereinbaren. Er war ein Genie in der Schule gewesen, und soweit sie wusste, war er ein erfolgreicher Detektiv und Anwalt. Wenn er nur halb so begabt war, wie AB sagte, würde er es herausfinden und wissen, was zu tun war.

Ihr Telefon vibrierte auf ihrem Schreibtisch. Sie warf einen Blick auf das Display und spürte, wie sich Spannung in ihren Schultern aufbaute. Eine SMS von Ollie, der sie anflehte, ihn anzurufen. »Das kann ich jetzt wirklich nicht gebrauchen«, flüsterte sie, als sie die Nachricht löschte.

Am Freitagmorgen saß Coop auf seinem Lieblingsplatz bei *Peg's Pancakes* gegenüber von seinem besten Freund und Chief of Detectives Ben Mason. Sie trafen sich seit zwanzig Jahren jeden Freitag zum Frühstück, nachdem sie sich in der Schule an der Vanderbilt kennengelernt hatten. Obwohl sie sich vom Aussehen her nicht unähnlicher sein könnten – Ben war klein, stämmig und hatte eine Glatze, Coop war groß und schlaksig und hatte volles dunkles Haar – standen sie sich näher als Brüder. Sie unterhielten sich über die aktuelle Kriminalitätslage in Nashville, wobei Ben sich auf die Fahrerflucht von Billy, dem Fahrradkurier, konzentrierte.

»Also, noch keine Hinweise?«, fragte Coop.

Ben schüttelte den Kopf und stellte seine Kaffeetasse ab, um Platz für Myrtles Essen zu machen. Sie stellte jedem von ihnen zwei große Teller vor die Nase. »Alles aufessen! Darf es dann noch etwas sein für meine beiden Lieblingsmänner?«

Coop lächelte. »Sieht köstlich aus. Nur noch die Bestellung von AB, bevor wir gehen.«

Myrtle lächelte und drehte sich um, um die Kaffeekanne zu holen. Sie füllte die Tassen wieder auf und sagte: »Ich würde das süße Mädchen niemals vergessen. Ich bin gleich mit der Schachtel zurück.«

»Keine Spuren. Die Kameraaufnahmen lassen auf einen schwarzen Geländewagen schließen, kein Nummernschild, nichts, woran man den Fahrer erkennen könnte, und dunkle Scheiben. Wir versuchen, alles zu verbessern, aber durch den Regen und die Reflexion der Scheinwerfer ist die Qualität schrecklich.«

Coop schüttelte den Kopf. »Eine rundum tragische Situation. Er schien ein netter Junge zu sein.«

Ben nickte, während er sich ein Stück Pfannkuchen in den Mund stopfte. »Niemand hatte etwas Negatives über ihn zu sagen. Ich kann mir allerdings nicht erklären, warum das Auto nicht angehalten hat. Schnelles Wegfahren ist nicht gerade hilfreich, wenn man einen Mann angefahren hat.«

»Fahrradkurier ist ein harter Broterwerb. Und gefährlich.«

»Ja, ich würde nicht durch den Verkehr in der Innenstadt radeln wollen. Wir haben seine Umhängetasche einen Block entfernt gefunden. Die Papiere lagen verstreut herum. Die Firma hat einen Anfall deswegen. Sie machen viele Geschäfte mit Anwälten und wollen sicherstellen, dass der ganze Papierkram gesammelt wird und sie ihre Kunden kontaktieren können. Es ist eine Sauerei.«

Myrtle kam mit der Rechnung und einer Schachtel zurück, die sie vor Coop abstellte. »Bitte sehr!«

Bens Telefon klingelte, er wischte sich den Sirup vom Mund und ging ran. »Verstanden. Ich bin in ein paar

Minuten da.« Er legte auf und nahm einen Schluck von seinem Kaffee.

»Musst du los?«

Ben nickte. »Mord in Bells Bend. Ein Mann wurde beim Joggen erschossen.«

»Noch ein Grund, warum ich keinen Sport mag«, sagte Coop und blähte seine Brust auf, damit Ben einen Blick auf sein T-Shirt des Tages werfen konnte. Darauf stand: *Sport ist Mord!*

Ben schmunzelte und schüttelte den Kopf. Er warf ein paar Scheine auf den Tisch. »Diese Woche bin ich dran. Gib AB eine Umarmung von mir.«

»Wir sehen uns später.« Coop winkte, als Ben aus der Kabine glitt.

Myrtle kam an den Tisch und stieß einen Seufzer aus. »Der arme Mann kommt nie in den Genuss einer vollständigen Mahlzeit.« Sie füllte Coops Tasse. »Es gibt heute zu viele Rowdys auf der Welt.«

»Es hat einen Mord gegeben. Er musste weg.« Er schob das Geld und der Rechnung zu Myrtle. »Behalte den Rest!«

Sie strahlte und verstaute das Geld in ihrer Schürzentasche. »Ich sehe euch Jungs nächste Woche.«

Coop nahm die Schachtel und trank noch einen Schluck aus seiner Tasse, bevor er durch die Glastüren ging, die wegen der Feiertage mit Stechpalmen und Beeren geschmückt waren. Er sprang in den Jeep und Gus hob den Kopf, um an der Schachtel zu schnuppern.

»Das ist nichts für dich, Großer.« Coop streichelte den Kopf des Golden Retrievers, woraufhin der Hund wie wild mit dem Schwanz wedelte.

Er fuhr die paar Blocks zu *Harrington and Associates* und parkte hinter dem renovierten dreistöckigen Haus, das ihm als Büro diente. Gus sprang aus dem Jeep und wartete an der

Hintertür. Coop drehte den Türgriff und der Hund rannte über den Holzboden, seine Pfoten nass vom Regen.

Coop fand AB an ihrem Schreibtisch und gab ihr das Frühstück. Er beugte sich zu ihr und umarmte sie einarmig. »Das ist von Ben.«

Sie zuckte überrascht zusammen und lachte dann. »Wie geht es unserem Lieblingspolizisten an diesem schönen verregneten Morgen?«

»Viel zu tun. Er arbeitet an der Fahrerflucht in der Innenstadt mit dem Fahrradtypen und bekam gerade einen Anruf wegen eines Mordes in Bells Bend.«

Sie öffnete ihre Schachtel und betrachtete die mit Himbeeren gefüllten Pfannkuchen, die mit noch mehr Himbeerkompott und frischer Schlagsahne belegt waren. »Armer Ben.« Sie beugte sich über das Frühstück und stöhnte. »Das ist zum Sterben gut. Danke für das Frühstück.«

»Nur ein weiterer Vorteil, wenn man die beste Anwaltsgehilfin in Tennessee ist.« Er schenkte ihr ein verlegenes Grinsen. »Diese Woche war Ben an der Reihe.« Er sah, dass Gus sich unter ABs Schreibtisch positioniert hatte, nur sein Schwanz lugte hervor. Der Hund wusste, dass er mit einem Leckerbissen von seiner besten Freundin rechnen konnte. Sie kicherte, als sie einen weiteren Bissen hineinstopfte. »Ich habe den Kids eine Auszeit gegeben. Sie versuchen, für die Abschlussprüfungen nächste Woche zu lernen.« Sie warf einen Blick in das leere Büro, in dem normalerweise zwei Praktikanten von der Vanderbilt saßen.

»Was steht heute auf dem Programm?«

»Nicht viel. Ich muss noch ein paar Berichte fertigstellen, die du unterschreiben musst. Um diese Jahreszeit ist es immer ruhig. Wir sind auf dem Laufenden, es sei denn, es kommt etwas Neues herein. Das ist auch gut so, denn an Weihnachten haben wir zwei Wochen lang geschlossen.«

»Es wäre gut, wenn wir mehr Arbeit bekämen. Es sind noch ein paar Wochen, bevor wir schließen, und müssen Rechnungen bezahlen.«

»Madison und Ross arbeiten noch immer an dem Fall der Unternehmenssicherheit. Sie sollten die Analyse nächste Woche abschließen.« Sie gab Gus ein Stück Pfannkuchen. »Ich werde ein paar Anrufe bei unseren Stammkunden tätigen und etwas auftreiben, das uns beschäftigt.« Sie nahm einen letzten Bissen des Pfannkuchens und reichte Gus einen, bevor sie den Deckel der Schachtel schloss. »Ich nehme an, du wirst deinen Vater nicht überreden, zu Weihnachten zu kommen, weil er gerade erst zu Thanksgiving hier war, oder?«

»Daraus wird nichts. Ich habe es versucht, aber er sagte, er habe genug davon, durch die Gegend zu fliegen.«

»Aber er hatte Spaß, nicht wahr?«

Coop grinste. »Er hat sich gut amüsiert. Tante Camille auch. Sie liebt es, sich um ihn zu kümmern. Es fiel ihr schwer, als er wieder ging. Sie vermisst Onkel John so sehr, und Dad hat die Lücke bewundernswert gefüllt.«

»Wird er Weihnachten mit deinem Bruder verbringen?«

Er nickte. »Ja, er wird Spaß mit all den Kindern haben. Ich bin nicht so attraktiv wie sie.«

Er blickte aus dem Fenster und sah in den Regen. »Tante Camille hat einige ihrer verwitweten und alleinstehenden Freunde eingeladen, dieses Jahr mit uns zu feiern. Schade, dass du verreist. Du könntest meine Flügelfrau sein. Man fühlt sich jung, wenn man von Tante Camille und ihren Freundinnen umgeben ist.«

Sie lachte. »Das würde ich gerne tun, wenn ich nicht auf die Bahamas fliegen würde. Ich kann immer noch nicht glauben, dass die ganze Familie dieses Jahr einem exotischen Urlaub zugestimmt hat, anstatt wie sonst Weihnachten zu feiern. Ich freue mich darauf, an einen sonnigen Strand zu fahren.«

»Du wirst eine tolle Zeit haben. Ich bin neidisch. Vielleicht sollte ich auf die Bahamas mitkommen.« Er grinste, als er zurück in die Küche ging, um sich die erste von vielen Tassen Kaffee zu holen. Der war jetzt koffeinfrei, nachdem der Arzt ihm den vor ein paar Monaten verordnet hatte. Ganz zu schweigen davon, dass seine Schüssel mit M&Ms auf eine kleine Tüte pro Woche reduziert worden war. Es war die Hölle, alt zu werden.

Er schlurfte zurück durch ABs Bereich und ging in sein Büro. Er ließ sich auf seinem Stuhl nieder. Er liebte die Ziegel, das Holz und die dunkelgrünen Farben. Annabelle hatte ein Feuer im Kamin angezündet, und er genoss die Wärme. Wenn er in Onkel Johns altem Büro war, fühlte sich Coop immer wohl. Er vermisste seinen Onkel, und mit einem Anflug von Bedauern wusste er, dass Tante Camille nicht die Einzige war, die es in den Ferien schwer haben würde.

Er und AB verbrachten den Tag damit, den anstehenden Papierkram zu erledigen, und er veranlasste einen Backgroundcheck für einen ihrer Stammkunden. Er sah sich die Debitorenakte auf seinem Computer an und machte sich ein paar Notizen. Er erwartete die Zahlungen bis zum Jahresende, hatte aber einige neue Kunden und wollte sie daran erinnern.

Er und AB teilten sich einen Salat, den sie zum Mittagessen mitgebracht hatte. »Ich werde heute Nachmittag etwas früher gehen, wenn das okay ist?«, fragte sie.

»Klar, heute Abend ist doch die alljährliche Feier der Frauen der Vanderbilt Law, oder?«

Sie lächelte. »Ja, in der juristischen Bibliothek. Es ist eine Wohltätigkeitsveranstaltung, aber ich denke, es wird unterhaltsam sein. Callie kommt auch. Es ist ihre erste Veranstaltung mit uns, seit sie zurück ist. Sie ist ein bisschen aufgeregt.«

Coop nickte, während er mehr Dressing auf seinen Teller schaufelte. »Verständlich. Du hast nicht viel über sie erzählt, aber es ist klar, dass etwas passiert ist. Man gibt nicht die Position eines Partners in einer der ältesten Kanzleien in Virginia auf, um Mitarbeiterin bei King zu werden, es sei denn, es gibt ein größeres Problem.«

Sie aß weiter und sagte kein Wort. Er starrte sie weiter an, während er kaute. Sie starrte zurück. »Wenn du dich für Callies Karriere interessierst, musst du sie selbst fragen.«

»Ich sag's ja nur. Man muss kein Raketenwissenschaftler sein, um das festzustellen.« Er brachte seinen Teller zur Spüle. »Ich habe Callie immer gemocht. Es tut mir leid, dass sie eine schwere Zeit hat. Es kann nicht einfach sein, mit ihrer Familie.«

»Sie sind definitiv in der Branche verwurzelt. Wenn du kein Anwalt, Richter, Abgeordneter oder Gouverneur bist, verleugnen sie dich, glaube ich.«

»Fällt es ihr schwer, sich wieder einzuleben?«

Sie nickte. »Ich denke schon. Sie ist es gewohnt, von ihrer Familie und allem, was luxuriös ist, umgeben zu sein. Das Familienanwesen in McLean ist mehr als extravagant. Ich glaube, es ist größer als das Haus von Tante Camille. Obwohl sie hier zur Schule gegangen ist, hat sie immer in Virginia gelebt. Du weißt, wie es ist, von zu Hause weg zu sein.«

»Ja, aber ich hatte Onkel John und Tante Camille. Von dir und Ben ganz zu schweigen.«

»Ganz genau. Sie muss sich einen Freundeskreis aufbauen. Wir gehen alle paar Wochen nach der Arbeit aus, aber sie trifft sich mit niemandem außer mir. Vielleicht kann ich sie zu einem Abend mit dir, Ben und Jen überreden.«

»Gute Idee. Du bist eine wahre Freundin, AB. Das einzige Mädchen, das ich kenne, das nicht in Versuchung gerät, zu tratschen. Selbst wenn ich dich herausfordere.« Er wackelte mit den Augenbrauen und brachte ihren leeren Teller zur Spüle.

»Ich bin immun gegen deine Provokationen. Ich weiß, wie du arbeitest, Coop. Ich werde Callies Vertrauen nicht missbrauchen. Ich weiß auch, dass du klug genug bist, um herauszufinden, dass etwas Schlimmes passiert ist. Aber es ist nicht meine Geschichte, die ich erzählen muss.«

Er trocknete die Teller ab und legte seinen Arm um ihre Schulter. »Du bist ein guter Mensch, AB. Und jetzt raus hier und viel Spaß auf der Party.«

Sie gab Gus einen kräftigen Kuss und packte ihre Sachen zusammen. Coop sah zu, wie sie in ihrem leuchtend grünen Käfer davonfuhr, der an einen tropischen Gecko erinnerte.

---

Das Motto für die Veranstaltung *Frauen der Vanderbilt Law* verlangte nach einem gewissen Protz. Die Kommilitonen wurden gebeten, sich im Stil alter Hollywood-Glamour-Schauspielerinnen zu kleiden. Callies Erziehung und Lebensstil hatten sie schon oft dazu gebracht, ausgefallene Kleider zu tragen, und sie war glücklich, ihre Kollektion mit AB zu teilen. Grace Kelly diente AB als Inspiration, und in Anlehnung an sie wählte AB ein wunderschönes fließendes, trägerloses, weißes Chiffonkleid, wie es die Schauspielerin in *To Catch a Thief* trug. Sie war eine der Ersten, die in der

Bibliothek eintraf, und nachdem sie ihren Mantel abgegeben hatte, wartete sie in der Lobby auf Callie.

Callie erschien ganz im Zeichen von Audrey Hepburn und trug ein ikonisches schwarzes Satinkleid mit Handschuhen und einer umwerfenden Halskette. Sie trug sogar ein Diadem, nachdem sie ihr Haar im Audrey-Stil frisiert hatte. Callie wurde mit einer Umarmung von ihrer Freundin begrüßt, sobald sie durch die Tür kam.

»Tut mir leid, ich bin ein bisschen spät dran. Ich bin zwar heute Abend ein paar Minuten früher aus dem Büro gekommen, aber das Haar hat ewig gedauert.« Sie fügte nicht hinzu, dass sie die zusätzliche Zeit genutzt hatte, um in die Stadt zu fahren und zu versuchen, den Umschlag abzuliefern.

Callie versuchte, sich zu entspannen und das Hämmern in ihrer Brust zu beruhigen, aber in ihrem Kopf spielte sich immer wieder ab, was passiert war, als sie die Arbeit verlassen hatte. Nachdem sie frustriert im Kreis gefahren war, um einen Parkplatz zu finden, hatte sie aufgegeben und ein paar Blocks von der Adresse auf dem Umschlag entfernt am Hilton geparkt. Sie hatte sich beeilt, zu der Adresse zu gelangen, und war enttäuscht, als sie vor dem verdunkelten Schaufenster einer Post gestanden hatte. Sie hatte die Adresse auf dem Umschlag noch einmal überprüft und gesehen, dass hinter dem Straßennamen eine Nummer stand, von der sie annahm, dass sie zu einem der privaten Postfächer gehörte, die sie an der Wand sehen konnte. Es gab einen rund um die Uhr geöffneten Zugang zu den Postfächern, für den man jedoch einen Schlüssel brauchte.

Sie hatte schwer ein- und ausgeatmet. »So ein Mist!« Verärgert hatte sie festgestellt, dass der Laden am Wochenende geschlossen war. »Das kann doch nicht wahr sein«, hatte sie zähneknirschend gemurmelt, während sie die

Straße in Richtung Hilton hinuntergeeilt war. Dann war sie durch die Straßen gerast und hatte versucht, die Zeit aufzuholen und nach Hause zu kommen, um sich für die Party umzuziehen.

Aus diesem Grund befand sich der gefürchtete Umschlag noch immer in ihrer Reisetasche.

»Kein Problem! Da drüben werden die Mäntel durchleuchtet«, sagte AB und deutete auf eine offene Tür. Callie starrte geschockt durch den Raum. Sie reagierte nicht, also legte AB ihre Hand auf ihre Schulter. »Callie, geht es dir gut? Ich sagte, du kannst deinen Mantel dort drüben durchreichen.«

Der Klang von ABs Stimme und die Berührung ihrer Finger holten Callie in die Realität zurück. Sie blinzelte einige Male und konzentrierte sich wieder auf ABs Gesicht. »Tut mir leid, ich hasse es, zu hetzen.« Sie zog ihren flauschigen Umhang aus und reichte ihn der jungen Frau.

»Soll ich deine Tasche halten?«, schlug sie vor und betrachtete die große Tasche, die Callie in der Hand hielt.

»Äh, schon okay. Ich brauche ein paar Dinge darin.« Sie nahm ihr Ticket und steckte es in die Innentasche ihrer Tasche.

Die kleine perlenbesetzte Abendtasche, die AB trug, sah viel glamouröser aus als die abgenutzte Ledertasche, aber Callie würde den Umschlag nicht aus den Augen lassen. Sobald sie aufblickte, nachdem sie das Ticket verstaut hatte, war sie von mehreren Frauen umringt, die sie noch aus ihrer Zeit an der juristischen Fakultät kannte. Sie trugen Namensschilder, sodass es ihr nicht schwerfiel, sich an sie zu erinnern. Nachdem sie einige Minuten geplaudert hatte, machte sie sich auf den Weg zum Anmeldetisch und nahm ihr eigenes Namensschild in die Hand.

Sie und AB mischten sich unter eine kleine Gruppe, und

AB war so freundlich, Club-Limonade von der Bar zu holen. Callie lächelte, als sie zurückkam. »Danke, dass du mir bei meinem alkoholfreien Getränk Gesellschaft leistest.«

Sie sahen sich die Tische der stillen Auktion an und boten auf einige Dinge. Die Frauen amüsierten sich prächtig und bewunderten all die anderen Kleider und die Vielfalt der zu versteigernden Gegenstände. Aus den Augenwinkeln sah AB eine Frau auf sich zukommen. »Nicht hinsehen, aber Trixie hat uns gesehen.«

Callie stieß einen Seufzer aus und AB spürte die Anspannung, die sie zu vertreiben versuchte. »Ich hatte gehofft, sie würde nicht hier auftauchen.«

»Mein Gott, wenn das nicht Calista und Annabelle sind, wie sie leiben und leben. Ich habe euch schon seit Jahren nicht mehr zusammen gesehen.«

»Callie ist gerade wieder in die Stadt gezogen, und ich freue mich sehr darüber«, sagte AB und reichte Trixie die Hand. Wie es der Zufall wollte, trug Trixie ein ähnliches Kleid wie Callie und tat ihr Bestes, um Audrey Hepburn darzustellen, was ihr aber nicht gelang.

»Wie wundervoll!«, sagte Trixie, wobei die Süße von ihren Worten tropfte wie Sirup von einem Stapel von Pegs Pfannkuchen. »Ich nehme an, du vergeudest deine Talente immer noch in unserer Lieblingsprivatdetektei, Annabelle?«

»Ja, Coop und ich sind immer noch fleißig dabei.«

»Nun, nachdem ich Chandler geheiratet habe, besteht er darauf, dass ich zu Hause bleibe, und Daddy hat zugestimmt, mich gehen zu lassen. Chandler ist Partner in Daddys Firma, weißt du?« Sie nahm einen Schluck von ihrem Getränk und tat so, als ob sie überrascht wäre. »Es scheint, als hätten Calista und ich den gleichen Geschmack bei Männern wie bei Hollywood-Diven. Oje, Calista, ich hoffe, du wusstest, dass ich Chandler geheiratet habe. Ich muss dir nicht sagen, was für ein wunderbarer Mann er ist. Es ist schade, dass du ihn aufgegeben hast. Aber, wie man so schön sagt, es war mein Gewinn.« Sie klimperte mit den Wimpern, als sie den Raum auf der Suche nach weiterer Beute absuchte.

»Ja, ich habe davon gehört. Herzlichen Glückwunsch an euch beide. Grüße Chandler von mir«, sagte Callie und betete um ein Feuer, einen Blitz, irgendetwas, um die Unterhaltung vorzeitig zu beenden.

»Wir hatten immer eine gesunde Rivalität. Ich hoffe, du bist nicht zurückgekommen, um Chandler zu verführen.« Sie kniff die Augen zusammen und flüsterte: »Vergiss nicht, dass er mir gehört und seine Wahl getroffen hat. Halte dich von ihm fern! Wir können es nicht gebrauchen, dass du dich wieder in unser Leben einmischst.«

Callies Augen wurden groß. »Natürlich nicht. Ich bin nicht an Chandler interessiert.«

»Was machst du dann in Nashville?« Trixies Augenbrauen hoben sich erwartungsvoll.

»Ich habe eine Stelle bei Brandon King angenommen.«

AB zeigte quer durch den Raum. »Oh, da ist Molly. Wir haben versprochen, uns mit ihr zu treffen. War nett, dich zu sehen, Trixie«, sagte AB, nahm Callie am Arm und riss sie fast von Trixie weg. Sie hoffte zu vermeiden, dass Callie ihrer Erzfeindin weitere Informationen über ihren derzeitigen Beschäftigungsstatus preisgeben musste.

Die beiden blieben immer wieder stehen, um Hallo zu sagen, und gaben dann vor, sich für ein anderes Auktionsobjekt zu interessieren, um den Blicken von Trixie zu entgehen. Als AB und Callie, die es leid waren, sich unter die Leute zu mischen, sich an ihren Tisch setzten, sagte AB: »Ich glaube, wir sind die überzeugendsten Grace und Audrey in diesem Raum.«

Callie lachte. »Ohne Zweifel.« Sie schaute quer durch den

Raum zu Trixie, die versuchte, Audrey Hepburn darzustellen, die im Gegensatz zu Callie nicht die Figur hatte, um das taillierte Kleid aus *Frühstück bei Tiffany's* zu tragen. Das Ergebnis war eine Darstellung pummeliger, mit Satin überzogener Röllchen, die über jede Seite von Trixies Rücken verliefen. Callie klemmte ihre Tasche zwischen ihre Füße unter den Tisch.

Sie sahen, wie die Präsidentin das Podium betrat und die Anwesenden zu ihren zugewiesenen Tischen eilten. Als die Frauen sich alle auf den Weg zu ihren Tischen machten, packte Callie ihre Tasche fester zwischen ihre Füße und beugte sich zu AB hinüber. Sie flüsterte: »Ich muss so schnell wie möglich einen Termin vereinbaren und mit dir und Coop sprechen. Ich habe ein kniffliges Problem und brauche Hilfe und Rat.«

Der ernste Blick in Callies Augen bestätigte die Besorgnis, die AB in ihrem ängstlichen Flüstern hörte. »Natürlich. Ich schreibe Coop und frage ihn, ob er am Sonntag etwas einrichten kann. Ich weiß, dass er morgen schon etwas vorhat.«

»Je früher, desto besser.«

»Bist du okay?«

Callies Augen huschten durch den Raum. »Ich denke schon. Ich bin nur nervös.«

»Was ist passiert?«

Sie musterte die Menge der Paillettenkleider und senkte ihre Stimme: »Es ist etwas bei der Arbeit. Ich bin aus Versehen auf etwas gestoßen. Ich habe versucht, damit umzugehen, aber ich weiß einfach nicht, was ich tun soll. Es in meinem Besitz zu haben, macht mich zu einem Nervenbündel, aber ich habe Angst, es jemandem zu zeigen. Dieser Job ist meine letzte Chance und jetzt ... Ich kann hier nicht darüber reden. Wenn Coop mich am Sonntag treffen kann, wäre das großartig.«

Zu den beiden gesellten sich vier weitere Frauen, die alle ihre perfekten Kleider kommentierten. Während sie sich unterhielten, ließ AB ihre Hand in ihre Tasche gleiten und schob ihr Handy auf den Schoß. Sie schrieb Coop eine SMS und fragte ihn, ob er sich am Sonntagmorgen Zeit für Callie nehmen könnte.

Die Kellner brachten Salattabletts zu den einzelnen Tischen, während die Präsidentin sprach. AB spürte das Vibrieren ihres Telefons und blickte auf ihren Schoß. Erleichterung durchströmte sie, als sie eine kurze Antwort eintippte, bevor sie ihre Tasche zuklappte. Sie neigte ihren Kopf nahe zu Callie und flüsterte: »Coop sagte, Sonntag um acht würde ihm passen.«

Callie atmete tief durch und ergriff ABs Hand. »Perfekt. Vielen Dank, AB. Ich werde da sein.«

Nach dem Hauptgang bekamen die Frauen Hinweise für eine Schnitzeljagd. Die Teams bestanden aus Tischnachbarn und hatten die Aufgabe, eine Liste von Gegenständen zu finden, die alle im Gebäude versteckt waren. Bei ihrer Rückkehr wurden ihnen ein Dessert und Preise für die Gewinner versprochen.

Frauen, die wie Ginger Rogers, Katharine Hepburn, Elizabeth Taylor und Marilyn Monroe gekleidet waren, begleiteten AB und Callie bei der Entschlüsselung von Hinweisen und beim Durchsuchen der Stapel von Gesetzbüchern. Callie wollte die Tasche nur ungern zurücklassen und trug sie daher über der Schulter, während sie bei der Suche half. Sie beschlossen, sich aufzuteilen, in der Hoffnung, schneller voranzukommen, wenn jede von ihnen einen Gegenstand finden würde.

Die Strategie ging auf, und zu sechst fanden sie alle sechs Gegenstände und waren die ersten, die zu ihrem Tisch zurückkehrten. Während sie auf die anderen warteten, drehte sich das Gespräch um ihre Karrieren. Die jüngste Frau in der Gruppe war Angestellte, aber alle anderen waren Partnerinnen oder auf dem besten Weg dazu. Callie gab nicht viel preis, außer dass sie sagte, sie wäre Mitarbeiterin in der Kanzlei von Brandon King. Da sie Callies Unbehagen spürte, ergriff AB das Wort und erzählte von ihrer eigenen Karriere. Sie erzählte der Gruppe, dass sie nicht praktiziere, sondern das tue, was sie liebte, nämlich Büroleiterin und Anwaltsgehilfin in Coops Anwaltskanzlei und Detektei zu sein.

Ihre Erzählungen weckte das Interesse der Frauen, und AB beantwortete Fragen zu ihrer detektivischen Arbeit, einschließlich des aufsehenerregenden Falles von vor ein paar Monaten, bei dem sie geholfen hatte, den Mörder des Plattenfirmenmoguls Grayson Taylor zu fassen. Die Frauen befragten sie zu ihrer Rolle dabei und AB unterhielt sie mit der Geschichte. Das Gespräch drehte sich um Erinnerungen an die Zeit, die sie in der juristischen Bibliothek verbracht hatten, bis die anderen Absolventen an ihre Tische zurückkehrten.

Der Nachtisch wurde serviert, und die Gewinnerinnen erhielten übergroße Geschenktüten mit Filmklassikern auf DVD, Kinokarten für örtliche Kinos, Badezusätze und Gourmetpralinen. Die Gewinnerinnen der stillen Auktion wurden bekanntgegeben und die Präsidentin strahlte, als sie die Höhe des Erlöses verkündete.

Es war kurz vor Mitternacht, als Callie und AB ihre Mäntel einsammelten und sich auf den Weg zum Parkhaus machten. Sie verweilten vor dem Eingang und verabschiedeten sich von mehreren Frauen. Callie umarmte AB und dankte ihr dafür, dass sie den Termin mit Coop vereinbart hatte. Callies Griff rutschte an den Griffen der Geschenktüte ab und AB half ihr, sie aufzufangen. »Hey, wo ist deine Tragetasche?«

»Oh, Mist! Ich muss sie unter dem Tisch vergessen haben. Ich bin gleich wieder da.« Sie huschte in den Hauptraum, hob den Rand der Tischdecke an und entdeckte ihre Tasche. Sie holte sie aus ihrem Versteck und kehrte zu AB zurück, die in der Lobby wartete. »Da ist sie«, lächelte sie. »Wir sehen uns Sonntagmorgen. Ich komme vorbei und bringe Kaffee und Donuts mit.«

»Ausgezeichnete Strategie im Umgang mit Coop. Ich werde ihn überreden, am Sonntag ins Fitnessstudio zu gehen. Donuts sind der perfekte Antrieb.« Sie verschränkte ihren Arm mit dem von Callie, als sie nach draußen gingen, und sagte: »Du könntest heute Nacht bei mir übernachten, wenn du dir immer noch Sorgen wegen der Arbeit machst.«

»Oh, das ist lieb, AB. Mir geht's gut. Jetzt habe ich einen Plan und es geht mir besser.« Sie hielt inne und fügte hinzu: »Danke, dass ich heute Abend mitkommen durfte. Es hat Spaß gemacht, zurückzukehren und sich an all die Stunden zu erinnern, die wir in der Bibliothek verbracht haben. Ich habe meine Zeit hier geliebt.« Sie warf noch einen Blick auf das Gebäude und winkte, als sie in ihr Auto stieg. AB folgte ihr aus der Garage und blinzelte, als sie zu ihrem Haus abbog.

---

Callie zwang sich, am Samstag früh aufzustehen und ein AA-Treffen in Belle Meade zu besuchen. Das Problem mit dem Briefumschlag nagte an ihr, und sie wusste, dass Stress ein Hauptauslöser für ihr Trinkverhalten war. Sie musste die nächsten vierundzwanzig Stunden bis zu ihrem Treffen mit Coop überstehen.

Nach dem Treffen in der Kirche ging sie mit ihrer Sponsorin Hattie Mae zum Kaffee. Hattie Mae war eine ältere Frau, die schon seit Jahrzehnten nüchtern war und hervorragend zuhören konnte. Callie sehnte sich danach, ihr von dem Umschlag zu erzählen, aber sie widerstand dem Drang und erzählte stattdessen, dass sie wegen der Arbeit gestresst war. Nachdem sie versprochen hatte, sich in der nächsten Woche zu melden, verließ Callie das Café und machte sich auf den Weg zum Einkaufszentrum in Green Hills.

Callie verbrachte den Rest des Tages damit, Besorgungen zu machen und ein paar Weihnachtsgeschenke zu kaufen. Sie gönnte sich ein spätes Mittagessen bei *Panera* – einem ihrer Lieblingsrestaurants. Nachdem sie ihren Kühlschrank und ihre Schränke für die Woche aufgefüllt hatte, machte sie es sich mit einem Filmmarathon gemütlich. Alle Filme in dem Geschenkkorb gefielen ihr, aber wegen ihrer Rolle auf der Party legte sie *Frühstück bei Tiffany's* ein.

Sie hatte gerade die Schachtel mit den Gourmet-Pralinen geöffnet, als ihr Handy klingelte. Sie seufzte, als sie Ollies Namen auf dem Display sah. Ein weiterer Auslöser. Sie rang mit der Entscheidung, ob sie auf Abheben oder Ignorieren drücken sollte, und entschied sich, mit ihm zu sprechen, in der Hoffnung, den Quälgeist loszuwerden. Sie gab ihm keine Gelegenheit, etwas zu sagen, und bellte in das Telefon. »Ollie, ich habe dir doch gesagt, dass ich nicht daran interessiert bin, mit dir zu reden oder mich mit dir zu treffen. Du musst aufhören anzurufen und mich in Ruhe lassen.«

Als er antwortete, zog er die Worte in die Länge. »Hey,

Callie, sei nicht so! Ich liebe dich. Ich brauche dich. Ich vermisse dich.« Seine Sprache war langsam und undeutlich.

»Bist du high?«

»Nein, nein«, sagte er lachend. »Vielleicht ein bisschen.«

»Ich bin fertig mit dir, Ollie. Ruf mich nicht mehr an! Ist das klar? Ich werde eine einstweilige Verfügung erwirken, wenn es sein muss.«

»Ein Stück Papier wird mich nicht aufhalten, Babe. Ich liebe dich. Ich kann nicht ohne dich leben. Ich bin nächste Woche in Nashville bei einem Treffen. Ich will dich sehen.«

»Das wird nicht passieren, Ollie. Ich fange hier neu an und ich darf es nicht vermasseln.«

»Vielleicht schaue ich dann einfach in deinem Büro vorbei. Ich weiß, dass du bei King in der Innenstadt arbeitest.«

»Wage es nicht, in mein Büro zu kommen!« Sie hielt inne, wurde wütend. »Ich treffe dich auf deinem Treffen. Schicke mir die Details!«

»Das ist perfekt, Callie. Wir sehen uns nächste Woche, Baby.«

»Ein Treffen, Ollie, das war's. Du musst dir Hilfe suchen. Hör auf, dein Leben wegzuschmeißen, und lass mich in Ruhe!« Sie drückte auf den roten Knopf, um den Anruf zu beenden, und warf ihr Telefon auf die Couch.

»Was für ein Verlierer. Wie konnte ich mich nur mit ihm einlassen?«, schimpfte sie, während sie die Fernbedienung betätigte, um den Film zu starten. Sie war froh, dass Ollie in Virginia und sie in Tennessee lebten, aber die Aussicht auf das Treffen mit ihm in der nächsten Woche erfüllte ihre Gedanken mit einem Gefühl der Angst.

Nachdem sie ein paar Schokoladenpralinen probiert hatte, machte sie sich eine Tasse Tee und legte eine weitere DVD ein. Sie ließ sich von den Albernheiten von Katharine

Hepburn und Spencer Tracy unterhalten, bis ihre Augen zu schwer wurden und sie auf der Couch einschlief.

---

Einige Stunden später strich ein frischer Luftzug über ihr Gesicht und ihre Augen flatterten auf. Sie hob ihren Kopf von der Armlehne der Couch und wurde von einer kühlen, behandschuhten Hand, die ihren Mund zuhielt, zu Boden gedrückt. Ihre Augen weiteten sich vor Schreck, doch bevor sie ein Wort sagen konnte, brach ihr Genick und sie sackte zurück auf die weichen Kissen, die in der Ecke der Couch gestapelt waren.

Die DVD war längst zu Ende, aber ein behandschuhter Finger drückte auf die Playtaste und der Film flimmerte wieder über den Bildschirm. Die Plastiküberzieher über den Schuhen des Eindringlings machten keine Geräusche, als sie über den Holzboden glitten. Callies Tasche, Akten, Schränke, Regale und Kommoden wurden durchwühlt und der Inhalt über den Boden verstreut. Der Mörder steckte mehrere teure Schmuckstücke ein und nahm ihr alle Kreditkarten und das Bargeld aus der Brieftasche, bevor er durch die Hintertür verschwand. Callies leblose Augen starrten auf den Fernsehbildschirm, aber sie hatte ihren letzten Film gesehen.

# KAPITEL DREI

Als Coop am Sonntagmorgen zur Arbeit kam, fand er AB in seinem Büro vor einem prasselnden Kaminfeuer. »Es ist schön warm hier drin«, sagte er. Gus folgte ihm und sprang auf seinen Lieblingsledersessel, den er als sein Bett eingenommen hatte.

»Ich habe gefroren und dachte, wir könnten uns hier treffen. Callie hat Kaffee und Donuts versprochen, also habe ich keinen gekocht.«

»Ich wusste, dass ich Callie mag«, sagte Coop mit einem jungenhaften Grinsen. Er zog seine Jacke aus und enthüllte sein T-Shirt des Tages. *Gib es zu: Das Leben wäre langweilig ohne mich* stand auf dem marineblauen Stoff.

Sie lachte und sagte: »Ja, es wäre langweilig. Apropos langweilig, wir müssen heute ins Fitnessstudio gehen, wenn wir mit Callie fertig sind.«

Er rümpfte die Nase und runzelte die Stirn. »Wie war die Party?«

»Es hat Spaß gemacht.« Sie kramte in ihrer Tasche nach

ihrem Handy. »Ich habe ein paar Fotos von uns.« Sie reichte ihm das Handy. »Ab hier durchblättern.«

Er lächelte, als er die Fotos betrachtete. »Ihr zwei seht toll aus. Ihr könntet als die echten Grace und Audrey durchgehen.«

»Unser Tisch hat die Schnitzeljagd gewonnen und wir haben alle Preise bekommen. Callie hat sich amüsiert, glaube ich. Sie wirkte am Ende des Abends viel entspannter.«

Coop schaute auf seine Uhr. »Ist sie immer zu spät?«

»Nein. Und sie hat sich auf dieses Treffen gefreut. Ich rufe sie an.« Sie tippte auf das Symbol für Callie und es klingelte und klingelte und dann ging die Mailbox an. Anschließend schrieb sie eine SMS, für den Fall, dass ihr Klingelton aus war. Sie warteten weitere fünfzehn Minuten, ohne eine Antwort zu erhalten.

»Hat sie einen Festnetzanschluss in ihrem Haus?«

Sie schüttelte den Kopf. »Nein, nur das Handy.« Sie schritt zum Fenster und schaute auf die Straße hinaus. »Vielleicht sollten wir mal bei ihr zu Hause nachsehen.«

»Ich fahre«, sagte Coop, während Gus ihnen schon auf den Fersen war.

Gus gab den Beifahrersitz an AB ab. Der Hund saß hinten, sein Kopf ruhte auf ihrer Schulter. Callies Haus war weniger als fünf Minuten vom Büro entfernt. Coop parkte seinen Jeep hinter ihrem neuen BMW und befahl Gus zu warten.

»Das ist seltsam«, sagte AB, und in ihrer Stimme schwang Besorgnis mit. Sie klopfte an die Hintertür. Es hatte kein Fenster, und die Jalousien an den angrenzenden Fenstern waren geschlossen, sodass man das Innere des Hauses nicht sehen konnte.

Coop schlug vor, es an der Eingangstür zu versuchen. Sie war mit dekorativem Glas an der oberen Hälfte versehen, das nur ästhetischen Zwecken diente und nicht zum Hineinschauen bestimmt war. Auf sein lautes Klopfen gab es keine Antwort, und wie die Hintertür war auch sie verschlossen. Er suchte die Fenster ab und stellte fest, dass alle Jalousien geschlossen waren. »Versuche es noch einmal mit ihrem Telefon.«

Mit zittrigen Händen stellte AB die Verbindung her. Coop legte sein Ohr an das Fenster neben der Hintertür und versuchte, das Klingeln zu hören. »Ich glaube, ich höre etwas, aber es ist schwach.«

»Ich habe einen Schlüssel für Notfälle. Ich denke, das ist ein solcher Fall.« Sie lief zurück zum Jeep und kramte in ihrer Handtasche.

Coop untersuchte das Schloss, bevor er den Schlüssel einsteckte, und sah keine sichtbaren Anzeichen von Werkzeugspuren oder gewaltsamem Eindringen. Er steckte den Schlüssel hinein und öffnete die Tür. Er hielt seine Hand hoch, als AB hineinhuschen wollte. »Warte! Lass mich erst nachsehen.«

Sie verdrehte die Augen, war aber einverstanden. Er rief: »Callie, wir sind's, Coop und AB. Bist du da?« Er öffnete die Tür zur kleinen Küche, die nur wenige Schritte vom Wohnbereich entfernt war und zu dem hin offen stand. Er sah, dass der Fernseher ein DVD-Menü anzeigte. Er warf einen Blick auf die Couch und erblickte Callies dunkles Haar. Er eilte zum Ende der Couch, und als er sie erreichte, wusste er sofort, dass sie tot war. Er ging in die Hocke und legte einen sanften Finger auf ihren Hals, um den Puls zu prüfen, was seinen Verdacht bestätigte. Ihre einst so schönen dunklen Augen waren jetzt vom Tod getrübt.

Er sah auf und entdeckte AB, die ihren Hals verrenkte, um in den Raum zu schauen. »Bleib da, AB ... Sie ist tot.«

Er hörte ein scharfes Keuchen, gefolgt von einem Stöhnen. »Was? Sie ist tot, Coop? Was ist passiert?«

Er sah sich in dem Raum um und bemerkte die Unordnung und die auf dem Boden verstreuten Gegenstände. »Ich weiß es nicht«, sagte er, richtete sich auf und ging zurück zur Hintertür. Er schloss AB in seine Arme und flüsterte: »Es tut mir so leid, AB.« Sie zitterte vor Schluchzen, als er sie weiterhin festhielt und sie zum Jeep zurückführte. Er setzte sie auf den Beifahrersitz und Gus stupste ihren Hals.

Coop holte sein Handy heraus und rief Ben an. »Hey, Ben. Ich bin mit AB bei Callie zu Hause. Wir waren heute Morgen verabredet und sie ist nicht aufgetaucht, also sind wir zu ihr gefahren, um nach ihr zu sehen. Sie liegt tot auf ihrer Couch und ihre Wohnung wurde durchwühlt.«

Er nickte, als er Ben zuhörte. »Ich weiß, wie es läuft. Wir werden hier warten.« Er nannte die Adresse und legte auf.

Er sah AB zitternd auf dem Sitz sitzen und schloss die Tür. Er setzte sich auf den Fahrersitz, ließ den Motor an und drehte die Heizung auf Hochtouren. Dann nahm er eine Decke vom Rücksitz und wickelte sie um sie herum. AB würde mit Hundehaaren bedeckt sein, aber sie würde es warm haben. »Ben ist auf dem Weg.«

Sie nickte, schniefte und wischte sich mit dem Handrücken über die Nase. »Callie war wegen irgendetwas besorgt. Ich hätte sie dazu bringen sollen, bei mir zu bleiben.« Tränen liefen über ihr Gesicht und sie zitterte immer weiter.

Innerhalb weniger Minuten parkte auf der anderen Straßenseite ein Zivilfahrzeug der Polizei. Coop sah Jimmy und Kate aussteigen, zwei der besten Detectives in Bens Team. Coop ließ den Jeep laufen und traf die beiden in der Mitte der Straße.

»Ben ist auf dem Weg, aber wir waren in der Nähe«, sagte Kate. »Erzähl mir, was passiert ist!«

Coop ging mit ihnen die Ereignisse des Morgens durch und informierte sie über Callies Bitte um ein Notfalltreffen. Er skizzierte den Zeitplan und die Versuche, Callie zu kontaktieren, bevor sie den Schlüssel von AB benutzten, um ins Haus zu gelangen.

»Was hast du angefasst?«, fragte Jimmy.

»Die Hintertür, die Vordertür und ich habe ihren Puls überprüft. Ich ging die gleichen Schritte von der Hintertür bis zur Couch zurück, als ich ging. Ich stellte sicher, dass AB an der Tür blieb. Sie kam nicht herein. Ich habe an beiden Türen keine Anzeichen eines Einbruchs bemerkt.«

»Du wartest mit AB und wir gehen hinein«, sagte Kate. »Der Gerichtsmediziner ist auf dem Weg.«

Coop klaute eine Handvoll Taschentücher aus Kates Auto und setzte sich wieder in den Jeep. Er nahm das Hecheln von Gus zur Kenntnis und stellte den Motor ab. Sein Hund saß fast auf dem Schoß von AB, und im Jeep war es jetzt mehr als warm. Sie hatte ihre Hand auf dem Rücken des Hundes und Coop ließ ein Bündel Taschentücher zwischen ihre Finger gleiten.

»Danke«, schniefte sie und putzte sich die Nase. Gus wimmerte und legte seinen Kopf auf ihre Brust.

»Kate und Jimmy sind drinnen. Ben wird in ein paar Minuten hier sein.« Er hielt inne und blickte auf die offene Hintertür. »Hast du eine Ahnung, was sie so erschreckt hatte?«

Sie schüttelte den Kopf. »Ich habe mir den Kopf zerbrochen. Sie sagte, sie sei bei der Arbeit zufällig auf etwas gestoßen und wüsste nicht, was sie tun sollte.« Sie hielt inne und wischte sich mit den Taschentüchern über die Augen. »Es hörte sich so an, als ob es mehr als nur eine Information wäre, ein echter Gegenstand, den sie hatte. Ich weiß, dass sie nichts tun wollte, um ihren Job zu gefährden. Sie wusste, dass er ihre letzte Chance war.«

Ben klopfte an das Fenster von Coop. Der öffnete seine Tür. »Ich war beim Donut Hole und habe euch Kaffee und Donuts mitgebracht.« Er reichte den Proviant durch das geöffnete Fenster. »Hey, AB. Tut mir leid wegen Callie. Kommst du zurecht?«

Sie nickte durch ihre Tränen hindurch. »Ja, es ist nur ein Schock.« Sie legte ihre Hände um die warme Tasse Kaffee und atmete das beruhigende Aroma ein.

»Fahrt zurück ins Büro! Wir kommen vorbei, wenn wir fertig sind, um eure Aussagen aufnehmen und weiterzumachen. Wir müssen uns mit ihren Eltern in Verbindung setzen.«

»Ich habe ihre Kontaktinformationen«, sagte AB.

Coop schob Gus von ABs Schoß und hielt ihn auf dem Rücksitz fest. »Wir sehen uns gleich«, sagte er zu Ben.

Coop legte mehr Holz nach, als sie das Büro erreichten. Er zwang AB, ein paar Bissen vom Donut zu essen, während sie auf Ben warteten. Er kochte eine Kanne Kaffee und rief Tante Camille an, um ihr mitzuteilen, dass er nicht nach Hause kommen würde.

Coops Handy vibrierte und er sah eine SMS von Ben, in der er nach den Kontaktdaten von Callies Eltern fragte. Nachdem AB sie abgerufen hatte, schickte er sie an Ben weiter und AB streichelte Gus' Fell, während sie warteten. AB saß vor den tanzenden Flammen und war still. Ihr Kummer war spürbar.

Es war früher Nachmittag, als Ben mit dem Mittagessen kam. Er umarmte AB und legte die Tüte mit den Sandwiches und Salaten auf dem Küchentisch ab. Während sie aßen, stellte er seine Fragen.

Nachdem er AB zugehört hatte, was sie wusste, holte Ben seinen Notizblock heraus und kritzelte etwas hinein. »Kate und Jimmy sind auf dem Weg, um mit Callies Chef zu sprechen. Virginia kümmert sich um die Benachrichtigung ihrer Eltern.«

»AB, Ben wird alles über Callies Leben wissen müssen. Auch warum sie Virginia verlassen hat, obwohl sie nicht wollte, dass alle es wissen«, sagte Coop. Er deutete auf ihren Teller und neigte den Kopf, um sie zum Essen aufzufordern.

Sie nickte, schluckte einen Bissen hinunter und nahm einen Schluck süßen Tee. Sie atmete tief ein und aus. »Callie war Alkoholikerin und drogenabhängig. Sie war seit etwa einem Jahr nüchtern, hatte aber ihren Job in Virginia verloren, weil sie Gelder veruntreut hatte. Ihre Eltern haben alles zurückgezahlt, und sie begann ernsthaft, ihr Leben zu ändern. Sie ging mehrmals in der Woche zu den AA-Treffen. Sie hatte einen Ex-Freund, Ollie, der meiner Meinung nach der Auslöser für die meisten ihrer Probleme war. Er hat sie zu den Drogen verleitet, das weiß ich.«

»Wissen Sie, wie man ihn erreichen kann?«, fragte Ben.

Sie schüttelte den Kopf. »Er lebt in Virginia. Er ist Banker oder etwas, das mit dem Bankwesen zu tun hat.«

»Wir haben ihr Handy gefunden, eingeklemmt in den Polstern der Couch, unter ihr. Wir lesen es gerade aus und gehen ihre Kontakte durch. Wir werden nach Ollie suchen. Fällt dir außer ihren Drogenproblemen, der Sache, die sie bei der Arbeit entdeckt hat, und einem unzuverlässigen Ex-Freund noch etwas ein?«

»Glaubst du, dass es ein Einbruch war?«, fragte AB.

Eine Seite von Bens Mundwinkel hob sich und er sagte: »Das glaube ich nicht. Kein Bargeld oder Kreditkarten in ihrer Brieftasche und es sieht so aus, als ob ihr

Schmuckkästchen leer ist, aber die Art und Weise, wie sie getötet wurde, sieht professionell aus.«

AB stieß einen leisen Schrei aus und ließ den Kopf hängen. »Was meinst du?«

Ben legte seine Hand auf die ihre. »Wir können nicht hundertprozentig sicher sein, bis Doc Lawrence ihre Arbeit beendet hat, aber sie sagte, Callies Genick sei gebrochen. Es gab keine Anzeichen für Abwehrverletzungen oder gar einen Kampf. Es ging schnell und der Tod trat sofort ein. Die meisten Einbrecher wenden keine so effektiven Methoden an. Sie schätzt, dass Callie heute Morgen gegen drei Uhr gestorben ist.«

Ben ließ Coop eine schriftliche Erklärung ausfüllen, da er derjenige war, der das Gebäude betreten und die Leiche gefunden hatte. Als er fertig war, klingelte das Handy von AB. Sie entschuldigte sich und ging ran.

Als sie ein paar Minuten später zurückkam, waren ihre Augen mit frischen Tränen gefüllt. »Das war die Mutter von Callie. Sie will Coop engagieren, um ihren Tod zu untersuchen. Sie sagte, Callie habe ihr erzählt, was für eine wunderbare Freundin ich sei und dass ich für diesen brillanten Detektiv arbeite. Sie sagte, sie wolle keine Kosten scheuen, um herauszufinden, wer Callie getötet hat und warum.«

Ben blickte von seinem Notizbuch auf. »Wie könnte ich die Hilfe eines brillanten Detektivs ablehnen?« Er rollte mit den Augen, lächelte aber. »Eigentlich haben wir alle Hände voll zu tun. Wir haben noch nichts Substanzielles über den Mord im Park am Freitagmorgen herausgefunden. Bei aller Brillanz, ich bin froh über Hilfe.«

Coop zuckte mit den Schultern und schenkte Ben eines seiner berühmten Grinsen. Selbst AB lächelte durch ihre

Tränen hindurch. »Ich habe ihr gesagt, dass wir es tun werden.«

»Natürlich machen wir das«, sagte Coop.

Ben schaute auf seine Notizen und sagte: »Ihr zwei übernehmt die Verbindungen zu den AA-Treffen. Wir werden ihre Finanzen und Telefonaufzeichnungen überprüfen und euch mitteilen, was wir von Mr. King erfahren.«

»Hast du ihr Navi aus ihrem Auto gesichtet?«, fragte Coop.

Ben biss die Zähne zusammen und lächelte. »Ja, das haben wir. Einige unserer brillanten Mitarbeiter sind daran beteiligt.« Er steckte sein Notizbuch zurück in seine Jackentasche. »Lasst uns morgen Nachmittag zusammenkommen und besprechen, was wir haben. Versuch, dich etwas auszuruhen, AB. Nochmals, es tut mir sehr leid.«

Ben ging und Coop schlug vor, Callies Sponsorin, Hattie Mae, aufzusuchen. Gus machte es sich auf dem Rücksitz bequem und sie machten sich auf den Weg zur Kirche in Belle Meade. Unterwegs rief Coop Tante Camille an, in der Hoffnung, sie würde den Pfarrer der Kirche kennen. Wie er vermutet hatte, kannte sie ihn.

Er legte auf, und AB konnte sich ein Lächeln nicht verkneifen, als sie an die Aufregung in Camilles Stimme dachte, dass sie an einem Fall mitarbeitete. Sie hatte AB überredet, zum Sonntagsessen zu kommen, und wollte alles über die Entwicklungen wissen.

Auf dem Parkplatz standen ein paar Autos, und Coop vermutete, dass eines davon Reverend Clark gehörte. Die beiden öffneten die Türen des Altarraums und folgten einem Gang zum Büro. Die Tür war offen und Coop betrat den Raum. »Reverend Clark?«

Der grauhaarige Mann wandte sein freundliches Gesicht dem von Coop zu. »Ja, wie kann ich Ihnen helfen?«

Coop streckte seine Hand aus und sagte: »Ich bin Cooper Harrington. Ich glaube, Sie kennen meine Tante Camille. Ich bin Privatdetektiv und das ist meine Assistentin Annabelle.«

Reverend Clark schüttelte Coop begeistert die Hand. »Ich kenne Camille schon seit Jahren. Sie hilft uns jedes Jahr bei unserer Benefizveranstaltung. Eine wunderbare Frau. Was kann ich für Sie tun?«

Coop erklärte, dass sie den Tod einer ehemaligen Klassenkameradin und Freundin, Calista Baxter, untersuchten. Er fasste die Ereignisse und die Tatsache, dass sie regelmäßig an den AA-Treffen in der Kirche teilnahm, zusammen. »Wir hoffen, mit ihrer Sponsorin, einer Frau namens Hattie Mae, sprechen zu können.«

»O ja, ich kenne Hattie Mae. Sie war schon für viele Teilnehmer eine Sponsorin und ein wunderbares Vorbild. Sie ist ein Mitglied hier in der Kirche. Ich gebe Ihnen ihren Kontakt.« Er blätterte in einer Mappe mit Papieren und kritzelte eine Telefonnummer und eine Adresse heraus. »Mir ist klar, dass eine Voraussetzung der Organisation die Anonymität ist, aber ich bin sicher, dass Hattie Mae in einem Fall wie diesem nichts dagegen hat.«

»Danke, Reverend. Wir wissen Ihre Bemühungen zu schätzen.«

»Immer wieder gern. Sie zwei sind jederzeit willkommen. Grüßen Sie Ihre Tante von mir.« Er winkte, als sie das Büro verließen.

»Lass uns einfach zu Hattie Mae nach Hause fahren. Ich erfahre persönlich immer mehr als am Telefon.«

AB nickte zustimmend und gab die Daten von Hattie Mae in ihr Telefon ein. Sie machten sich auf den Weg zu einem Wohnkomplex am Hillsboro Pike. Coop wählte Hattie

Maes Nummer vom Parkplatz aus und als sie abnahm, erklärte er, dass er ein Privatdetektiv wäre, der mit der Polizei zusammenarbeitete und ihr ein paar Fragen über Callie stellen müsste.

Sie sagte ohne zu zögern zu und lud sie in ihre Wohnung im zweiten Stock ein. Sie empfing sie an der Tür, und der Geruch von Kaffee, Gebäck und Weihnachten empfing sie. Sie führte sie in den Wohnbereich und bot ihnen frische Kekse an, die sie jedoch ablehnten. Als Coop Annabelle vorstellte, leuchteten Hattie Maes Augen auf. »Sie sind ihre Freundin AB. Sie spricht immer so gut von Ihnen. Ich freue mich, Sie kennenzulernen.«

AB standen die Tränen in den Augen, als sie lächelte und die Hand der Frau schüttelte. Mit sanften Worten erklärte Coop, warum sie dort waren, und informierte Hattie Mae über den Mord an Callie. Hattie Mae schlug sich ungläubig die Hand vor die Brust.

»Ich habe mich erst gestern Morgen mit ihr zum Kaffee getroffen.« Hattie Maes Stimme zitterte, als sie sprach.

»Es tut mir leid, dass ich Ihnen so schlechte Nachrichten überbringen muss, aber wir müssen herausfinden, was Sie vielleicht wissen, das uns helfen könnte. Hat sie zum Beispiel etwas über ein Problem bei der Arbeit erwähnt?«

Hattie Mae blickte gedankenverloren durch den Raum. Nach ein paar Augenblicken sagte sie: »Callie war so besorgt um ihren Job. Sie erzählte mir, dass sie ihren Chef und seine Assistentin letzte Woche bei der Arbeit in einer kompromittierenden Stellung erwischt hatte. Sie war furchtbar nervös, dass sie Ärger bekommen würde, weil sie ihre Tändelei aufgedeckt hatte. Gestern erwähnte sie, dass sie wegen einer Arbeitssituation gestresst wäre, aber als ich sie darauf ansprach, sagte sie, es ginge nicht um Mr. King und seine Affäre. Es ging um etwas anderes. Sie wollte mir aber nichts Genaues sagen.«

»Was ist mit ihrem Ex-Freund Ollie?«, fragte AB.

»Ich weiß von ihren Erzählungen, dass er ein Scheusal ist. Er war einer der Faktoren, warum Callie zu Drogen gegriffen hat. Sie war bereits Alkoholikerin, aber die Drogensucht brachte noch mehr Elend mit sich.« Sie schüttelte den Kopf. »Sie hat sich so gut geschlagen.«

»Stand sie bei den Treffen jemandem nahe? Hatte sie Probleme mit jemandem?«, fragte Coop.

Hattie Mae schüttelte den Kopf. »Nein, sie hat sich größtenteils zurückgehalten. Ich glaube, es war ihr immer noch peinlich und sie wollte nicht viel von sich preisgeben. Zu mir war sie offen, aber allen anderen stand sie nicht so nah.«

Coop gab ihr seine Karte und bat sie, anzurufen, falls ihr noch etwas zu Callie einfiele.

Hattie Mae ergriff ABs Hand. »Sie war so dankbar für Sie. Sie konnte nicht glauben, dass Sie sie nie verurteilt und sie so akzeptiert haben, wie sie war. Sie sind eine wunderbare Freundin.«

Tränen liefen über ABs Gesicht, als sie die ältere Frau umarmte. »Danke.«

»Bitte richten Sie ihrer Familie mein Beileid aus«, sagte Hattie Mae und führte sie zur Tür. »Wir werden sie vermissen.«

Coop legte seinen Arm um ABs Schultern, als sie die Treppe zum Jeep hinuntergingen. »Wie wäre es, wenn wir bei dir vorbeifahren und eine Tasche holen. Du kannst heute Nacht bei Camille bleiben.«

Sie lehnte ihren Kopf an seine Schulter und nickte. Er sah die Erschöpfung in ihren Augen und machte keine Anstalten, die Stille auf der Fahrt zu ihrem Haus zu füllen. Gus drängte sich zwischen sie und lehnte sich an ABs Schulter, damit sie seinen Hals streicheln konnte.

Coop folgte AB durch die Tür ihres Hauses und wartete in ihrem makellos aufgeräumten Wohnzimmer, während sie eine Reisetasche packte. Er bewunderte den kleinen Tischbaum, den sie aufgestellt hatte, und die Dekoration auf dem Kaminsims.

Sie kam mit Kleiderbügeln zurück, die aus einem Kleidersack ragten, und trug einen kleinen Koffer. Coop schnappte sich beides und verstaute es im Jeep, während AB sich vergewisserte, dass das Haus abgeschlossen war. Sie kletterte auf den Sitz und sagte: »Danke für das Angebot. Ich könnte hierbleiben, aber ich bin lieber unter Menschen.«

»Jederzeit, AB. Jederzeit.« Er drückte ihr Knie, als er rückwärts aus ihrer Einfahrt fuhr.

# KAPITEL VIER

Ein in die Höhe ragender Baum füllte den Raum hinter ihr, als Tante Camille sie an der Tür begrüßte. Sie eilte durch das Haus und führte AB plaudernd in eines der vielen Gästezimmer. Es war mit sanften Lampen beleuchtet, eine plüschige Decke, die an einen Nerz erinnerte, lag über dem Fußende des Bettes, und auf dem Nachttisch stand eine kleine Vase mit frischen Blumen, deren berauschender Duft sich mit dem Duft von Camilles Abendessen vermischte. In der Ecke stand ein Weihnachtsbaum, der mit Blumenschmuck verziert war. Das Zimmer war in sanften Pfirsich-, Taupe- und Beigetönen gehalten und größer als das Haus von AB. Coop hängte ihren Kleidersack in den Kleiderschrank und stellte ihren Koffer darunter.

»Wenn du etwas brauchst, sag mir Bescheid. Handtücher sind im Schrank im Badezimmer und es gibt eine ganze Schublade mit Seifen und Lotionen. Nimm, was du brauchst!«, sagte Camille und tätschelte ABs Arm. »Das Abendessen ist fast fertig, aber nimm dir alle Zeit, die du brauchst!«

Coop folgte seiner Tante zur Tür hinaus und schloss sie hinter sich. Er bemerkte, dass Gus nicht bei ihnen war und öffnete die Tür einen Spalt. »Ist Gus bei dir da drin?«

»Ja, es geht ihm gut. Ich bringe ihn in ein paar Minuten.« Er hörte, wie sie dem Hund etwas zuflüsterte, als er die Tür schloss. Er lächelte erleichtert, als er einen Hauch ihrer üblichen Fröhlichkeit hörte. Gus war ein guter Junge.

Coop ließ sich auf einen Stuhl an der großen Kochinsel sinken und sah seiner Tante zu, wie sie dem Essen ihren eigenen Stempel aufdrückte. Mrs. Henderson, Camilles Köchin und Haushälterin, hatte sonntags frei, was Camille die Gelegenheit gab, ihre Kochkünste zu perfektionieren. Während er seiner Tante beim Zubereiten des Essens zusah, informierte er sie über den Mord an Callie und bat sie, nicht zu viele Fragen zu stellen, solange AB in Hörweite war.

Sie runzelte die Stirn. »Ich weiß, wie man sich benimmt, junger Mann. Ich möchte nur helfen, wenn ich kann.«

»Du warst eine große Hilfe bei Reverend Clark. Er sagte, ich soll dich grüßen.«

Sie lebte auf, als sie ein Stück Butter auf einen Berg von Kartoffelpüree legte. »Er ist ein lieber Mann.« Sie holte die noch heißen Kekse aus dem Ofen und legte sie in einen Korb. »Nimm die Ofenhandschuhe und trag das Hähnchen zum Tisch«, sagte sie und zeigte auf den Ofen.

Bald hatte sie den Tisch mit dem Essen gedeckt und erklärte alles für fertig, als AB und Gus ins Esszimmer kamen. »Ihr kommt gerade richtig. Setzt euch hin und macht es euch bequem.« Camille schenkte ihnen allen Gläser mit süßem Tee ein, bevor sie sich auf ihren Stuhl setzte.

Coop lud sich von jedem Gericht etwas auf den Teller und übergoss die Hähnchenfüllung und die Kartoffeln mit dampfendem Bratensaft. Tante Camille machte das beste Apfelmus. Er nahm eine große Portion davon, bevor er es an

AB weiterreichte. Er stürzte sich auf seinen Teller und sagte: »Das ist alles köstlich, Tante Camille.«

Sie freute sich über sein Kompliment. Nachdem sie ihren Teller gefüllt hatte, betrachtete sie AB. »Erzähl uns von Callies Familie oben in Virginia. Was weißt du über sie?«

»Sie leben in McLean, und ich erinnere mich, dass ich während unserer Schulzeit ein paar Mal dort war. Seitdem bin ich nicht mehr dort gewesen. Sie haben ein großes Anwesen. Ich erinnere mich, dass das Haus zehn Badezimmer hat. Es ist prächtig, aber mehr als verschwenderisch. Ich weiß, dass Callie auf dem Anwesen im Gästehaus gewohnt hat, bis sie im September hierhergezogen ist.« Sie hielt inne und nahm eine weitere Gabel voll Kartoffelpüree. »Das Essen schmeckt großartig, Camille.«

»Ich bin so froh, dass es dir schmeckt. Zum Nachtisch habe ich Pfirsichkuchen im Ofen.« Camille zwinkerte ihr verschwörerisch zu. »Ist das nicht eine deiner Lieblingsspeisen?«

AB lächelte und zog die Brauen hoch. »Wenn du so weitermachst, werde ich nie wieder gehen wollen.« Sie aß noch einige Bissen. »Callies Mutter ist die Quelle des Familienreichtums. Sie ist eine Campbell. Nicht, dass ihr Vater ein Versager wäre, aber Carter hat seinen Lebensunterhalt als Anwalt und Richter verdient. Jetzt ist er im Ruhestand und arbeitet als Berater. Die Familie ihrer Mutter hat tiefe Wurzeln in der politischen Szene von Virginia. Es gibt viele Senatoren und Gouverneure in ihrer Familie. Callie ist das Baby, sie hat zwei ältere Brüder. Der eine wird der nächste Berater des Gouverneurs von Virginia, der andere ist Richter und hat ein Auge auf den Obersten Gerichtshof von Virginia geworfen.«

»Das muss eine Menge Druck auf Callie ausgeübt

haben«, sagte Coop und griff nach einem weiteren Keks. »Das klingt nach hohen Erwartungen und viel Konkurrenz auf dem Familienanwesen.«

AB nickte. »Ich glaube, deshalb ist Callie zurückgekommen. Sie wusste, dass sie eine Schande für ihre Familie war, und es war für alle leichter, wenn sie woanders lebte. Ihre Anwesenheit dort war eine ständige Erinnerung an ihr Versagen. Aber ich weiß, dass sie sich hier einsam fühlte.« Eine Träne tropfte aus ihrem Augenwinkel und sie tupfte sie mit ihrer Serviette ab.

»Familienbeziehungen können so kompliziert sein«, sagt Camille. »Es ist schwierig, wenn ein Kind nicht in die Form passt, die die Eltern geschaffen haben.«

»Wir müssen herausfinden, wer von Callies Tod profitiert hat. Das Motiv wird uns zu ihrem Mörder führen«, sagte Coop und schob seinen leeren Teller von der Tischkante weg.

»Vor allem, wenn man einen Profi zur Seite hat«, sagte AB.

Camilles Augenbrauen hoben sich, und Coop erklärte ihr Bens Theorie, dass der Mord von einem Profi begangen wurde. »O mein Gott!«, sagte sie, als er fertig war.

Ein Stirnrunzeln erschien auf ABs Gesicht. »Ich weiß, dass Ollies Eltern auch wohlhabend sind, also hätte er Zugang zu Geld, um jemanden zu engagieren. Ich kann mir Callies eigene Familie nicht als Auftragskiller vorstellen, aber ich kenne sie nicht gut.«

»Glaubst du, dass sie wieder mit Drogen zu tun gehabt haben könnte?«, fragte Coop.

Schock flackerte über ihr Gesicht und AB schüttelte energisch den Kopf. »Nein, nein. Sie hat keine Anzeichen gezeigt.« Sie erinnerte sich an den festen Griff, mit dem Callie ihre Tasche umklammert hielt, und an ihre mangelnde

Bereitschaft, das Ding an der Garderobe zurückzulassen. Callies Kleidung war tadellos gewesen, und die übergroße Tasche war ihr vorgekommen, als würde sie Tennisschuhe zu einem Abendkleid tragen. »Bei der Gala am Freitagabend war sie übervorsichtig mit ihrer Tasche. Ich konnte nicht glauben, dass sie sie mitgebracht hatte. Sie wollte sie nicht an der Garderobe zurücklassen und hatte sie sogar bei unserer Schnitzeljagd dabei.«

»Lass mich noch einmal deine Fotos von der Veranstaltung ansehen.« Sie entsperrte den Bildschirm und reichte ihm ihr Handy. Er vergrößerte ein Foto von den beiden und sagte: »Ja, ich sehe sie dort in ihrer Hand. Sogar ich kann sehen, dass sie nicht zu ihrem Kleid passt.«

Camille reckte den Hals, um einen Blick zu erhaschen, und streckte ihre mit Diamantringen besetzte Hand über den Tisch. Coop sah auf und reichte ihr das Telefon. »Oh, die Tasche ist furchtbar. Sie sieht eher aus wie eine Arbeitstasche und passt überhaupt nicht zu so einem schönen Kleid. Ihr seht übrigens beide umwerfend aus.«

Coop schickte Ben eine kurze Nachricht, dass er die Tragetasche auf Drogenspuren untersuchen sollte. »Ich weiß, dass du nicht glauben willst, dass sie Drogen genommen hat, AB, aber wir müssen jeden Winkel betrachten.«

Sie ließ den Kopf hängen und legte ihre Gabel auf ihren Teller. »Ich verstehe das, aber ich glaube wirklich nicht, dass sie wieder mit Drogen zu tun hatte. Sie hat mir gesagt, dass sie oft in Versuchung war zu trinken, aber kein Interesse mehr an Drogen hatte.«

»Das ist nur eine Sache, die wir überprüfen müssen, damit wir sie ausschließen können. Dasselbe gilt für ihre Familie und den unheimlichen Ex-Freund. Ich bin geneigt zu glauben, dass es mit der Arbeit oder dem Problem zu tun hat, aber ich will keinen Tunnelblick bekommen.«

Camille räumte das Geschirr ab und freute sich, dass der Großteil des Essens auf ABs Teller aufgegessen war. Sie waren sich einig, dass sie zu satt waren, um noch ein Dessert zu essen, und beschlossen zu warten. Während AB und Camille das Geschirr abräumten, ging Coop in sein Büro und schickte Callies Mutter Arden Campbell Baxter über ihre persönliche Assistentin einen Dienstleistungsvertrag per E-Mail zu. Er drückte sein aufrichtiges Beileid aus und ließ sie wissen, dass er und Annabelle an Callies Fall arbeiteten und sich am Montag mit einem aktuellen Bericht melden würden.

Er gesellte sich zu den Damen in das Lieblingssitzzimmer seiner Tante, das ihm immer das Gefühl gab, er befände sich in Barbies Traumhaus. Camille hatte im ganzen Haus mehrere Weihnachtsbäume aufgestellt, und dieser hier war in Rosa und Silber geschmückt. Er goss sich eine Tasse Tee in das Teeservice auf dem Tisch und setzte sich neben AB. Er war ein großer Kerl, ein richtiger Mann, der aus einer zierlichen geblümten Tasse trank, umgeben von allem, was rosa war, auf einem rosa Brokat-Sofa. Sogar Gus fühlte sich gedemütigt und hielt sich die Pfote vor die Augen, als er das Dreiergespann von seinem flauschigen Hundebett aus beobachtete – einem wuscheligen rosa Miniatursofa.

---

Trotz all seiner Bemühungen mit Verdunkelungsrollos, Naturgeräuschen, Lavendelkisseneinlagen und einer Sammlung ätherischer Öle konnte Coop nicht schlafen. Er hatte das am besten riechende Schlafzimmer aller Junggesellen in der Gegend von Nashville, aber der Schlaf blieb ihm verwehrt. Man hatte bei ihm chronische Schlaflosigkeit diagnostiziert. Die Symptome hatten ihren

Ursprung im College, als sich seine Eltern getrennt hatten, und hatten sich mit der Zeit verschlimmert. Er weigerte sich, Medikamente zu nehmen, und litt so unter den schlaflosen Nächten. Er arbeitete fast die ganze Nacht und recherchierte über Callie und ihre Familie.

Nach einer erfrischenden Dusche kam er aus seinem Teil des Hauses. Der verlockende Geruch von warmem Zimt führte ihn in die Küche. Dort fand er Mrs. Henderson, die das Frühstück vorbereitete, und ihren Mann, der gerade auf dem Weg nach draußen war, um das Grundstück zu säubern. »Guten Morgen, Mr. Cooper«, sagte der Mann und lüftete seinen Hut, als er die Tür öffnete.

»Hey, Mr. Henderson. Wie geht's Ihnen?«

»Ein guter Tag, um nach all dem Regen den Boden zu bearbeiten. Haben Sie einen schönen Tag, Mr. Cooper.«

Coop bediente sich an einer Tasse echten Kaffees, die er jeden Morgen trinken durfte. Er achtete darauf, den größten Becher zu verwenden, den er finden konnte. Gus hatte ihn gestern Abend zugunsten von AB im Stich gelassen, und Coop entdeckte keine Spur von den beiden. Er nahm seinen Kaffee und die Zeitung und setzte sich auf die Arbeitsplatte aus Granit, wo er die Schlagzeilen der Nachrichten überflog.

Die Polizei bat mit einem Aufruf von Ben um die Hilfe von Bewohnern, die eine Stunde vor Sonnenaufgang am Bells Bend Loop Trail, wo Avery Logan erschossen aufgefunden worden war, etwas beobachtet hatten. Es wurde eine Nummer für anonyme Hinweise sowie eine Nummer für ein Gespräch mit den Ermittlern angegeben.

Er blätterte weiter und sah wieder einen kleinen Artikel, in dem Ben zitiert wurde, der dem Reporter mitteilte, dass sie den Unfalltod des Fahrradkuriers untersuchten, aber noch keinen Verdächtigen hatten. Coop blätterte durch den Rest der Zeitung und sagte: »Eine harte Woche für Ben.

Ungelöste Fälle machen ihn verrückt, und jetzt hat er auch noch den von Callie.«

Er hörte Gus' Krallen auf dem Holzboden und spürte sofort, wie der Hund sich gegen sein Bein lehnte und mit dem Schwanz gegen den Stuhl klopfte. »Der Verräter ist zurück, was?«, sagte Coop und blickte in seine fröhlichen braunen Augen. Die Nase des Hundes wanderte nach oben und er schnupperte. Coop lächelte, denn er wusste, dass Gus die frischen Zimtbrötchen im Ofen roch.

Als er mit der Zeitung fertig war, kam AB aus ihrem Zimmer und verdrehte die Augen, als sie Coops T-Shirt sah. Darauf stand: *Du bist dabei, die Grenzen meiner Medikation auszutesten.* Sie trug eine Bluse und eine Jacke zu Jeans. »Ich dachte, wir müssten heute vielleicht Leute befragen. Willst du wirklich dieses T-Shirt tragen?«

Coop schaute auf seine Brust hinunter. »Ich kann eine Jacke darüber anziehen, wenn wir irgendwohin gehen, wo es wichtig ist.«

Mrs. Henderson rief: »Das Frühstück ist fertig für Sie.«

Gus verstand diese Worte und stürmte in das Esszimmer, um sich am Ende des Tisches zu platzieren. Coop erhob sich von seinem Stuhl und gab AB ein Zeichen, ihm vorauszugehen. »Wie hast du geschlafen?«, fragte er.

»Wie ein Stein. Ich glaube, der Tag hat mich fertiggemacht.«

»Du siehst gut aus. Ich meine, als ob du ausgeruht wärst.« Er hielt inne und fügte dann hinzu: »Du siehst immer gut aus, AB. Ich meinte nur, dass du besser aussiehst als gestern.« Er zuckte zusammen und biss die Zähne zusammen. »Nicht, dass du gestern schlecht ausgesehen hättest.« Er hielt wieder inne und lachte dann. »Ich scheine keinen zusammenhängenden Satz bilden zu können, tut mir leid. Wo hat mein Hund geschlafen?«

Sie grinste und sah Gus an, der ebenfalls lächelte. »Äh, na ja, er hat anfangs auf dem Boden geschlafen, ist dann aber auf dem Bett gelandet. Ich glaube, ihm war kalt.«

Coop schüttelte den Kopf und sah Gus an. »Er steht definitiv auf dich, AB.«

»Du weißt, dass wir gestern nicht zum Sport gegangen sind. Wir sollten heute gehen.«

»Morgen, ich bin schon angezogen.« Er zwinkerte und machte eine Bewegung, bei der er sein T-Shirt zur Schau stellte.

»Ich werde dich daran erinnern. Morgen, sieben Uhr. Was ist mit dir? Hast du letzte Nacht etwas geschlafen?«

»Vielleicht ein oder zwei Stunden, nicht viel. Ich habe die Nacht damit verbracht, online über Callie und ihre Familie zu recherchieren.«

»Etwas herausgefunden?« AB belud ihren Teller mit Obst, Eiern und einer Zimtrolle.

»Nicht viel, außer dass sie mehr als gut vernetzt sind. Sie verkehren viel mit Politikern in DC. Sie veranstalten eine Menge protziger Events in ihrem Haus und Carter ist als Berater für das US-Justizministerium tätig. Der Bruder scheint ein heißer Kandidat für die Ernennung zum Berater des Gouverneurs zu sein, und der andere ist ein angesehener Richter. Ich habe nichts Negatives über den Baxter-Clan gefunden. Im Internet ist nichts über Callies Missgeschicke zu finden, also haben sie das Zeug dazu, es aus der Öffentlichkeit herauszuhalten.«

Coop stopfte sich ein Stück Zimtrolle in den Mund und AB gab Gus einen Bissen ab. Sie nahm selbst einen Bissen und nippte an ihrem Kaffee. »Hmm. Es ist so lange her, dass ich so etwas gegessen habe. Die schmecken sogar noch besser, als sie riechen.«

Sie beendeten das Frühstück und ließen Tante Camille

ausschlafen, während sie sich auf den Weg ins Büro machten. Nachdem er ein Feuer entfacht hatte, schickte Coop Ben eine SMS, um sich über den Stand von Callies Fall zu informieren.

Eine Stunde später klingelte sein Telefon. Ben sagte ihm, dass sie die Telefondaten und GPS-Informationen von Callies Auto am Nachmittag haben würden, aber nicht die Arbeitskraft hätten, sie zu analysieren, da sie noch zwei andere Fälle hätten. Er sagte, die Autopsie bestätige den Zeitpunkt und die Art des Todes, die sie vermutet hatten. Er wollte, dass AB die Tatortfotos durchging und feststellte, ob etwas fehlte.

»Wir können uns um das Telefon und die GPS-Daten kümmern. Ich kann heute Nachmittag vorbeikommen und sie abholen. Ich werde AB einen Blick auf die Fotos werfen lassen und wir könnten uns morgen treffen und beurteilen, was wir wissen«, schlug Coop vor.

Bens Stimme konnte seine Erschöpfung kaum verbergen. »Klingt nach einem Plan. Wir kommen bei dem Mord im Park nicht weiter. Alle Techniker sind damit beschäftigt, das Videomaterial aus dem Stadtzentrum zusammenzusetzen, um die Bewegungen des flüchtigen Fahrzeugs zu verfolgen.«

Nachdem er aufgelegt hatte, beschäftigte sich Coop mit dem Backgroundcheck und AB erstellte den vorläufigen Bericht über die Arbeit von Madison und Ross. Coop ging am frühen Nachmittag und versprach, mit Tatortfotos und -daten sowie einem Mittagessen zurückzukehren.

Während er unterwegs war, erhielt AB einen Anruf von Arden Baxters Assistentin. Sie wollte AB mitteilen, dass für Samstag eine Trauerfeier für Callie geplant war. Es würde ein privates Begräbnis sein, aber AB war zum Empfang eingeladen, und Callies Eltern bestanden darauf, dass sie als Gast bei ihnen zu Hause blieb. Sie könnte auch gerne eine

Begleitperson mitbringen. Die Assistentin bat AB, sie über ihre Reisepläne auf dem Laufenden zu halten, damit die Familie einen Wagen schicken konnte, um sie abzuholen, falls sie mit dem Flugzeug oder dem Zug anreisen würde.

Nachdem sie sich Notizen gemacht hatte, legte AB den Hörer auf und suchte nach Flügen. Als Coop mit dem Mittagessen und einer Akte von Ben zurückkam, fand er sie in ihren Computerbildschirm vertieft. Sie erzählte ihm von dem Anruf aus Virginia und der Tatsache, dass sie keine Lust hatte, zehn Stunden zu fahren, und deshalb nach Flügen suchte.

»Buche zwei Plätze. Ich bin mir nicht sicher, ob wir den Fall bis Samstag gelöst haben, aber ich möchte auf jeden Fall ihre Familie kennenlernen«, sagte Coop.

Erleichterung machte sich in ihrem Gesicht breit. »Das wäre großartig. Ich hatte schon Angst, allein zu fliegen.« Sie fand einen Flug, der am Freitag ging, und nachdem sie ihn gebucht hatte, schickte sie der Assistentin eine SMS mit den Flugdaten. Ihr Telefon piepte sofort und teilte ihr mit, dass ein Wagen mit Fahrer bereitstehen würde, um AB und Coop am Freitagnachmittag in Dulles abzuholen.

»Wow, die sind ja auf Trab«, sagte AB und gab die Nachricht an Coop weiter.

Bei Suppe und Salat studierten sie die Tatortfotos aus Callies Haus. Ben achtete bewusst darauf, dass keine Fotos von Callies Leiche zu sehen waren. AB wischte sich mehrmals mit einer Serviette über die Augen, während sie sich die Details der einzelnen Aufnahmen ansah. Während sie noch am Küchentisch saßen, eilte Gus zur Hintertür, kurz bevor Tante Camille in Sicht kam. Sie hatte einen Teller mit ihren berühmten Pekannuss-Schoko-Keksen in der Hand und Gus' Nase kam nicht zur Ruhe, während er daran schnupperte.

»Oje, Gus, komm schon!« Sie hielt die Kekse höher und außerhalb seiner Reichweite. »Ich dachte, ihr zwei könntet eine Aufmunterung gebrauchen«, sagte sie lächelnd und stellte den Teller in die Mitte des Tisches. Sie blies Luft zwischen ihren Lippen hervor, was die Federn an ihrem Hut zum Flattern brachte. Sie schüttelte ihren Pelzmantel ab und nahm sich ein Glas süßen Tee. »Hier ist es warm und gemütlich.«

Coop zog ihr einen Stuhl heran, und sie war damit beschäftigt, sich die auf dem Tisch verstreuten Fotos anzusehen. »Oje, was für ein schreckliches Durcheinander der Schurke hinterlassen hat.« Sie gab schnalzende Geräusche von sich, als sie die einzelnen Fotos durchging. »Was für eine Schande.«

»Abgesehen von einigen Schmuckstücken kann ich nicht sagen, ob etwas fehlt«, sagte AB. »Ich weiß, dass sie eine aufwendige Diamantkette und passende Ohrringe hatte, die ich nirgends sehe. Sie hatte auch schöne Perlen und einen großen, von Diamanten umgebenen Saphir-Anhänger mit passenden Ohrringen. Ihre Diamantringe und ihre TAG-Heuer-Uhr befinden sich nicht in der Schmuckschatulle. Sie trug sie nicht oft, sondern zog die Movado für die Arbeit vor. Beides übersteigt mein Gehalt.«

Coop durchsuchte den Bericht nach persönlichen Gegenständen. »Man fand sie mit einer Movado-Uhr, einem Diamantring und einem Diamantanhänger an einer Goldkette. Das ist alles.«

»Ich schätze, der Einbrecher hat diese Gegenstände nicht bemerkt, aber der fehlende Schmuck ist sehr teuer.«

Camille biss in einen noch warmen Keks, aus dem Schokolade tropfte, und sagte: »Ich würde denken, wenn es ein Einbruch gewesen wäre, hätte er den Schmuck, den sie trug, mitgenommen.«

Coop nickte, als er die Fotos zum x-ten Mal überflog. »Ich vermute, dass es sich bei dem Angreifer um einen Mann handelt, wenn man von der Methode ausgeht, mit der er Callie getötet hat. Entweder war er wegen etwas anderem dort und der Schmuck war ein Zufallsfund, oder er wurde gestört oder aufgeschreckt, bevor er an andere Dinge wie die Elektronik herankam.«

»Wenn er zu Fuß unterwegs war, konnte er vielleicht nur die kleinen Gegenstände mitnehmen und hatte es eilig«, sagte AB.

»Könnte sein, aber da sie so angespannt war wegen des Gegenstands, den sie entdeckt hatte, bin ich geneigt zu glauben, dass sein Augenmerk woanders lag und er sich den Schmuck nur als Bonus genommen hat.« Coop schüttelte den Kopf. »Einbrecher observieren ein Haus normalerweise und gehen hinein, wenn es leer ist. Ihr Auto stand vor dem Haus, der Fernseher war eingeschaltet und das Licht sichtbar. Er wusste, dass sie zu Hause war.«

»Ich werde ihre Familie fragen, ob sie Fotos oder Beschreibungen des Schmucks hat, und sie Ben geben, damit er sie in das System für Pfandhäuser und dergleichen eingeben kann«, sagte AB, räumte den Tisch ab und ging zu ihrem Schreibtisch. Gus blieb in der Nähe des Tellers mit den Keksen und ruhte sich zufrieden unter dem Tisch aus.

Camille ging zu ihrem Friseurtermin, und Coop schlug vor, dass sie seinen Konferenztisch benutzen sollten, um Callies GPS-Daten zu analysieren. Sie konzentrierten sich auf ihre Aktivitäten am Tag des Mordes und arbeiteten rückwärts. Die Daten enthielten Koordinaten, die AB in den Computer einfügte, um Adressen zu finden. Coop erstellte auf seiner großen weißen Tafel eine Liste mit Zeiten und Orten. Sie verbrachten den Nachmittag damit, die

Informationen aus ihrem Auto der letzten zehn Tage aufzuzeichnen.

Es war schon weit nach Einbruch der Dunkelheit, und die Zeit, das Büro zu schließen, war schon überschritten. Sie waren mit den Koordinaten noch nicht fertig. Coop sammelte die Daten und machte mit seinem Handy ein Foto von der Tafel. Gus hüpfte in den Jeep und AB folgte ihnen zum Haus von Tante Camille.

Camille lud AB zum Abendessen ein, da sie davon ausging, dass sie noch lange an dem Fall arbeiten würden. Als sie ankamen, entschuldigte sich Coop, um Callies Mutter über die Fortschritte zu informieren, bevor sie sich an den Tisch setzten.

Mrs. Henderson hatte einen köstlich duftenden Schmorbraten mit geröstetem Gemüse zubereitet. Die beiden Frauen warteten darauf, dass Coop zu ihnen stieß, und Camille tat ihr Bestes, um AB zu überreden, noch eine Nacht zu bleiben, als er zurückkam. »Callies Mutter ist … effizient. Sie ist mehr als fähig, ihre Gefühle im Zaum zu halten. Sie sagte, sie sei froh, dass wir beide zur Trauerfeier für Callie kommen würden. Ich habe ihr gesagt, dass wir gerade dabei sind, Callies Bewegungen zu verfolgen und Befragungen durchzuführen.«

AB nickte, während sie sich selbst bediente und den Teller an Coop weiterreichte. »Soweit ich mich erinnere, war Mrs. Baxter immer kühl und geschäftstüchtig. Es ist lange her, dass ich mit ihr zu tun hatte, aber wenn ich sie besucht habe, wirkte sie nie entspannt. Sie war immer geschäftlich gekleidet, edel und stilvoll, aber sie strahlte nie Wärme oder Spaß aus.«

Coop bediente sich an einem warmen Keks und nahm sich noch etwas von dem übrig gebliebenen Apfelmus. »Ja, das ist das Gefühl, das ich hatte, als ich mit ihr geredet habe.

Sie sagte, ihre Assistentin schicke Fotos von Callies Schmuck per E-Mail. Er war versichert, also haben sie die Unterlagen.« Er gab Butter auf seinen Keks und sagte: »Sie hat mir auch Ollies Namen gegeben, damit wir ihn überprüfen können.«

»Nach dem, was Callie gesagt hat, ist er eine Verschwendung von Schwerkraft«, sagte AB.

Coop lenkte das Gespräch auf andere Themen. »Dein Haar sieht hübsch aus, Tante Camille. Wie waren die Mädchen heute?«

Sie lächelte und strich mit der Hand seitlich über ihren Kopf, um ihre weißen Strähnen sanft zu streicheln. Ihr Haar war mit dem Alter dünner geworden, und sie ging jeden zweiten Tag zum Friseur, um es zu stylen und aufzufrischen und ihre rosa Kopfhaut zu verdecken. »Sie waren super. Natürlich haben wir über die arme Callie gesprochen. Sie kannten sie nicht, können aber nicht glauben, dass so etwas in einer so sicheren Gegend passiert ist. Einige der alleinstehenden Mädchen sind besorgt.«

»Ich glaube nicht, dass es ein zufälliger Angriff war«, sagte Coop. »Du kannst ihnen sagen, dass sie sich keine Sorgen machen müssen.« Er versuchte erneut, das Thema zu wechseln. »Hat AB dir erzählt, dass sie mit ihrer Familie über Weihnachten auf die Bahamas fährt?«

»Die Bahamas?« Tante Camille runzelte die Stirn und sagte: »Das hört sich nicht sehr weihnachtlich an.«

»Es ist eine Abwechslung zu dem, was sonst üblich ist, das steht fest. Ich freue mich darauf«, sagte AB.

»Ich habe noch so viel zu tun, um mich auf Weihnachten vorzubereiten. Ich weiß gar nicht, wo dieses Jahr die Zeit geblieben ist. Coop und ich verbringen Weihnachten hier, und ich habe ein paar Freunde eingeladen.« Mrs. Henderson räumte den Tisch ab und brachte etwas von dem übrig gebliebenen Pfirsichkuchen, aufgewärmt und mit einer Kugel Vanilleeis versehen.

»Ich bin mir sicher, dass es ein wunderschönes Weihnachten wird.« AB betrachtete ihre Portion Nachtisch. »O mein Gott! Wenn ich so weitermache, werde ich nie wieder einen Badeanzug tragen können.«

Nachdem sie ihren Nachtisch aufgegessen hatten, verbarrikadierten sich Coop und AB in seinem Büro und analysierten Callies Aktivitäten, die von ihrem GPS diktiert wurden. Sie arbeiteten daran, die gesamte Liste der Koordinaten zu vervollständigen, und versuchten, jede Adresse zu identifizieren und einen Grund für Callies Aufenthalt an jedem Ort zu finden. Coop benutzte den Computer an seinem Schreibtisch und AB einen Laptop in ihrer Ecke der Couch. Nach stundenlanger, mühsamer Arbeit schaute Coop auf und sah, dass AB eingeschlafen war. Gus döste am anderen Ende der Couch.

Mit sanften Händen zog Coop den Laptop unter ABs Händen weg und deckte sie mit einer Kaschmirdecke zu. Auf Zehenspitzen schlich er aus dem Büro und schloss die Tür, die sein Schlafzimmer mit dem Büro verband. Er ließ sich ins Bett fallen und spürte, wie sein Nacken und seine Schultern schmerzten, weil er stundenlang vor dem Computer gehockt hatte. Seine Augen brannten von all dem Starren auf den Bildschirm. Er schloss sie und vertraute darauf, dass die Erschöpfung ihm ein paar wertvolle Stunden Schlaf bescheren würde.

# KAPITEL FÜNF

Am Dienstagnachmittag kam Ben in Coops Büro, und die drei setzten sich an den Konferenztisch und fassten zusammen, was sie über Callies Aktivitäten wussten. Coop ging die Adressen durch, die sie über das GPS recherchiert hatten. »Wir glauben, dass wir sie alle aufklären können, mit Ausnahme ihres Besuchs im Hilton am späten Freitagnachmittag.«

Ben runzelte die Stirn. »Sie hat nichts erwähnt, AB?«

Sie schüttelte den Kopf. »Nein. Sie kam ein paar Minuten zu spät zu der Veranstaltung in der Bibliothek, aber sie schob es auf ihr Haar.«

Ben kritzelte in sein Notizbuch. »Wir müssen noch einmal bei ihrem Chef nachfragen und herausfinden, ob sie einen Grund gehabt hatte, ins Hilton zu fahren.« Er blätterte zurück auf eine Seite und sagte: »Also, der Ex-Freund, Oliver Talbot, arbeitet für eine Finanzfirma in Virginia und ist nicht vorbestraft. Seine Eltern sind wohlhabend, nicht in der gleichen Liga wie die Baxters, aber nahe dran. Ich habe seinen Chef kontaktiert und Ollie kam am Samstag in

Nashville an. Er nimmt an einer Konferenz teil und wohnt in der Nähe der Vanderbilt. Das Hotel ist etwa zwei Meilen von Callies Haus entfernt. Jimmy und Kate werden es sich ansehen.«

»Was hat Mr. King gesagt?«, fragte Coop.

»Keine Probleme mit Callie bei der Arbeit. Er sagte, sie sei eine großartige Anwältin, talentiert und verantwortungsbewusst. Wir fragten ihn nach seinen Indiskretionen mit der Assistentin und er schwankte ein wenig, gab es aber zu. Er sagte, es war ein Moment der Schwäche, keine andauernde Affäre. Kate hat mit der Assistentin gesprochen, und sie hat sofort nachgegeben und geweint, weil sie es ihrem Mann nicht sagen wollte.«

»Glaubst du, einer von ihnen hätte Callie töten lassen?«, fragte AB.

Ben schürzte die Lippen. »Das glaube ich nicht, aber ich möchte das Thema trotzdem noch etwas vertiefen.«

»Sie hatte doch auf der Party der Vanderbilt keine Probleme mit jemandem, oder?«, fragte Coop und warf AB einen fragenden Blick zu.

Sie schüttelte den Kopf. »Nicht, dass ich wüsste, außer mit Trixie. Sie war schon immer Callies Rivalin. Sie war so charmant wie immer und musste Callie unter die Nase reiben, dass sie Chandler geheiratet hat und ein wunderbares Leben führt. Callie war im College mit Chandler zusammen.« Sie schüttelte den Kopf. »Es ist wahrscheinlich nichts, aber sie sagte, sie wollte sichergehen, dass Callie nicht zurückgekehrt war, um Chandler zu verführen.« Sie seufzte und fügte hinzu: »Außer bei der Schnitzeljagd habe ich sie nie aus den Augen gelassen. Trotz Trixie hat Callie den Abend genossen und war am Ende der Nacht viel entspannter.«

»Wir analysieren die Tragetasche, die wir bei ihr zu

Hause gefunden haben. Es war nichts zu finden und der Inhalt hat keine Überraschungen gebracht. Wir erwarten die Ergebnisse nicht vor nächster Woche.«

»Ich glaube trotzdem nicht, dass ihr Drogen finden werdet. Ich bin zuversichtlich, dass sie ihre Sucht besiegt hat.« AB wischte sich eine verirrte Träne von der Wange.

Coop legte seine Hand auf die ihre. »Es ist nur etwas, das wir überprüfen müssen, besonders wenn Ollie im Spiel ist.« Er richtete seine Aufmerksamkeit auf Ben. »Gibt es eine Möglichkeit, dass ich bei dem Gespräch mit Ollie dabei sein kann? Ich würde mir gerne selbst ein Bild machen.«

»Sicher, ich sage Kate, dass sie dich anrufen soll.« Er tippte eine SMS in sein Telefon, überprüfte seine Nachrichten und stand auf. »Wir haben den Schmuck allen Pfandleihern in der Gegend gezeigt, aber bisher hat sich noch niemand gemeldet. Ich muss los. Ich habe eine Besprechung zu einem meiner anderen Fälle – der arme Kerl wurde auf der Flucht erschossen.«

»Wir sehen uns Freitag zum Frühstück. Wir haben einen Flug am späten Vormittag, aber das wird eine gute Gelegenheit sein, sich über die Neuigkeiten zu informieren.«

Ben nickte. »Es sei denn, es kommt vorher etwas dazwischen.«

»Ich werde dem Hilton einen Besuch abstatten und versuchen, etwas über Callies Aufenthalt dort in Erfahrung zu bringen«, sagte Coop und ging mit Ben zur Tür.

---

Kate verabredete sich mit Coop in Ollies Hotel, wo sie ihn überraschen wollte, sobald die letzte Sitzung des Tages beendet war. Sie setzten sich auf eine Bank vor dem Konferenzraum, bis Mr. Talbot erschien.

Kate und Coop erhoben sich, und Kate fing Ollie mit vorgehaltener Dienstmarke ab. »Oliver Talbot, Polizei Nashville. Wir müssen mit Ihnen sprechen.« Kates Stimme war laut und bestimmend.

»Äh, sicher. Worum geht es?« Sein Blick schweifte von ihnen zu der Menge von Männern und Frauen, die aus den Türen des Konferenzraumes strömten.

»Wir müssen mit Ihnen über Callie Baxter sprechen.«

»Oh, Mann. Sie hat mich bei den Bullen angezeigt, weil ich sie angerufen habe? Was für ein Miststück.«

Kates Augen weiteten sich. Sie führte Ollie zu einer Sitzecke, abseits des Lärms. Die drei setzten sich und Kate fragte: »Wann haben Sie Callie zuletzt kontaktiert?«

»Seit ich in Nashville bin, habe ich ihr immer wieder geschrieben und angerufen. Sie sollte vorbeikommen und mich hier treffen.«

»Wann sind Sie in Nashville angekommen?«, fragte Coop.

Ollie zuckte mit den Schultern. »Äh, ich glaube, es war so gegen drei Uhr am Samstag.«

»Was haben Sie in dieser Nacht gemacht?«, fragte Coop.

»Ich bin herumgelaufen, in die Stadt gefahren und habe ein paar Bars besucht. Nicht viel, wirklich.«

»Wann sind Sie in Ihr Zimmer zurückgekehrt?«

Ollie starrte Coop an. »Warum? Worum geht es hier?«

»Beantworten Sie einfach die Frage!«, sagte Kate.

Ollie schaute von Coop zu Kate, die ihn beide mit unnachgiebigen Blicken ansahen.

»Ich schätze, es war kurz nach Mitternacht, als ich hierher zurückkam. Ich bin mir nicht sicher, wie spät es genau war.«

Kate zog mehrere Blätter Papier aus einer Mappe. »Nach Aussage des Hotels haben Sie am Samstagnachmittag um fünfzehn Uhr achtundvierzig eingecheckt, und als Sie Ihr

Zimmer in der Nacht betraten, wurde der Kartenschlüssel um drei Uhr dreiunddreißig am Sonntagmorgen benutzt.«

Ollie fuhr sich mit den Händen durch das Haar und zappelte in seinem Stuhl herum. Sein Blick huschte über den Flur. »O ja, ich bin Bier holen gegangen. Das habe ich ganz vergessen.«

Kate starrte ihn weiter an. »Wo haben Sie das Bier gekauft?«

»Äh, ein kleiner Laden am Ende der Straße.«

»Haben Sie eine Quittung?«

Seine Augen weiteten sich. »Äh, nein. Ich, äh, habe bar bezahlt.«

»Um wie viel Uhr war das?«, fragte Kate.

»Ich schätze so gegen drei.«

»Lassen Sie uns einen Spaziergang machen, dann können Sie uns den Laden zeigen.« Kate schob ihre Papiere zurück in die Akte und stand auf.

»Ähm, jetzt gleich?«

»Ja, jetzt gleich.« Sie gab ihm ein Zeichen, dass er vorgehen sollte.

Er nahm seine Ledertasche und stapfte in die Lobby. »Sieht aus, als bräuchte ich einen Mantel.«

»Ich begleite Sie auf Ihr Zimmer und wir holen ihn«, schlug Coop vor.

Während die beiden Männer weg waren, erkundigte sich Kate beim Sicherheitsbüro und forderte deren Videobänder vom frühen Sonntagmorgen an. Man erklärte sich bereit, die Daten für sie auf eine DVD zu kopieren, die innerhalb einer Stunde fertig sein sollte.

Ollie kehrte zurück, sein Gesicht war von Angst erfüllt. Coop ging hinter ihm und sagte: »Wir sind bereit.«

Ollie führte sie aus dem Haupteingang und bog links ab. Sie gingen etwas mehr als einen Block und Kate zeigte auf das beleuchtete Schild des Supermarktes an der Ecke. »Ist es das?«

Ollie sah sich um und sagte: »Ja, ich glaube schon.«

Kate schaute auf ihre Uhr. »Wir haben drei Minuten gebraucht, um hierherzukommen. Sie sagten, Sie waren gegen drei Uhr hier. Wie kommt es, dass Sie dreißig Minuten gebraucht haben, um zurück zum Hotel zu kommen?«

Sie sah seine Augen im Licht des Ladens aufblitzen. »Ich, äh, weiß nicht. Ich schätze, ich habe mir einfach Zeit gelassen.«

»Beschreiben Sie den Verkäufer.«

»Was? Ich erinnere mich nicht.«

»Mann oder Frau?«, fragte Kate.

»Äh, Mann.«

»Was noch?«

»Ich habe nicht darauf geachtet. Ich habe nur das Bier gekauft und bin gegangen.«

»Okay, lassen Sie uns zum Hotel zurückgehen.«

Sie stapften schweigend zurück. Kate wies Ollie auf einen leeren Stuhl in der Lobby. Sie schlug ihr Notizbuch auf und wiederholte seine Geschichte. »Möchten Sie noch etwas hinzufügen oder müssen wir noch etwas ändern?«

Er schüttelte den Kopf. »Was hat das mit Callie zu tun?«

»Callie Baxter wurde am frühen Sonntagmorgen ermordet. Wir befragen jeden, der mit ihr zu tun hatte.«

Ollies Kopf sackte in seine Hände. »Ermordet? Wie?«

»Sie wurde in ihrem Haus erwürgt.«

»Waren Sie jemals bei ihr zu Hause, Ollie?«, fragte Coop.

Ollie schüttelte den Kopf hin und her. »Nein, ich weiß nicht, wo sie wohnte. Ich hatte nur ihre Telefonnummer.« Seine Stimme brach. »Ich wollte wieder mit ihr zusammenkommen. Ich hatte gehofft, das auf dieser Reise tun zu können.«

»Hatte sie Interesse bekundet, wieder mit Ihnen zusammenzukommen?«, fragte Kate.

»Nein … Ich wollte mit ihr reden und sie bitten, mir noch eine Chance zu geben.« Tränen liefen ihm über das Gesicht. »Ich kann nicht glauben, dass sie tot ist.«

»Wir bleiben in Kontakt, Ollie. Verlassen Sie nicht die Stadt«, sagte Kate.

Sie ließen ihn in der Lobby zurück, in der Hand eine von Kates Karten. Coop überließ es ihr, die DVD abzuholen, und sie versprach, ihn morgen früh anzurufen, sobald sie die Gelegenheit hatte, sie zu sichten.

Als Coop durch die Lobbytür hinausging, saß Ollie immer noch auf dem Stuhl und hielt seinen Kopf in den Händen.

---

Coop kaufte ein paar Donuts und ging am nächsten Morgen in Bens Büro. Ben war in einer Besprechung, aber er fand Kate an ihrem Schreibtisch. »Hey, Coop. Ich wollte dich gerade anrufen.« Sie zog einen Stuhl heran, nahm sich ein Stück Gebäck und lächelte über Coops T-Shirt. Heute war zu lesen: *Ich streite nicht, ich erkläre nur, warum ich recht habe.*

»Was gibt's Neues?«

»Nun, das Video zeigt, wie unser Freund Ollie das Hotel gegen sieben Uhr abends verlässt. Er nimmt sein Auto und kehrt um drei Uhr fünfundzwanzig am Morgen zurück. Das haben wir auf der Kamera in der Garage gesehen. Es gibt keine Aufnahmen davon, wie er durch die Lobby geht.«

»Gibt es ein Video im Supermarkt?«

»Sie riss ein weiteres Stück vom Donut ab. »Nö. Die Kameras funktionieren nicht. Da sie nach Mitternacht kein Bier mehr verkaufen, habe ich mir gedacht, dass alles eine

Lüge ist, aber ich wollte herausfinden, wie weit Ollie mit der Geschichte gehen würde. Er führt etwas im Schilde, denn es gibt auch eine Nachricht, wonach er einen Benton Hamlin anrufen sollte. Er ist Anwalt, der unseren guten Kumpel Ollie vertritt.«

Coop lächelte. »Warum sollte Ollie einen Anwalt brauchen?«

»Weil er sich irgendetwas zuschulden hat kommen lassen.« Sie zuckte mit den Schultern und schenkte ihm ein schwaches Lächeln. »Nichts für ungut, natürlich.«

»Natürlich!«

»Ich werde den Anwalt anrufen und ein Treffen vereinbaren. Ich muss Ollies Ungereimtheiten aufklären und er muss dafür sorgen, dass Ollie die Stadt nicht verlässt.«

»Lass mich wissen, wie es läuft. Ich werde Mr. King und die Assistentin noch einmal unter die Lupe nehmen, nur für den Fall, dass mehr an ihrer Geschichte dran ist. AB und ich fliegen am Freitag zur Gedenkfeier.«

Kate nickte, als sie den letzten Bissen nahm. »Ja, Ben sagte, ihr würdet hingehen. Ich werde dich wissen lassen, was ich erfahre.« Ihr Telefon klingelte und sie winkte Coop kurz zu.

Er benutzte sein Handy, um sich bei AB zu melden, und fuhr in die Innenstadt. Er legte der Empfangsdame seine Karte vor und bat darum, Mr. King zu sprechen, und erklärte, er untersuchte den Tod von Callie. Sie nickte und sagte: »Natürlich. Lassen Sie mich ihn rufen. Die arme Callie. Wir alle mochten sie so sehr.«

Sie murmelte in ihr Headset und wandte sich dann wieder an Coop. »Audrey, die Assistentin von Mr. King, kommt gleich und bringt Sie zu seinem Büro.«

Coop nickte zum Dank, und bevor er sich setzen konnte,

erschien eine attraktive Rothaarige. »Mr. Harrington, bitte hier entlang.«

Als er dem verführerischen Duft ihres Parfüms und ihren wohlgeformten Kurven den Flur entlang folgte, musste er nicht lange rätseln, um herauszufinden, was Mr. King in Versuchung geführt haben mochte. Audrey war umwerfend. Ihr kurzer Rock betonte ihre langen, durchtrainierten Beine, und Coop musste sich konzentrieren, damit sein Blick nicht abschweifte, um die Aussicht zu bewundern. Sie blieb vor einer Reihe von Doppeltüren stehen und öffnete eine, wobei sie Coop bedeutete, zuerst hindurchzugehen.

»Mr. King, ich habe Mr. Harrington für Sie«, verkündete sie.

»Danke, Audrey, bitte bring uns ein paar Erfrischungen«, sagte der gut aussehende Mann, den Coop aus den juristischen Kreisen in Nashville kannte.

Coop streckte seine Hand aus: »Danke, dass Sie sich mit mir treffen, Mr. King.«

»Bitte, nennen Sie mich Brandon«, sagte er und schüttelte Coops Hand. »Ich habe gehört, dass Sie sich mit Callies Tod befassen.«

»Ja, ich wurde von ihrer Familie beauftragt.«

»Sie sind wunderbare Menschen. Wir sind alle am Boden zerstört über diese ganze Sache. Haben Sie irgendwelche Hinweise?«

»Ein paar, aber wir untersuchen noch ihre Bewegungen und wer ein Motiv gehabt haben könnte.«

Brandon hob seine Hände. »Ich weiß, dass wir unter Verdacht stehen, wegen der Sittenlosigkeit, die Callie beobachtet hat.« Er schüttelte den Kopf. »Audrey und ich haben etwas Falsches getan und fühlen uns schrecklich deswegen. Ich kann Ihnen versichern, dass keiner von uns etwas mit Callies Tod zu tun hat. Es war ein Moment der Schwäche und es ist vorbei.«

»Weiß Ihre Frau davon?«

»Nein, wie ich schon sagte, es ist kein aktuelles Thema.« Er wurde unterbrochen, als Audrey mit einem Tablett mit Kaffee, Tee und Keksen zurückkam.

Sie beugte sich vor, um sie auf den Tisch zu legen, und Coop hatte einen perfekten Blick auf ihren Spitzen-BH und das Dekolleté, das aus ihrer Bluse herausschaute. Er wusste, dass er den Blick abwenden sollte, aber er konnte sich nicht dazu durchringen, es zu tun. Sie war eine schöne Frau und so gekleidet, um das andere Geschlecht zu verführen.

Sie bot ihm eine Tasse Kaffee an, und er bedankte sich mit einem krächzenden Geräusch, zu fasziniert von ihrem Dekolleté und der Verlockung in ihrer schwarzen Bluse. Sie reichte ihm die Untertasse mit einem kurzen Zwinkern und einem lüsternen Lächeln. Sie wandte ihre Aufmerksamkeit Brandon zu und reichte auch ihm eine Untertasse. »Sagen Sie mir Bescheid, wenn Sie mich brauchen.« Sie ging davon, während beide Männer ihr bewundernd nachblickten.

Die Tür fiel zu, und Coop wandte seine Aufmerksamkeit der verbotenen Tasse Kaffee in seiner Hand zu. »Ich kann verstehen, warum Sie in Versuchung kamen. Sie ist ziemlich verlockend.«

Brandon lächelte, während er an seinem Kaffee nippte. »Ja, sie arbeitet seit vier Jahren hier, und ich habe dem Verlangen schließlich nachgegeben. Ich weiß, es war falsch. Wir haben bis spät in die Nacht an einem Projekt gearbeitet, und die Willenskraft, zu widerstehen, hat nachgelassen. Ich habe versucht, ihr vorzuschlagen, weniger freizügige Kleidung zu tragen, aber das ist ein heikles Thema, und ich habe es offensichtlich nicht geschafft, zu ihr durchzudringen. Ich bin nicht stolz darauf, und sie ist es auch nicht. Ich habe vorgeschlagen, dass ich versuche, ihr eine Stelle in einer anderen Firma zu verschaffen. Ich bin gerade dabei, einen Deal auszuhandeln, um sie in einer reinen Frauenfirma unterzubringen.«

»Ist sie wütend?«

»Nein, überhaupt nicht. Sie ist mit einem tollen Mann verheiratet und will ihre Ehe nicht zerstören. Ich weiß, sie sieht aus wie eine Spielerin, aber das ist sie nicht. Als Callie bei uns hereinplatzte, war es das einzige Mal, dass so etwas passiert ist. Sie ist kokett, aber harmlos. Ich habe den ersten Schritt gemacht und sie hat darauf reagiert. Es gibt eine gegenseitige Anziehung und wir sind uns einig, dass es das Beste ist, wenn wir nicht zusammenarbeiten.« Er nahm einen weiteren Schluck Kaffee, und Coop schwieg und ließ ihn seine Sünden beichten.

»Nur damit Sie es wissen, wir hatten den Akt noch nicht … äh, Sie wissen schon, beendet. Als Callie hereinkam, saßen wir beide auf der Couch. Wir haben sie nicht bemerkt, bis sie keuchte. Wir brauchten ein paar Minuten, um uns zu lösen und uns anzuziehen, und dann war Callie schon weg. Sie stolperte auf dem Weg aus dem Zimmer und rannte hinaus, als ob das Haus in Flammen stünde.«

»Haben Sie nach dieser Nacht mit Callie darüber gesprochen?«

»Nein. Ich habe mich geschämt und wollte es nicht erwähnen, und ihrem Verhalten nach zu urteilen, war es ihr ebenso peinlich.« Er hielt inne und fügte hinzu: »Im Nachhinein hätte ich mit ihr reden und reinen Tisch machen sollen.«

»Sie hatte Angst, dass Sie sie feuern würden.«

Schock huschte über Brandons Gesicht. »Ich würde sie niemals feuern. Sie hat nichts falsch gemacht. Ich glaube nicht einmal, dass sie irgendjemandem hier im Büro ein

Wort darüber gesagt hat. Keiner von uns hat irgendeinen Klatsch darüber gehört.«

»Ich bin sicher, dass sie nichts gesagt hat. Sie hat es nur ihrer Sponsorin bei den AA erzählt. Es verursachte ihr Stress und Sorgen, also sprach sie darüber, um nicht zu trinken, um damit fertigzuwerden.«

Seine breiten Schultern sanken herab. »Es tut mir leid, dass ich Callie Sorgen bereitet habe«, sagte er mit niedergeschlagenen Augen. »Ich schäme mich für mein Verhalten. Ich liebe meine Frau und hätte die Kraft haben müssen, der Anziehung zu widerstehen. Das war unprofessionell.«

»Hat Audrey Ihnen wegen des Vorfalls gedroht?«

Brandon runzelte die Stirn. »Nein, natürlich nicht. Sie fühlt sich schrecklich deswegen.«

Coop nickte und trank seinen Kaffee aus. »Hatte Callie irgendwelche Probleme mit jemandem bei der Arbeit oder mit Kunden?«

»Ganz und gar nicht. Sie war sehr beliebt und hat gute Arbeit geleistet. Sie blieb für sich und war ruhig. Sie war nicht in Büroklatsch oder Politik verwickelt.«

»Hätte sie letzten Freitag einen Grund gehabt, im Hilton zu sein?«

Brandon blinzelte und sah auf seinen Planer auf dem Schreibtisch. »Chief Mason hat mich gestern nach dem Hilton gefragt.« Er schüttelte den Kopf: »Nicht, dass ich wüsste. Wir haben dort keine Klienten und das meiste, was Callie gemacht hat, war an ihrem Schreibtisch zu erledigen. Sie ist zum Gericht und zu ein paar anderen Anwaltskanzleien gelaufen, aber das Hilton ist kein Ort, an dem wir im Moment Geschäfte machen oder Klienten unterbringen würden.«

Coop stand auf und reichte ihm die Hand. »Danke für

Ihre Zeit und den Kaffee.« Er machte sich auf den Weg zur Tür und blieb stehen. »Ich werde Audrey ebenfalls befragen müssen. Ich hoffe, Sie verstehen das.«

»Ja, natürlich. Sie können gerne mein Büro benutzen. Ich muss in ein paar Minuten zu einer Besprechung in den Konferenzraum.«

Coop trat durch die Tür und näherte sich Audreys Schreibtisch, wo der Duft ihres Parfums den Raum durchdrang und seine Nase kitzelte. »Ich habe ein paar Fragen an Sie, und Mr. King sagte, wir könnten sein Büro benutzen.«

Sie errötete und drückte einige Tasten auf ihrem Telefon, bevor sie ihren Schreibtisch verließ. Mr. King kam gerade aus seinem Büro, als sie eintraten. »Ich bin im Konferenzraum.«

Coop atmete tief durch, als er Audrey in das Büro folgte, und zwang sich, mit seinen Gedanken und Augen beim Thema zu bleiben. Er setzte sich so weit wie möglich entfernt von ihr und stellte ihr viele der Fragen, die er auch Mr. King gestellt hatte.

Sie erzählte ihm dieselbe Geschichte von der Nacht, in der Callie sie auf der Couch entdeckt hatte. Unter Tränen sagte sie ihm, wie leid es ihr tat. »Es war nur das eine Mal. Wir waren beide erschöpft und unsere Hormone haben uns übermannt.«

»Haben Sie Ihrem Mann von dem Vorfall erzählt?«

Die Farbe verließ ihr Gesicht. »Nein. Brandon und ich waren uns einig, dass es ein Ausrutscher war und nie wieder vorkommen würde. Wir wollten unsere Ehepartner nicht beunruhigen.« Sie erzählte weiter von dem Vorschlag von Mr. King, eine andere Stelle für sie zu finden. »Es ist ein besserer Job mit einer Gehaltserhöhung, also denke ich, dass es gut für mich sein wird.« Sie wischte sich mit einem

Taschentuch über die Augen. »Ich habe meine Lektion gelernt. Das mit Callie tut mir auch sehr leid. Sie hat sich ganz professionell verhalten und ist nicht im Büro herumgelaufen und hat darüber gesprochen, was sie gesehen hat.«

»Fällt Ihnen ein Grund ein, warum Callie am Freitag nach der Arbeit das Hilton besucht hat? Hat sie Papiere für das Büro besorgt oder so?«

Audrey schüttelte den Kopf, und ihre dicken Locken hüpften über ihre Schultern. »Nein, ich habe das Kundenprotokoll und das Lieferprotokoll auf irgendetwas überprüft, das mit dem Hilton zu tun hat, und nichts gefunden. Es muss etwas Privates gewesen sein.«

Coop stand auf und bedankte sich bei ihr für ihre Zeit. Da er sich nicht traute, Audrey näher als nötig zu kommen, legte er eine Karte auf den Tisch zwischen ihnen und bat sie, sich bei ihm zu melden, wenn ihr etwas Wichtiges einfiele.

»Ich danke Ihnen, Mr. Harrington. Es war mir ein Vergnügen.« Sie griff nach der Karte und gewährte ihm einen weiteren großzügigen Blick auf ihr Dekolleté.

Coop schüttelte den Kopf und lächelte, als er sich auf den Weg in die Lobby machte. Audrey war ein leichter Flirt und ein Magnet für Männer. Brandon King würde gut daran tun, sie so schnell wie möglich aus seiner Kanzlei loszuwerden.

# KAPITEL SECHS

Coop benutzte den Parkservice des Hilton, um den Jeep zu parken. Sein Magen knurrte und erinnerte ihn daran, dass er das Mittagessen verpasst hatte. Er lief zum Broadway, um in einem seiner Lieblingslokale einen Burger zu essen, bevor er das Hotel in Angriff nahm. Während er seine Pommes aß, rief er Kate an und fragte sie, ob sie ihm den Weg zum Sicherheitsdienst ebnen könnte. Er wollte einen Blick auf das Filmmaterial werfen, das sie von Callies Besuch am Freitag hatten.

Nachdem er sich Notizen zu seinem Besuch bei Brandon King gemacht hatte, ging er zurück zum Hilton und machte sich auf den Weg zum Sicherheitsbüro. Kate hatte ihr Versprechen eingelöst. Der Wachdienst erwartete Coop bereits.

Er bot Coop einen Stuhl an und zeigte ihm, wie man die Software bedient, damit er das Video vom Freitagnachmittag durchsehen konnte. In der Annahme, dass Callie Geld sparen wollte, konzentrierte sich Coop auf den Selbstparkerbereich, wurde aber nicht fündig. Er wechselte zu den Parkplätzen und sah, wie ihr Auto um sechzehn Uhr achtundvierzig vorfuhr. Sie unterhielt sich mehrere Minuten lang mit dem Parkwächter, gestikulierte mit den Händen und holte einen Umschlag aus ihrer Tasche. Der Bedienstete nickte und zeigte auf sie. Sie fuhr mit ihrem Auto vor und stellte es vor dem Eingang ab. Er sah, wie sie den Umschlag zurück in ihre Tasche steckte und in die Lobby eilte. Er schaute sich das Video weiter an und sah, wie sie um siebzehn Uhr drei zum Auto zurückkehrte, dem Parkwächter ein Trinkgeld gab und wegfuhr.

Er hielt das Video an und fragte beim Wachdienst, ob er eine Kopie davon bekommen könnte, und bat auch darum, die Kameras in der Lobby zu sichten, damit er Callies Bewegungen verfolgen konnte, sobald sie das Hotel betreten hatte. Der Wachdienst klickte auf ein paar Bildschirme und zeigte ihm die Gruppe von Kameras, die im Lobbybereich installiert waren.

Coop scrollte durch mehrere Bildschirme, bis er Callie entdeckte und beobachtete, wie sie durch die Lobby ging und durch einen Seiteneingang wieder ins Freie trat. Sie ging am Hilton-Gebäude vorbei und ging weiter den Bürgersteig hinunter. Um siebzehn Uhr eins kam sie aus derselben Richtung zurück und betrat das Hilton durch den Seiteneingang. Sie nahm denselben Weg und verließ das Hotel durch die Lobbytüren und ging zurück zum Parkservice, wo sie ihr Auto abholte. Coop bat darum, das Filmmaterial seiner DVD über den Parkservice hinzuzufügen, und dankte dem Mann für seine Zeit.

Coop ging zum Parkservice und sah den Mann, den er von den Videoaufnahmen her kannte. Er ging auf ihn zu und fragte ihn, ob er sich daran erinnerte, dass Callie ihr Auto geparkt habe, um einen Umschlag abzugeben. Coop beschrieb Callies BMW und zeigte dem Mann ein Foto von ihr.

Die Augen des Dieners funkelten vor Erkennen. »O ja. Hübsche Dame. Sie sagte, sie müsse etwas abgeben und käme gleich wieder.«

»Haben Sie einen Blick auf den Umschlag geworfen, den sie in ihrer Tasche hatte?«

Er schüttelte den Kopf. »Nein, Sir. Ich habe nicht darauf geachtet. Sie kam nach ein paar Minuten zurück und gab mir ein Trinkgeld. Es war keine große Sache. Wir sollten das nicht tun, aber wir hatten Platz und sie schien ein nettes Mädchen zu sein. Sie hatte es nur eilig.«

Coop gab ihm seine Karte und bat ihn, ihn anzurufen, wenn ihm noch etwas einfiele.

Als er ins Büro zurückkehrte, war es kurz vor fünf. Gus begrüßte ihn an der Hintertür, und er fand AB, die gerade ihren Computer herunterfuhr. »Hast du heute etwas Neues herausgefunden?«

Coop schüttelte den Kopf, während er Gus streichelte. »Nicht viel. Ich habe mit Mr. King und seiner attraktiven Assistentin Audrey gesprochen.« Er wackelte mit den Augenbrauen. »Sie hat eine fabelhafte Figur und flirtet gerne.«

Sie rollte mit den Augen. »Du bist so … kindisch. Abgesehen davon, dass du die körperlichen Vorzüge von Audrey genossen hast, was hast du bei dem Besuch herausgefunden?«

»Mein Gefühl sagt mir, dass sie nichts mit Callies Tod zu tun haben.« Er legte die DVD aus dem Hilton auf den Couchtisch und setzte sich auf die Couch. »Sie waren beide sehr entgegenkommend und erzählten die gleiche Geschichte. Ich schätze, sie könnten es sich ausgedacht haben, aber ich glaube ihnen. Sie sagten beide, dass Callies

Anwesenheit im Hilton nichts mit ihrer Arbeit zu tun hatte.«

»Hmm«, sagte sie. »Ich frage mich, was sie dann dort gemacht hat.«

»Sie hat ihren Wagen für etwa fünfzehn Minuten beim Parkservice geparkt.« Er nahm die DVD in die Hand. »Ich habe mir das Videomaterial angesehen. Es zeigt sie, wie sie durch das Hilton und auf die Straße ging, und dann kehrte sie ein paar Minuten später zurück und ging wieder hinein und durch die Lobby hinaus. Sie zeigte dem Parkservice einen Umschlag aus ihrer Tasche, der bei der polizeilichen Bestandsaufnahme nicht in der Tasche gefunden wurde.«

»Also, was war in dem Umschlag und wohin ist er verschwunden?«

»Ich werde die DVD zu Ben bringen und seine Techniker bitten, sie zu untersuchen, aber ich habe nicht viel Hoffnung.«

»Sie sagte, dass das, was sie beunruhigte, etwas war, worauf sie bei der Arbeit gestoßen war. Vielleicht war es das, was in dem Umschlag war. Wir müssen alle Fälle durchgehen, an denen sie für Mr. King gearbeitet hat. Vielleicht hat es nichts mit der Affäre zu tun, sondern mit etwas, das sie im Laufe ihrer Arbeit entdeckt hat.«

»Ich bin gerne bereit, zurück in die Kanzlei zu gehen und Audrey … und Mr. King eingehend zu befragen.«

Sie gab ihm einen Klaps auf den Hinterkopf. »Genug jetzt. Vielleicht sollte ich mir diese Frau ansehen, die so viel Macht über das schwache Geschlecht hat.«

Am Donnerstagmorgen verschaffte AB ihnen einen Termin bei Mr. King, der bereit war, sie alle Arbeitsmaterialien und

Akten von Callie einsehen zu lassen. Audrey begleitete sie zu Callies Arbeitsplatz. Als sie hinter ihr gingen, stieß Coop AB mit dem Ellbogen an und hob seine Augenbrauen. »Siehst du, was ich meine?«, flüsterte er und betrachtete den cremefarbenen kurzen Rock und die durchsichtige Bluse von heute. AB verdrehte die Augen und warf ihm einen finsteren Blick zu.

Sie verbrachten den Vormittag an Callies Schreibtisch und gingen Akte um Akte durch. Während sie die Akten durchforsteten, machte sich AB Notizen zu den Namen der Kunden und den Fallbeschreibungen. Callie arbeitete an mehreren Fällen, bei denen es nicht um große Geldbeträge oder kontroverse Themen ging. Der Großteil ihrer Arbeit war alltäglich, sogar langweilig. Keiner der Klienten war eine wichtige Person, und der größte Teil ihrer Arbeit bestand aus Recherchen.

Coop wusste, dass Bens Team ihren Arbeitsplatz durchsucht hatte, aber er und AB sahen noch einmal alle Schubladen und Ablageflächen durch. Sie fanden nichts von Bedeutung und AB sagte mit etwas Traurigkeit: »Arme Callie, sie hatte nicht einmal persönliche Dinge hier. Keine Fotos oder so etwas.«

»Vielleicht hat sie gehofft, dass dies nur vorübergehend war und sie etwas Besseres finden konnte«, vermutete Coop.

Sie zuckte mit den Schultern und schloss die letzte Schublade, die sie durchsucht hatte. »Wir müssen uns etwas einfallen lassen, Coop.«

Sie gingen zurück zu Audreys Schreibtisch, um ihr mitzuteilen, dass sie fertig waren, und Coop bat darum, mit Mr. King zu sprechen. Er war zu sprechen und bot den beiden an, sich zu setzen. »Danke, dass wir Callies Arbeit durchsehen durften. Wir haben nichts entdeckt, was auf ein mögliches Motiv schließen lässt. Ich frage mich, ob Callie sich jemals selbst mit Klienten getroffen hat oder Gelegenheit hatte, sich mit anderen Anwälten in deren Büros oder irgendwo anders im Rahmen ihrer Arbeit zu treffen?«

»Nun, sie hat andere Kanzleien besucht, aber nur, um Papierkram abzuholen. Wir könnten unser Bestes tun, um eine Liste für Sie zu erstellen. Sie traf sich nicht mit unseren Mandanten außerhalb der Kanzlei, und wenn sie hier an Sitzungen teilnahm, war sie nicht allein. Der andere Ort, zu dem sie ging, war das Gerichtsgebäude, wo sie ebenfalls Dokumente abgab oder abholte.«

»Haben Sie Aufzeichnungen über Dokumente, die sie im Gerichtsgebäude oder in anderen Büros hätte abliefern oder abholen müssen?«

Mr. King runzelte die Stirn. »Keine offizielle Liste. Lassen Sie mich mit Audrey sprechen und herausfinden, ob wir etwas zusammenstellen können.«

»Das würden wir sehr zu schätzen wissen. Wir werden dieses Wochenende nicht in der Stadt sein, aber ich melde mich am Montag wieder bei Ihnen, für den neuesten Stand.«

***

Am Freitagmorgen traf Coop Ben an ihrem üblichen Stand bei *Peg's Pancakes*. Bens blutunterlaufene Augen und sein hageres Gesicht zeugten von seiner Hingabe für seinen Job. »Du siehst schrecklich aus«, sagte Coop.

»So geht es mir auch.« Er schluckte seinen Kaffee und Myrtle erschien, um seine Tasse zu wärmen.

Sie schüttelte bei seinem Anblick den Kopf. »Ach, du meine Güte. Ihr braucht etwas Ruhe. Dieser Job wird euch noch umbringen.«

Ben lächelte leicht. »Es ist nur viel los im Moment,

Myrtle. Sobald ich diese Fälle gelöst habe, geht es mir wieder besser.«

»Man sagt, alle schlechten Dinge sind drei, vielleicht beruhigt es sich jetzt.« Sie zupfte den Bleistift hinter ihrem Ohr hervor. »Was darf's sein?« Sie kritzelte die Bestellungen auf ihren Block und eilte in die Küche.

»Ich helfe gerne, wenn ich etwas tun kann. Natürlich kostenlos«, sagte Coop.

»Vielleicht nehme ich dein Angebot an. Ich starre schon seit Stunden auf das Videomaterial und komme nicht weiter. Wir haben einen schwarzen SUV gefunden. Er passt zu dem, der das Kind angefahren hat. Er wurde verlassen und teilweise abgefackelt in einem heruntergekommenen Industriegebiet nördlich der Stadt abgestellt. Er wurde ein paar Tage vor dem Unfall in Georgia gestohlen.«

Myrtle kam mit den Tellern und stellte sie ab. »Alles aufessen!«, sagte sie und füllte die Tassen nach.

Ben schüttelte den Kopf, während er kaute. »Ich habe nichts zu dem Kerl, der im Park erschossen wurde. Er lief jeden Morgen eine Runde um das Parkgelände. Wir kennen den Waffentyp, aber es gibt keine Übereinstimmung in der Ballistik. Ein Schuss in die Brust und einer in den Kopf, keine Projektile am Tatort. Professionell.« Ben nahm einen Bissen von seinem Omelett. »Keine Zeugen. Ein paar Kameras in der Gegend um die Parkplätze und Gebäude, aber keine Fahrzeuge aufgezeichnet. Wir haben ein paar Läufer auf der Kamera, aber sie sind alle dick eingepackt und wir konnten keinen von ihnen identifizieren. Alle telefonischen Hinweise waren nichts weiter als Streiche oder Verrückte.«

»Callies Fall deutet auf einen erfahrenen Killer hin, und der Typ im Park klingt nach einem Profikiller. Vielleicht ist der Bote auch das Werk eines Profis. Es ist schwer vorstellbar, dass ein Einheimischer einen Unfall hatte und beschloss, sein Auto abzufackeln. Gibt es eine Verbindung zwischen dem Besitzer in Georgia und jemandem in Nashville?«

Ben schüttelte den Kopf und schob sich einen Keks in den Mund. »Nein, nichts. Wir haben die Besitzer überprüft und sie sind sauber. Wir arbeiten jetzt an den Fingerabdrücken im Fahrzeug. Vielleicht haben wir Glück und bekommen einen Treffer.« Er machte eine Pause und nahm einen Schluck Kaffee. »Gestern Abend haben wir einen Mann auf dem Video erkennen können. Er kam aus einer Gasse und durchwühlte einige der Papiere, die der Bote bei sich getragen hatte. Es sah nicht so aus, als hätte er etwas gestohlen, aber wir versuchen, ihn zu identifizieren, hatten nur bisher kein Glück. Unsere Leute hatten nur die unmittelbare Umgebung des Unfalls gesichert, sodass die Tasche und ein Großteil der Papiere außerhalb der Absperrung lagen. Die Tasche wurde überfahren und vom nachfolgenden Fahrzeug- und Fußgängerverkehr den Block hinuntergeschoben. Der Mann aus der Gasse war zu Fuß unterwegs und trug eine Kapuze. Sein Gesicht ist nicht zu erkennen. Wir versuchen, ihn mit anderen Kameras aufzuspüren, hatten aber bisher kein Glück. Wir haben ihn verloren, nachdem er in einer anderen Gasse verschwunden war, und können ihn auf keiner anderen Kamera ausfindig machen. Es ist eine mühsame Arbeit, aber wir müssen die Sache aufklären.«

»Glaubst du, der Kapuzenmann war nur neugierig oder hat etwas gesucht?«

Ben nickte. »Das ist die Frage der Stunde. Kate und Jimmy arbeiten mit dem Kurierdienst zusammen, um alle Gegenstände, die er bei sich trug, zusammenzufügen und um herauszufinden, was der Mann mit der Kapuze gewollt haben könnte. Er könnte einfach nur ein Mann gewesen sein, der zufällig einen Haufen Papiere und die Tasche gefunden hat und neugierig war. Ein Obdachloser hätte die Tasche mitgenommen. Es war Ende des Tages und Billys Taschen waren voll. Das ist ein Albtraum.«

Coop informierte Ben über seinen letzten Besuch im Büro von Mr. King. »Ich werde mich am Montag wieder melden und eine Liste der Büros besorgen, die Callie besucht hat. Sie muss dem, was auch immer es war, in einem anderen Büro begegnet sein. Wir haben in ihren Akten nichts gefunden, was unser Interesse geweckt hätte.« Coop schob seinen leeren Teller an den Rand des Tisches. »Haben die Techniker irgendetwas über die Untersuchung des Videos von Callies Umschlag gesagt, den sie dem Parkservice im Hilton gezeigt hat?«

»Noch kein Glück. Nach dem, was sie sagen, ist der Winkel schlecht, und sie können nichts von der Vorderseite des Umschlags ablesen, nur von der Rückseite, und es gibt keine Schrift, die sie erkennen können.« Bens Augen weiteten sich. »Fast hätte ich es vergessen, ich soll dir von Kate ausrichten, dass sie mit Ollie und seinem Anwalt gesprochen hat. Als sie ihn mit dem Videobeweis von seinem Auto konfrontiert hat, hat er zugegeben, dass er am Samstagabend ausgegangen ist und sich Kokain besorgt hat. Sie will herausfinden, wo er war, aber sie glaubt, dass er die Wahrheit sagt. Er hatte Angst, wegen der Drogen in Schwierigkeiten zu geraten, aber als er mit dem größeren Problem des Mordes konfrontiert wurde, gab er es zu.«

»Was für ein Idiot! Wir wussten, dass er lügt, als wir mit ihm im Hotel gesprochen haben.«

Myrtle erschien mit der Rechnung. »Habt ihr heute eine Bestellung für AB?«

»Nein, ich muss zu ihr nach Hause und sie abholen. Wir

haben heute Morgen einen Flug und ich muss mich beeilen. Nächsten Freitag wieder.« Coop lächelte und zog ein Bündel Scheine aus seiner Brieftasche. »Ich wünsche dir ein schönes Wochenende, Myrtle.«

---

Wie Mrs. Baxters Assistentin versprochen hatte, wartete in Dulles ein Fahrer auf sie. Mit routinierten Griffen verstaute er ihr Gepäck und navigierte sie durch den Verkehr, sodass die Fahrt zu dem luxuriösen Anwesen in McLean in weniger als dreißig Minuten beendet war. Der Fahrer bog in die Einfahrt ein, drückte einen Knopf auf der Konsole, und sie fuhren an riesigen Toren vorbei, die mit einem Pförtnerhaus verbunden waren, das im *Architectural Digest* hätte abgebildet werden können. Sie bahnten sich ihren Weg durch die exquisiten Häuser, die die breiten Straßen säumten, und bogen in eine Auffahrt ein, wo ein weiteres beeindruckendes Tor die Einfahrt versperrte. Der Fahrer drückte einen weiteren Knopf und das Tor öffnete sich, sodass sie auf das beeindruckende Haus der Familie Baxter aus Ziegeln und Stein zufahren konnten.

Sobald der Wagen anhielt, wurden sie von einem Mann in einem eleganten Anzug empfangen, der sich als Mr. Belmont vorstellte. »Willkommen. Mr. und Mrs. Baxter sind im Moment nicht zu Hause, haben Sie aber gebeten, heute Abend um sechs Uhr im Familienzimmer mit ihnen etwas zu trinken. Ich werde Sie jetzt zu Ihren Suiten führen.«

Ein junger Mann erschien und trug ihre Taschen, während sie Mr. Belmont folgten. Coops Augen weiteten sich, als sie das weiße Marmorfoyer betraten. Sie wurden eine verschnörkelte Treppe hinaufgeführt, die in einer Rotunde mündete. Durch die Fensterwand auf der Rückseite des Hauses konnten sie einen Blick auf den riesigen Hof werfen, und Mr. Belmont blieb vor einem Zimmer auf der rechten Seite stehen, das einen Blick auf den großen Rasen bot. »Mr. Harrington, das ist Ihre Suite.« Er wies mit einer Geste auf die nächste Tür am Ende des Flurs. »Ms. Davenports liegt direkt daneben.«

Mr. Belmont öffnete die Tür und Coop trat hinter ihm ein. Irgendwie war seine Tasche schon in seinem Zimmer. Mr. Belmont führte ihn kurz herum und sagte: »Mirabelle wird sich um Sie beide und alle Ihre hauswirtschaftlichen Belange kümmern. Wenn Sie etwas brauchen, können Sie sie fragen. Die Köchin hat ein paar leichte Snacks für Sie vorbereitet. Sobald Sie sich eingerichtet haben, können Sie das Theater oder den Pool nutzen. Es gibt auch eine kleine Bibliothek und einen Racquetballplatz im unteren Stockwerk. Bitte machen Sie es sich bequem!«

Er führte AB in ihr Zimmer, wo Mirabelle gerade damit beschäftigt war, den Koffer auszupacken. »Ma'am«, sagte sie und machte sich an die Arbeit. Nachdem sie die Koffer im Schrank verstaut hatte, fügte sie hinzu: »Erfrischungen gibt es in der Bibliothek im Erdgeschoss. Wenn Sie die Hilfe eines Mitarbeiters benötigen, nehmen Sie ein beliebiges Telefon und wählen Sie die Null.« Sie verbeugte sich leicht und ließ AB in ihrer großzügigen Suite zurück.

AB ließ sich auf das Bett plumpsen und lehnte ihren Kopf an den Berg von Kissen, während sie den großen Fernseher an der Wand und die kunstvolle rosa-goldene Einrichtung des Zimmers betrachtete. Sie erkannte Callies Kinderzimmer wieder, aber es war neu dekoriert und modernisiert worden, seit sie mit Callie hier gewesen war.

Eine Träne rann aus ihrem Augenwinkel und sie wischte sie weg, als ein leises Klopfen ertönte. Sie öffnete Coop die Tür. »Wie geht es dir?«

Sie nickte. »Okay, denke ich.« Sie winkte ihn herein. »Das war Callies Zimmer. Da werden Erinnerungen wach.«

Sein Blick schweifte durch den großen Raum. »Ich bin sicher, das tut es. Hast du Lust, nach unten zu gehen und etwas zu essen zu holen? Wir könnten vorher noch ein bisschen draußen herumlaufen.«

»Ja, ich könnte etwas frische Luft vertragen.« Sie schnappte sich ihre Jacke und sie machten sich auf den Weg zurück zum Treppenhaus.

---

Nach der Besichtigung des Anwesens ließen sich AB und Coop in der Bibliothek nieder, wo sie die vom Boden bis zur Decke reichenden Bücherregale mit allen erdenklichen Themen bestaunten, und erfrischten sich an dem für sie vorbereiteten Buffet. »Hier könnte ich es aushalten«, sagte AB und wählte ein in Leder gebundenes Exemplar von *Wer die Nachtigall stört* aus.

Mirabelle erschien, sobald sie mit dem Essen fertig waren. »Mr. und Mrs. Baxter erwarten Sie um sechs Uhr im Familienzimmer zu einem Drink.« Sie warf ihnen einen Blick zu und fügte hinzu: »Nachdem Sie sich umgezogen haben, natürlich. Sie wissen es zu schätzen, wenn Sie pünktlich sind, denn sie haben heute Abend eine Feier für Miss Callie im Haus ihres Bruders. Die Köchin wird Ihnen um halb acht das Abendessen im Esszimmer servieren. Ich werde Ihnen den Weg zeigen.«

Angesichts des lodernden Feuers in dem gemütlichen Zimmer hätte AB es vorgezogen, sich mit einem Buch zu entspannen, aber nach Mirabelles Ankündigung gab es keine Option, hierzubleiben. Wie gut abgerichtete Hunde folgten Coop und AB dem kommandierenden Hausmädchen die

Treppe hinauf zur Hauptebene und in das Familienzimmer. »Das Esszimmer ist gleich am Ende des Flurs auf der anderen Seite der Treppe«, sagte Mirabelle und zeigte mit dem Finger in die Richtung.

»Großartig, wir werden dafür sorgen, dass wir um sechs Uhr fertig sind. Danke für die Snacks«, sagte AB.

Als sie sich auf den Weg zu ihren Zimmern machten, lehnte sich Coop dicht an ihr Ohr. »Ich habe nicht viele Kleidung mitgebracht. Nur meinen Anzug für morgen.«

»Bist du nicht froh, dass ich dir nicht erlaubt habe, eines deiner T-Shirts hier zu tragen?«

»Ich habe eins in meinem Koffer. Vielleicht trage ich es zu den Drinks?« Coop schenkte ihr ein schelmisches Grinsen.

»Du musst einfach dein Jackett anziehen und aufs Beste hoffen.« Sie öffnete ihre Tür. »Ich werde versuchen, ein Nickerchen zu machen. Ich hole dich um kurz vor sechs ab.«

Coop schaltete den Fernseher ein und lehnte sich gegen die Kissen, während er seine E-Mails auf dem Handy überprüfte. Er las eine von Ben, in der stand, dass Kate Ollies Aufenthaltsort überprüft hatte und dass er bisher die Wahrheit gesagt hatte. Ben konnte auch das Alibi bestätigen, das Mr. King und Audrey gegeben hatten. Beide waren zu Hause, und das wurde von ihren Ehepartnern und Nachbarn bestätigt. Er war gerade dabei, alle anderen Angestellten von Kings Firma zu überprüfen.

Coop holte einen Notizblock aus seiner Tasche, um mögliche Verdächtige und Motive zu katalogisieren. Er kritzelte die Namen von Callies Brüdern auf und ließ das Motiv frei, in der Hoffnung, am Wochenende mehr zu erfahren. Ollie war der beste Verdächtige gewesen, aber er sah immer weniger schuldig aus, es sei denn, er hatte jemanden angeheuert. Coop notierte sich, dass er Ollies Finanzen überprüfen müsste.

Er kramte seinen Laptop hervor und wandte seine Aufmerksamkeit Callies Handydaten zu. Er hatte vorgehabt, die Anrufe zu untersuchen, bevor sie abreisten, aber ihm lief die Zeit davon. Er löschte zunächst die Anrufe von Callie mit ihrem Büro und die Anrufe mit AB. Er markierte die Nummern mit einer Vorwahl aus Virginia und bemerkte einen Anruf auf Callies Telefon am Sonntag – nach ihrem Tod. Am Montagmorgen sah er dieselbe Nummer noch einmal. Er markierte beide Nummern und wählte eine andere Farbe für Ollies Anrufe. Er identifizierte die Handys von Mr. und Mrs. Baxter sowie das Haustelefon, sodass nur noch eine Nummer zu recherchieren war.

Die einzigen SMS auf Callies Handy waren von Ollie und AB. Er war neugierig wegen der unbekannten Nummer aus Virginia. Er wählte die Null und fragte nach Mr. Belmont. Er wurde mit dem Mann verbunden, der viel mehr zu sein schien als ein Butler. Er erkundigte sich nach der Nummer und Mr. Belmont identifizierte sie als das Mobiltelefon von Callies Schwägerin Winnie.

»Standen sich Callie und Winnie nahe?«

Es herrschte eine lange Stille, bevor Belmont sprach. »Nein, ich würde nicht sagen, dass sie sich nahestanden.«

»Irgendeine Idee, warum sie Callie anrufen sollte?«

»Überhaupt nicht, Sir.«

Coop fragte: »Wann war Callie das letzte Mal hier zu Besuch?«

»Hmm, das war zu Thanksgiving. Das war ihr einziger Besuch hier, seit sie nach Nashville gezogen ist.«

»Wem stand Callie in der Familie am nächsten?«

»Ihrem Daddy. Sie war sein Augapfel, auch wenn sie in Schwierigkeiten geriet. Sie war das Nesthäkchen der Familie und hatte nie viel Kontakt zu ihren Brüdern. Als kleines Mädchen verbrachte sie viel Zeit mit der Köchin. Sie war immer in der Küche und ist um die Füße herumgewuselt.«

Coop bedankte sich und fügte weitere Notizen in seinen Block ein. Dann rief er kurz Mirabelle an und bat sie, ein langärmeliges schwarzes T-Shirt zu bügeln, das er in seiner Tasche gefunden hatte. Wenn er das Jackett darüber trug, würde niemand den goldenen Vanderbilt-Schriftzug auf dem Ärmel sehen, und damit wäre sein Problem gelöst.

Er war gerade dabei, seine Jacke anzuziehen, als AB klopfte. »Komm rein!«

»Sieh dich an! Du hast dein Garderoben-Dilemma gelöst.« Sie betrachtete sein Outfit und legte den Kopf schief. »Du siehst gut aus, Coop.«

Er reichte ihr den Arm, und sie machten sich auf den Weg zum Familienzimmer, wo sie fünf Minuten vor der Zeit ankamen. Mr. Belmont wartete am Barwagen und bot ihnen einen Drink an. Coop entschied sich für ein Bier und AB nahm Mr. Belmonts Vorschlag an und trank einen Gin Fizz. Als sie sich auf das Sofa neben dem Kamin setzten, kamen Mr. und Mrs. Baxter an.

»Annabelle und Mr. Harrington, es ist uns eine Freude, Sie in unserem Haus zu haben«, sagte Arden. Carter trat vor, schüttelte Coop die Hand und umarmte AB.

Tränen füllten ABs Augen, während sie Carters Hand weiter in der ihren hielt. »Es tut mir so leid wegen Callie. Ich kann es einfach nicht glauben.«

Die Augen des älteren Mannes wurden feucht, als er nickte und ihre Hand drückte. »Danke, dass Sie gekommen sind, Annabelle.«

Mr. Belmont reichte ihnen die Getränke und sie nahmen auf den Stühlen gegenüber dem Sofa Platz. »Es tut mir leid, dass wir Sie heute Abend allein lassen, aber wir haben heute Abend eine Familienfeier bei David zu Hause«, sagte Arden.

»Wir verstehen«, sagte Coop. »Möchten Sie über unsere Ermittlungen reden oder warten?«

Arden sah ihren Mann an, und er nickte. »Ja, bitte!«

Coop fasste zusammen, was sie entdeckt hatten und welche Schritte sie in Bezug auf Ollie und Callies Arbeitsplatz unternommen hatten. Er ging auch auf den geheimnisvollen Gegenstand ein, den Callie bei ihrer Arbeit entdeckt und der sie verärgert hatte. »Ich habe auf Callies Handy gesehen, dass sie mit Ihnen beiden in Kontakt war. Wusste einer von Ihnen beiden, ob sie etwas bedrückte?«

Sie schüttelten den Kopf. »Nein, nicht, dass wir wüssten. Wir haben uns mit ihr über Urlaubspläne und so unterhalten, mehr nicht«, sagte ihre Mutter. »Sie glauben also nicht, dass Raub das Motiv war?«

Coop schüttelte den Kopf. »Ich neige zu der Annahme, dass es etwas mit dem Gegenstand zu tun hat, den sie gegenüber AB erwähnt hat. Ich fürchte, wir haben nichts Konkretes, wir versuchen nur, ihre Aktivitäten zusammenzufügen und herauszufinden, was sie entdeckt hatte.«

Carter sprach in einem sanften Ton. »Ich verstehe, dass Sie eine kleine Tändelei von Brandon aufgedeckt haben, aber ich kann Ihnen versichern, dass er ein guter Mann ist und Callie nie etwas antun würde. Er hat mich selbst angerufen und es mir gesagt.«

»Ich denke, ich kann Ihnen zuzustimmen, Mr. Baxter«, sagte Coop. »Es war nur eine Spur, der wir nachgehen mussten. Sowohl Mr. King als auch seine Assistentin haben ein Alibi, und das haben wir überprüft.«

Mit zittriger Hand führte Carter sein Getränk zu seinen Lippen.

»Das bringt mich zu einem anderen unbequemen Weg, den ich gehen muss.« Coop hielt inne und nahm einen Schluck aus seinem Glas. »Gab es irgendwelche Probleme mit Callie und der Familie oder engen Freunden hier in Virginia?«

Carter öffnete den Mund, um etwas zu sagen, aber Arden unterbrach ihn. »Nein, nicht mit der Familie. Callie hatte ihren Anteil an Problemen und Schwierigkeiten, aber sie hat sie hinter sich gelassen. Deshalb war sie in Nashville. Um neu anzufangen. Das einzige Problem, von dem wir wussten, war Ollie.«

»Hatte Callie ein gutes Verhältnis zu ihren Brüdern und deren Frauen und Familien?«

Ardens Blick wanderte zu ihrem Mann und sie fuhr fort. »Natürlich. Sie haben nicht viel von Callie gesehen. Andere Kreise, wissen Sie. Wir hatten alle zusammen ein wunderbares Thanksgiving hier im Haus.«

»Das war das letzte Mal, dass wir sie gesehen haben«, sagte Carter.

Arden schaute auf ihre Uhr. »Wir müssen los, Liebes.« Sie stand auf. »Morgen wird Mr. Belmont einen Wagen organisieren, der Sie zum Empfang am Mittag bringt. Bitte entschuldigen Sie noch einmal unsere Abreise heute Abend. Es war mir ein Vergnügen, Sie kennenzulernen, Mr. Harrington. Es ist immer schön, Sie zu sehen, Annabelle.«

»Wenn einem von Ihnen etwas einfällt, egal wie unbedeutend es Ihnen erscheint, rufen Sie mich bitte an«, sagte Coop.

Carter erhob sich und schüttelte Coop erneut die Hand. »Ich danke Ihnen für alles, was Sie tun. Wenn wir noch etwas tun können, lassen Sie es mich wissen.« Er folgte Arden zur Tür hinaus.

# KAPITEL SIEBEN

Mr. Belmont geleitete Coop und AB in das Esszimmer, wo ein üppiges Mahl auf sie wartete. Nachdem sie bedient worden waren, überließ das Personal ihnen eine Glocke, die sie läuten sollten, falls sie etwas brauchen sollten. »Arden hat hier eindeutig das Sagen«, flüsterte Coop.

Sie nickte. »O ja. Hatte sie immer und wird sie immer. Sie hat das Sagen.«

»Belmont sagte mir, dass Callie gern in der Nähe der Köchin war. Erinnerst du dich an sie?«

»Ja, ich kann nicht glauben, dass sie noch hier ist. Sie war schon alt, als ich aufs College ging.«

»Lass uns ihr heute Abend einen Besuch abstatten, während sie weg sind.«

Sie beendeten die Mahlzeit und entschieden sich, den Nachtisch in der Bibliothek einzunehmen. Sie baten die Köchin, sich mit ihnen zu treffen, damit sie sich bedanken konnten.

Nach ein paar Minuten kam eine mollige ältere Frau mit einer weißen Schürze durch die Tür. »Sie wollten mich sprechen?«

Coop stand auf. »Ja, tut mir leid, dass ich Ihren Namen nicht kenne, aber ich bin Cooper Harrington und das ist Annabelle.«

»O ja, ich erinnere mich an Miss Annabelle, als sie mit Miss Callie zu Besuch war. Ich bin Eunice Hillman.«

Coop lud sie ein, sich mit AB auf das Sofa zu setzen. »Ihr Essen war köstlich. Wir wollten uns bei Ihnen bedanken und Sie auch nach Callie fragen.«

Eunice holte ein Taschentuch aus ihrer Schürzentasche und tupfte sich die Augen ab. »Miss Callie war so ein besonderes Mädchen. Ich kann einfach nicht glauben, dass sie von uns gegangen ist.«

Coop erklärte, er wäre Privatdetektiv und hätte den Auftrag erhalten, den Mord an Callie aufzuklären. »Wir versuchen nur, ein Gefühl für Callies Beziehung zu ihrer Familie und ihren Freunden hier in Virginia zu bekommen. Wir haben gehört, dass sie an Thanksgiving hier war, und fragen uns, ob alle miteinander auskommen. Gab es Probleme?«

Die Augen der Köchin starrten auf den Boden. »Ich spreche nicht unpassend über die Baxters. Sie waren immer nur gut zu mir.«

»Wir suchen nur nach der Wahrheit, um herauszufinden, was mit Callie passiert ist«, sagte AB.

Die alte Frau nickte und sah AB an. »Callies Probleme waren für die Familie sehr peinlich. Sie sind wichtige Leute und mit Johns bevorstehender Ernennung durch den Gouverneur im kommenden Jahr und David als Richter wollten sie nicht, dass irgendetwas den Namen Baxter befleckt. Ich denke, das ist auch der Grund, warum Miss Callie nach Nashville gezogen ist. Es war das Beste für sie. Sie hat auch ihrem Daddy das Herz gebrochen, also denke ich, es war einfacher für ihn, sie nicht hier zu haben. Sie wohnte die meiste Zeit, die sie hier war, im Gästehaus.«

»Stand sie John oder David oder deren Ehefrauen nahe?«, fragte Coop.

»Nein, ganz und gar nicht. Winnie, Johns Frau, war wütend auf sie. Sie war besorgt, dass ihre Probleme Johns Chancen auf eine Ernennung durch den Gouverneur beeinträchtigen könnten. Ich glaube, sie wollten sich von Callie distanzieren.«

»Hatte Callie Freunde zu Besuch, als sie hier wohnte?«, fragte AB.

Die Frau schüttelte den Kopf. »Nein, Miss Annabelle, keine Menschenseele kam, um das arme Mädchen zu besuchen.«

Coop reichte ihr eine Visitenkarte. »Wenn Sie sich an etwas erinnern, das uns helfen könnte, rufen Sie mich bitte an.«

Sie nahm die Karte und steckte sie in ihre Tasche. »Miss Annabelle, ich hoffe, Sie finden heraus, wer die arme Miss Callie getötet hat. Sie war ein süßes Kind und hat das nicht verdient.« Sie wischte sich wieder über die Augen und schloss die Tür hinter sich.

---

Ein trüber Himmel begrüßte AB am Morgen von Callies Trauerfeier. Als sie und Coop gefrühstückt hatten und für die Fahrt zum Country Club bereit waren, nieselte es aus den bedrohlichen Wolken unaufhörlich. Mr. Belmont stellte

Regenschirme zur Verfügung und sorgte dafür, dass sie in die Limousine gelangten, ohne nass zu werden.

Sie kamen im Woodhaven Country Club an und machten sich auf den Weg zum Ballsaal. In dem geschmackvoll eingerichteten Raum wimmelte es von Menschen, von denen die meisten in dem Alter von Callies Eltern zu sein schienen. Coop und AB lächelten die Fremden an und bedienten sich an den Buffetstationen. Sie wählten Plätze in der Nähe des großen Tisches, der für die Familie reserviert war, und knabberten an ihrem Essen, während sie zusahen und zuhörten.

Ein Großteil der Gespräche drehte sich um die bevorstehende Ernennung von John Baxter. Wie es sich für einen Empfang gehört, ähnelte er eher einer politischen Veranstaltung als einer Trauerfeier. Hier und da wurden Beileidsbekundungen geäußert, aber im Mittelpunkt standen John und Winnie.

Coop entdeckte Brandon King und seine Frau auf der Suche nach einem Tisch. Brandon führte seine Frau durch die Menschentrauben und wählte die Stühle neben Coop. »Das ist meine Frau, Tiffany.« Coop und AB begrüßten sie und stellten sich als College-Kollegen von Callie vor.

Die vier unterhielten sich, bis zwei weitere Paare hinzukamen. Die Neuankömmlinge tauschten ein höfliches Lächeln aus, blieben aber unter sich. Coop bot an, den Teller von AB mitzunehmen, und nachdem er ihn auf einem Tablett abgestellt hatte, schlängelte er sich durch den Raum.

Bald gesellte sich AB zu ihm, und gemeinsam taten sie so, als ob sie sich miteinander unterhielten, während sie sich am Rande der verschiedenen Gruppen aufhielten und lauschten. Sie blieben am Familientisch stehen, wo sie Callies Brüdern und deren Frauen und Kindern vorgestellt wurden.

Nachdem sie sich vorgestellt hatten, fügte Arden hinzu: »Mr. Harrington und Annabelle werden heute Abend mit uns im Haus essen.«

»Ihre Eltern waren so freundlich, uns in Ihrem Haus wohnen zu lassen. Wir freuen uns darauf, Sie heute Abend zu sehen«, sagte AB, während sie John die Hand schüttelte.

Winnie hielt ihr Glas Champagner in der Hand und nickte den beiden zu, während ihr Blick an ihnen vorbeiging und den Raum abtastete. Ihr Blick blieb an einem großen Mann hängen und sie wandte sich an ihren Mann. »John, da ist der Gouverneur. Wir müssen hingehen und ihn begrüßen.« Sie zerrte an seinem Arm und er seufzte.

»Es war mir ein Vergnügen, Sie beide kennenzulernen. Wir sehen uns dann zu Hause«, sagte er, als Winnie ihn wegzog.

Coop und AB gingen noch ein paar Mal durch den Raum, nahmen noch einige Leckerbissen zu sich, aßen den Nachtisch und riefen dann Mr. Belmont an, um das Auto zu holen. Coop stellte dem Fahrer ein paar Fragen über die Baxters, fand aber bald heraus, dass er nur für einen Tag angestellt war und sie nicht gut kannte.

Mr. Belmont empfing sie in der Einfahrt und begleitete sie erneut unter einem schützenden Schirm zum Haus. »Die Drinks werden heute Abend um sieben Uhr in der Bibliothek gereicht, gefolgt vom Abendessen im Esszimmer. Wenn Sie etwas brauchen, lassen Sie es uns einfach wissen.« Er ließ sie am Fuß der Treppe stehen, und sie machten sich selbst auf den Weg nach oben.

Nachdem sie sich umgezogen hatte, traf Coop AB in ihrem Zimmer. Der Regen prasselte gegen die Fenster und sie fröstelte in ihrem Sweatshirt. Er zündete das Feuer an und AB rief nach etwas Warmem zu trinken. Coop brachte seinen Laptop und seinen Notizblock mit, und sobald Mirabelle die Getränke gebracht und die Tür hinter sich geschlossen hatte, machten sie sich an die Arbeit. Er stellte sicher, dass er den Fernseher einschaltete, um ihre Unterhaltung zu überdecken, falls jemand auf dem Flur sein sollte.

»Winnie ist ein ganz schöner Brocken, was?« AB hob die Augenbrauen und nahm einen Schluck aus ihrer Tasse.

»Lass uns die Notizen darüber vergleichen, was wir gehört haben.« Er blätterte eine Seite um und las vor. »Ich nehme an, dass der Sohn, Kevin, eigentlich Johns Stiefsohn und Winnies Sohn aus einer früheren Beziehung ist. Es scheint, als hätte Kevin selbst Probleme mit Drogen und Wutausbrüchen. Das kleine Mädchen, Chloe, ist ihr gemeinsames Kind.« Er machte sich weitere Notizen in seinem Notizblock.

AB nickte. »Das stimmt mit dem überein, was ich gehört habe. Ich habe nichts Negatives über John mitbekommen, aber viele Anspielungen über Winnie. Das Wort Goldgräberin wurde verwendet. Ich habe das Gefühl, dass sie ein Nichts war, bevor sie John getroffen hat.« Sie bewegte sich, um ihre Hände am Feuer zu wärmen. »Es klingt, als würde sie das Geld ausgeben wie ein betrunkener Matrose auf Landgang.«

»Ja, und ich habe etwas über eine Entziehungskur für Alkohol aufgeschnappt, die als Genesung von einem medizinischen Eingriff getarnt war.« Er tippte auf ein paar Tasten auf seinem Laptop. »Laut den Unterlagen sind Winnie und John seit fünfzehn Jahren verheiratet. Kevin ist neunzehn Jahre alt und studiert an einem privaten College. Ich kann keine Aufzeichnungen darüber finden, dass Winnie schon einmal verheiratet war.«

Ihre Augen wurden groß. »Vielleicht hat Winnie selbst

ein paar Geheimnisse. Ich habe nichts von ihrem Entzug gehört, aber ich habe den Eindruck, dass sie nicht sehr angesehen ist. Die Leute denken, Kevin sei ein verwöhntes Balg und käme sogar mit einem Mord davon.« Sie schüttelte den Kopf. »Sie ist eine Heuchlerin. Es ist bekannt, dass sie sich Sorgen gemacht hat, Callie könnte Johns Ernennung schaden, aber es klingt, als könnten sie und ihr Sohn sich als genauso schädlich erweisen.«

»Meiner Erfahrung nach müssen Frauen wie Winnie mit Steinen auf andere werfen, um von ihren eigenen Unzulänglichkeiten abzulenken.« Er hörte auf zu schreiben und fügte hinzu: »Ich fand sie überheblich und unhöflich.«

»Ich nehme an, John und Winnie sind gleich nach der Wahl im November nach Richmond gezogen. Er muss zuversichtlich sein, dass der Gouverneur ihn ernennen wird. Ich habe gehört, wie Winnie von ihrem neuen Haus in einer noblen Gegend schwärmte.«

Coop nickte und fuhr fort, auf seinem Notizblock zu schreiben. »Ja, soweit ich gehört habe, hat Arden immer noch ein Familienhaus in Richmond, aber das war für Winnie nicht gut genug. Es klang so, als wollte Carter, dass John auf seine Ernennung wartet und notfalls das Familienhaus nutzt. Winnie bestand darauf, dass sie ein extravagantes Haus in einer neuen Gegend kaufen.«

»Hast du mitbekommen, dass Callie mal einen Nervenzusammenbruch hatte?«

Coop nickte, während er schrieb. »Ja, ich habe gehört, wie ein paar Leute es erwähnt haben.«

»Soweit ich weiß, glauben alle, dass das mit Callie passiert ist, als sie die Anwaltskanzlei verlassen und im Gästehaus gewohnt hat. Eine plausible Ausrede, die ihre Eltern den Freunden gaben, um zu verhindern, dass die Leute darüber spekulieren, warum sie nicht arbeitet.«

»Ich war überrascht, dass nicht mehr über Callie gesprochen wurde. Die meisten Leute sprachen über die bevorstehende Ernennung von John. Die Anwesenheit des Gouverneurs stand im Mittelpunkt.«

»Die ganze Sache war seltsam. Callie wurde nicht oft erwähnt, aber Winnie benahm sich wie die Ballkönigin. Wenn ich es nicht besser wüsste, hätte ich gedacht, wir wären auf einer politischen Spendenaktion und nicht auf einer Gedenkfeier. Winnie ist das, was ich eine hochtrabende Schwindlerin nennen würde.«

Coop verzog die Lippen zu einem langsamen Lächeln. »Die Frage ist, ob du glaubst, sie könnte jemanden angeheuert haben, um Callie zu töten.«

Sie zuckte mit den Schultern. »Ich schätze, es würde davon abhängen, wie sehr sie sich bedroht fühlte. Menschen machen verrückte Sachen, wenn sie glauben, dass ihre Welt untergeht. Lass uns in ihren Finanzen stöbern!«

Coop nickte. »Der andere Bruder, David, und seine Frau waren ruhig und zurückhaltend. Ich konnte nicht viel über sie herausfinden. Er hat die bevorstehende Chance, für den Obersten Gerichtshof ernannt zu werden, heruntergespielt. Ich habe niemanden getroffen, der Callie nahegestanden hat, außer Mr. und Mrs. King. Keine Freunde, die mit ihr in Virginia aufgewachsen sind. Nichts. Findest du das nicht seltsam?«

»Ich habe auf dem Weg zur Toilette eine Frau getroffen. Sie wollte gerade gehen, und ich stellte mich als eine Freundin von Callie vor. Sie sagte, sie kenne sie aus der Highschool, habe sie aber seit Jahren nicht mehr gesehen. Ihr Name ist Ginny Fremont und sie lebt immer noch in der Gegend. Ich erklärte ihr, dass wir den Tod von Callie untersuchen, und sie gab mir ihre Kontaktinformationen.«

»Wir sollten versuchen, für morgen ein Treffen mit ihr zu

vereinbaren, bevor wir nach Hause fliegen.« Während AB telefonierte, um einen Termin zu vereinbaren, beschäftigte Coop sich mit dem Laptop. Als sie zu ihm zurückkam, kritzelte er auf seinem Notizblock herum.

»Wir sind morgen mit ihr verabredet. Sie ist bereit, uns in einem Café auf dem Weg zum Flughafen zu treffen, und hat angeboten, uns in Dulles abzusetzen.«

»Wir können einfach ein Taxi nehmen.«

»Ich habe ihr gesagt, dass sie sich keine Mühe machen muss. Wir können es morgen entscheiden. Sie sagte, sie würde gerne helfen.«

Er nickte. »Ich habe mich über Winifred Elizabeth Edwards informiert und herausgefunden, dass sie in einer ländlichen Gegend in den Appalachen, Virginia, geboren und aufgewachsen ist. Kohlerevier. Es ist eine von Armut geprägte Gegend des Staates. In Kevins Geburtsurkunde ist kein Vater eingetragen. Wenn Kevin in den Nachrichten erwähnt wird, heißt es, sein Vater sei gestorben, als er noch ein Säugling war. Es sieht so aus, als ob Winnies Eltern verstorben sind. Sie verließ ihre Heimatstadt, als sie John im Jahr 2000 geheiratet hat. Ich frage mich, wie sie sich kennengelernt haben. Die Appalachen sind weit weg von McLean.«

»Wir könnten heute Abend nachfragen, versuchen, es in das Gespräch einzubauen.«

»David und seine Frau Dorothea haben eine eher konventionelle Beziehung. Sie wird Dot genannt, sie sind seit dreißig Jahren verheiratet und haben zwei erwachsene Kinder. Wir haben sie heute bei der Trauerfeier kennengelernt. David ist ein angesehener Richter und wird sicher der nächste Richter am Obersten Gerichtshof von Virginia sein. Nach allem, was ich herausgefunden habe, halten er und Dot sich zurück. Sie engagieren sich in mehreren allgemeinnützigen Organisationen, aber nichts Kontroverses. Keine Anzeichen von Unanständigkeit.«

Coops Telefon piepte mit einer SMS. Er las sie und sagte: »Ben sagt, sie haben einen Treffer des schwarzen Geländewagens, der den Boten angefahren hat. Es hat sich herausgestellt, dass er einem gesuchten Verbrecher aus Georgia gehört. Sie suchen jetzt nach ihm und vermuten, dass er bei der Fahrerflucht am Steuer saß.«

»Wenigstens macht er in einem Fall Fortschritte. Ich hoffe, sie schnappen den Idioten.« Sie warf einen Blick auf ihre Uhr. »Ich schätze, wir machen uns besser fertig, um bald nach unten zu gehen.«

Coop packte seinen Notizblock und seinen Laptop ein und ging sich umziehen. Er traf AB an der Treppe, und sie machten sich gemeinsam auf den Weg in die Bibliothek. Sie trugen ihre Trauerkleidung, da keiner von ihnen damit gerechnet hatte, so oft ihre Kleidung wechseln zu müssen.

AB hob die Augenbrauen und er zwinkerte ihr verschwörerisch zu, als sie um die Ecke bogen und den gemütlichen Raum betraten. Arden und Carter begrüßten sie und Mr. Belmont holte Getränke für die beiden. »Die Jungs werden bald hier sein«, sagte Carter.

»Alle sind erschöpft von den Ereignissen des Tages«, sagte Arden. »Sie wollten sich vor dem Abendessen ein wenig ausruhen.«

»Es war eine schöne Gedenkfeier. Nochmals vielen Dank für Ihre Gastfreundschaft«, sagte AB und nahm ihr Getränk vom Tablett.

»Ich weiß, wie schwer Ihnen das alles fällt«, sagte Coop und nahm das kühle Glas Bier, das Mr. Belmont ihm anbot.

Tränen stiegen in Carters Augen auf, als er nickte und ein Taschentuch herausnahm. »Ich hätte nie gedacht, dass ich mein kleines Mädchen einmal beerdigen muss.« Er wischte sich über die Augen und Arden klopfte ihm auf die Schulter.

»Ich bin sicher, dass es das Schlimmste ist, was Eltern je erleben können. Unser Beileid für Ihren Verlust und Schmerz«, sagte Coop.

Sie wurden durch die Ankunft der beiden Brüder und ihrer Ehefrauen unterbrochen. Mr. Belmont erschien innerhalb weniger Augenblicke und brachte Getränke für die vier Personen. Die beiden Frauen versammelten sich am Feuer, während die anderen am anderen Ende des Raumes zusammenstanden. AB, die immer noch fröstelte, machte sich auf den Weg zur Sitzecke vor dem Kamin und fragte: »Kommen Ihre Kinder heute Abend zu uns, Dot?«

»Ich fürchte nicht. Sie haben beschlossen, nach dem Empfang heute nach Hause zu fahren. Zu den Feiertagen werden sie wiederkommen.«

»Und was ist mit Kevin und Chloe, Winnie?«

Winnie nahm einen Schluck von ihrem Getränk und sagte: »Oh, Kevin muss für die Prüfungen nächste Woche lernen. Chloe ist im Gästehaus mit dem Kindermädchen.«

»Sind Sie beide hier in McLean aufgewachsen?«, fragte AB.

Dot war die Erste, die antwortete und erklärte, dass ihre Familie seit Generationen aus der Gegend stammte. Wenn David das kommende Richteramt erhielte, würde er mehr Zeit in Richmond verbringen. Arden hätte dort ein Haus, das er unter der Woche nutzen und an den Wochenenden nach Hause kommen würde. Sie warf einen Blick durch den Raum und sagte: »Armer Carter. Ich hoffe, er überlebt das. Der Verlust von Callie hat ihn sehr mitgenommen.«

»Er muss sich wirklich zusammenreißen. Um Johns willen«, sagte Winnie und rollte mit den Augen.

Dots Augen weiteten sich. »Ich kann mir nichts

Schlimmeres vorstellen, als ein Kind zu verlieren. Callie war so ein Papatöchterchen. Ich verstehe nicht, wie Carter, der um seine Tochter trauert, noch auf Johns Kandidatur Einfluss nehmen will, Winnie.« Dot starrte ihre Schwägerin an, ohne zu blinzeln.

Winnie schnaubte und schnippte mit den Fingern und deutete auf ihr leeres Glas. Mr. Belmont erschien mit einem frischen Getränk und sie nahm ein paar Schlucke. »Callies Lebensstil musste zwangsläufig zu Problemen wie diesem führen. Ich weiß nicht, warum sich jemand wundert.«

»Warum sagen Sie das? Callie hatte sich in Nashville gut geschlagen«, sagte AB.

»Einmal eine Drogenabhängige, immer eine Drogenabhängige. Das ist, was ich sage. Ich bin sicher, sie hat sich mit den falschen Leuten eingelassen und den Preis dafür bezahlt.«

»Das glaube ich nicht, Winnie. Ich kenne Callie schon lange und weiß, dass sie keine Drogen mehr genommen hat. Sie ist ständig zu ihren Meetings gegangen und hat Fortschritte gemacht. Sie war entschlossen, ihr Leben zu ändern«, sagte AB und spürte, wie ihr die Farbe in die Wangen stieg.

Dot nickte. »Ich stimme mit Annabelle überein. Ich glaube, Callie war auf dem richtigen Weg. An Thanksgiving ging es ihr gut.«

»Du bist so schnell dabei, sie zu verteidigen, Dot. Wenn David der nächste Richter werden soll, sollte man denken, dass gerade du verstehst, welchen Schaden ein Skandal wie der von Callie anrichten könnte. Sie hätte ihre beiden Brüder ruinieren können.«

Dots Augen verengten sich. »Von einem Skandal war nicht die Rede, und ich finde deine Bemerkungen höchst geschmacklos. Wir haben das arme Mädchen gerade zu

Grabe getragen.« Sie nahm einen Schluck von ihrem Drink und fügte hinzu: »Ich weiß, dass Callie dankbar war, Sie als Freundin zu haben, Annabelle. Sie hat so viel Gutes über Sie gesagt.«

Während ihr die Tränen in die Augen stachen, kämpfte AB darum, ihre Stimme zu kontrollieren. »Danke, Dot. Ich werde sie vermissen.« Nach einem Schluck ihres kühlen Getränks fasste sie sich wieder und fuhr fort. »Sind Sie auch hier aufgewachsen, Winnie?«

Sie schüttelte den Kopf. »Nein, ich bin weit weg von hier aufgewachsen, näher an der Grenze zu Kentucky. Wir leben jetzt in Richmond. Ich habe letzten Monat darauf bestanden, dass wir umziehen, damit wir für Johns neuen Job dort gerüstet sind.«

AB nickte. »Wie haben Sie und John sich kennengelernt?«

Winnies Augen funkelten und sie erzählte: »Es war Liebe auf den ersten Blick. John war wegen seiner Anwaltskanzlei in der Stadt, und ich war Kellnerin im einzigen Diner der Stadt. Er war wochenlang da, und es hat einfach Klick gemacht.« Sie nahm einen weiteren Schluck von ihrem Getränk.

»Klingt ziemlich romantisch«, sagte AB.

»Oh, das war es. Er hat mich einfach umgehauen.«

»Besuchen Sie Ihre Familie oft?«

»Ich habe niemanden mehr. Meine Mama und mein Daddy sind gestorben, bevor ich weggegangen bin. Ich hatte nur Kevin.«

»Oh!«, tat AB überrascht. »Ich nahm an, dass Kevin das Kind von John ist. Ich wusste nicht, dass Sie schon einmal verheiratet waren.«

»Kevins Vater starb, als er noch ein Baby war«, sagte Winnie, während sie den Rest ihres Getränks herunterkippte.

»Es tut mir so leid. Es war sicher schwer für Sie, ein Kind allein aufzuziehen.«

Winnie schnippte erneut mit den Fingern und signalisierte damit, dass sie ein drittes Glas wollte. Mr. Belmont verstand und drückte ihr ein weiteres Glas in die Hand. »Nun, es ist schon lange her.«

»Callies Telefonaufzeichnungen zeigen, dass Sie am Sonntag und Montag auf ihrem Handy angerufen haben. Weshalb haben Sie sie angerufen?«

Winnies Augen verengten sich und sie nahm einen langen Schluck aus ihrem Glas. »Ich bin sicher, es ging um die Urlaubsvorbereitungen. Ich kann mich ehrlich gesagt nicht erinnern. Es war alles so ein Schock.« Sie fuhr sich mit der Hand an die Kehle.

Arden unterbrach das Gespräch mit der Ankündigung, dass das Abendessen fertig wäre, und bat die Gruppe, ihr in das Esszimmer zu folgen. Sie wies auf die Plätze für Coop und AB neben Dot und David.

Sie genossen ein reichhaltiges Essen, und AB bemerkte, dass John den Kopf schüttelte, als Winnie um einen weiteren Drink bat. Sie schnaubte und rollte mit den Augen. John reichte Mr. Belmont ihr leeres Glas und sagte: »Nur Wasser.« Nach Coops Zählung hatte sie seit ihrer Ankunft sechs Drinks zu sich genommen.

Während sie den Nachtisch aßen, klopfte Carter an sein Glas. »Ich wollte mich nur bei Mr. Harrington und Annabelle für ihre Hilfe bedanken. Ich habe ihnen gesagt, dass wir uns alle darauf konzentrieren, herauszufinden, wer unsere arme Callie getötet hat, und dass wir gerne helfen. Haben Sie irgendwelche Fragen an uns?«

Coop schaute sich am Tisch um und sagte: »Hat jemand von Ihnen eine Theorie, wer Callie getötet hat oder warum sie getötet wurde?«

»Nach dem, was ich gehört habe, ging ich davon aus, dass es sich um einen schiefgelaufenen Einbruch handelte«, sagte David.

»Wir glauben, es war mehr als das. Sie lebte nicht in einer Gegend mit hoher Kriminalität, und der Angriff hatte professionelle Elemente, nicht die eines typischen Einbrechers. Wir haben Callies Schritte in den Wochen vor ihrer Ermordung zurückverfolgt, um ein mögliches Motiv herauszufinden.«

»Sie war drogenabhängig. Ich bin sicher, sie war wieder … mittendrin und hat sich mit den falschen … Leuten getroffen«, sagte Winnie und lallte. Die Form ihres Mundes wurde hässlich durch den Alkohol.

Der ganze Tisch schaute sie mit Überraschung und Verachtung an. John nahm ihren Arm und brachte sie auf die Beine. »Das reicht jetzt, Winnie. Wir müssen dich zurück ins Gästehaus bringen.« Er wandte sich an die anderen, während Mr. Belmont Winnie aus dem Raum begleitete.

»Es tut mir leid, Mutter, Vater. Sie hat zu viel getrunken.«

Dot schüttelte angewidert den Kopf. »Sie erzählte das Gleiche, als sie hier angekommen ist, John. Das ist mehr als unangemessen.«

»Ich entschuldige mich. Es tut mir leid, dass sie so ausgerastet ist. Fürs Protokoll: Ich glaube nicht, dass Callie wieder mit Drogen zu tun hatte. Ich weiß, dass sie entschlossen war, das alles hinter sich zu lassen.«

Carters Hände zitterten, als er seine Kaffeetasse umklammerte. »Sohn, ich will von Winnie nichts mehr über Callie hören. Du musst mit ihr reden.«

»Ich verstehe, Vater. Ich werde mit ihr sprechen. Es tut mir leid, Mr. Harrington. Annabelle, danke, dass Sie gekommen sind, um Callie zu gedenken. Ich weiß, dass sie sich freuen würde, dass Sie hier waren.« Er schüttelte Davids

Hand und dann die von Coop, bevor er seiner Mutter einen Kuss auf die Wange gab und Carters Schulter drückte. »Wir sprechen uns morgen.«

Nachdem er gegangen war, herrschte Stille im Raum. Coop und AB widmeten ihre Aufmerksamkeit dem Dessert. Nach einigen Minuten brach Coop das Schweigen. »Wir haben uns Callies Ex-Freund Ollie angesehen. Nach dem, was wir herausgefunden haben, glaube ich nicht, dass Callie in Drogen oder Alkohol verwickelt war. Sie hat regelmäßig an ihren Treffen teilgenommen. Hatte sie außer mit Ollie noch mit anderen alten Freunden zu tun?«

Arden sah sich am Tisch um und ergriff das Wort. »Nachdem Callie die Kanzlei verlassen hatte, zog sie sich hier auf dem Anwesen zurück. Solange sie mit Ollie zusammen gewesen war, hatte sie ihre alten Freunde im Stich gelassen, und als sich ihr Leben dann verschlechterte, war sie wirklich allein.«

David nickte zusammen mit Dot. Er sagte: »Das ist ein Grund, warum wir Callie vorgeschlagen haben, zurück nach Nashville zu gehen. Sie hatte dort glückliche Erinnerungen an die Vanderbilt und konnte einen Neuanfang wagen.«

»Wir waren so froh, als wir hörten, dass sie sich wieder mit Ihnen getroffen hat, Annabelle«, sagte Carter mit schwacher Stimme. »Ich dachte, sie wäre auf dem Weg in ein besseres Leben.«

»Ich glaube, das war sie, Mr. Baxter«, sagte AB. »Ich weiß, dass sie ein wenig einsam war, aber sie begann, sich sicherer zu fühlen. Wir trafen uns nach der Arbeit und hatten viel Spaß bei der Benefizveranstaltung. Sie war glücklich, als wir am Freitagabend die Bibliothek verließen.« Tränen traten ihr in die Augen und sie wischte sie mit ihrer Serviette ab.

»Wenn Ihnen etwas einfällt, das wichtig sein könnte, rufen Sie mich bitte an«, sagte Coop, stand auf und half AB auf die Beine. »Nochmals vielen Dank für Ihre Gastfreundschaft. Ich melde mich, sobald wir mehr wissen, Mrs. Baxter.«

Die Familie verabschiedete sich, und Coop und AB gingen nach oben, um sich hinzulegen.

# KAPITEL ACHT

AB wachte mit Halsschmerzen und Magenschmerzen auf. Beim Frühstück trank sie zwei Kannen Tee, um die Erkältung zu vertreiben. Sie klaute eine Schachtel Taschentücher aus ihrem Zimmer und stopfte sie in ihre Reisetasche. Feuchtigkeit lag in der Luft, als Mr. Belmont ihnen eine gute Reise wünschte.

Der Fahrer setzte sie in einem Café in der Nähe des Flughafens ab. Sie verbrachten weniger als eine Stunde damit, Ginny in Erinnerungen schwelgen zu hören. Sie bestand darauf, sie am Flughafen abzusetzen, und sie winkten zum Abschied, als sie vom Bordstein wegfuhr.

»Was für eine kolossale Zeitverschwendung«, sagte Coop und schnappte sich ihre Taschen.

»Ja, ich glaube, sie wollte nur mit jemandem über Callie sprechen.«

Sie bahnten sich ihren Weg durch die Check-in- und Sicherheitsschlangen und fanden Plätze an ihrem Flugsteig. »Alles, was wir erfahren haben, ist, dass Arden dachte, Ginny sei nicht gut genug, um Callies Freundin zu sein, und sie am Ende der Highschool auseinandergetrieben hat.«

Sie nickte und putzte sich die Nase. »Es ist traurig. Ginny wäre ein weitaus besserer Mensch in ihrem Leben gewesen als so ein Typ wie Ollie. Sie hat ein Stipendium an einer angesehenen Schule bekommen, aber ich bin sicher, Arden wollte, dass Callie mit einer anderen Art von Mädchen zusammen ist.«

»Ich hatte das Gefühl, dass Ginny aufgenommen wurde, weil Callie ihre Freundin war. Ich glaube, sie hat ihr den Weg zu der Schule geebnet. Callie war ein süßes Mädchen«, sagte Coop, als er die Taschen nahm, um sich zum Einsteigen anzustellen.

ABs Augen waren rot und tränten. Sie schnäuzte sich erneut. »Wirst du es überstehen?«, fragte Coop.

»Es wird ein miserabler Flug. Ich hasse es, mit einer Erkältung zu fliegen.« Nachdem sie sich durch den Gang manövriert hatten, setzten sie sich auf ihre Plätze und warteten darauf, dass sich das Flugzeug füllte.

AB schaltete ihr Telefon aus und verstaute es in ihrer Handtasche. »Ich habe gerade nachgesehen, auf welche Schule Callie und Ginny gingen. Sie kostet heute über sechzigtausend Dollar im Jahr. Sie ist wunderschön, mit Ställen, Tennisplätzen, Freizeiteinrichtungen im Freien, Schlafsälen und einer Kapelle. Mehr als vornehm.«

»Nach dem, was Ginny sagte, war es eine großartige Schule, um Kontakte zu knüpfen, die später im Leben wichtig sein würden. Ginny konnte sich ein Stipendium für das College sichern, und statt einer Karriere wie Callie hat sie sich für einen Ehemann entschieden. Sie scheint ein glückliches Leben zu führen«, sagte er, als sie sich auf dem kurzen Rückflug in ihre Sitze drängten.

»Es ist schade, dass Callie nicht in Kontakt mit ihr

geblieben ist. Sie ist eine nette Frau. Ein bisschen seltsam, aber harmlos.«

»Und sie war nicht in der Lage, Callie mit jemand anderem in Verbindung zu bringen. Klingt, als wäre Callie einfach weitergezogen, als sie auf die Vanderbilt ging.«

»Ich glaube, ich war dort ihre engste Freundin. Callie war sympathisch, aber zurückhaltend, und sie kam nicht mit vielen Leuten in Kontakt.«

»Ich denke, wir sollten Trixie überprüfen, denn sie war immer noch wütend, als sie sie bei der Spendenaktion gesehen hatte. Fällt dir noch jemand ein, der bei der Veranstaltung war?«

Sie schüttelte den Kopf. »Trixie war die Einzige, die feindselig auftrat. Sie war schon immer eine fiese Plage, also nichts Neues.«

Coop grinste. »Ich erinnere mich an sie. Eines dieser Mädchen, das immer nett zu den Jungs war, aber nicht so sehr zu anderen Mädchen.«

»Trix, die Bitch, so haben wir sie genannt. Das passt.« AB schnäuzte sich erneut und nahm einen Schluck von der Tasse mit Tee, die sie sich bestellt hatte. Sie schloss die Augen und ließ ihren Kopf auf Coops Schulter sinken.

Nachdem die Flugbegleiterinnen Getränke und Snacks serviert und den Müll eingesammelt hatten, war es Zeit für die Landung. Der Aufschlag der Räder auf der Landebahn weckte AB aus ihrem Nickerchen. »Tut mir leid, ich bin total fertig«, sagte sie und zog ihren Kopf von seiner Schulter zurück.

Er lächelte und holte sein Telefon heraus. Als es sich einschaltete, sah er eine Nachricht von Tante Camille. »Du sollst zum Abendessen zu uns kommen. Anweisung vom Hauptquartier«, sagte er. »Du musst essen und dich ausruhen.«

»Ich brauche erst einmal ein ordentliches Nickerchen, aber das Abendessen hört sich wunderbar an. Ich bin zu müde, um zu kochen.«

Er setzte sie bei ihrem Haus ab und fuhr nach Hause, wo er mit Umarmungen und Leckereien begrüßt wurde, als er durch die Tür kam. »Wir haben euch vermisst«, sagte Camille, während Gus sich zwischen Coops Beine zwängte.

»Das merke ich«, sagte er, als der Schwanz des Hundes gegen ihn knallte. »Ich werde meine Taschen auspacken und mich vor dem Abendessen ein paar Minuten ausruhen. Und, bevor du fragst, AB wird heute Abend kommen. Sie hat sich auf unserer Reise eine böse Erkältung eingefangen.«

»Ach, du liebe Zeit. Wir werden ihr etwas von meiner selbstgemachten Hühnersuppe geben.« Camille grinste und küsste ihn auf die Wange, bevor sie in die Küche eilte und vor sich hin summte.

Coop packte aus und machte es sich mit seinem Notizblock bequem, während er Gus mit einer Hand streichelte. Er machte eine kurze Liste für Montag, auf der Trixie, Winnie und ein Treffen mit Brandon King standen. Gus rannte los wie ein Blitz, als er AB kommen hörte, und Coop folgte ihm.

Camille sorgte erst dafür, dass Coops Teller gefüllt war, bevor sie sagte: »Ich frage dich nur ungern, Coop, aber eines der Mädchen im Salon hat ein Problem.«

Coop kämpfte gegen seine Neigung an, mit den Augen zu rollen. Die Mädchen im Salon hatten mehr als nur ihren Anteil an Problemen. »Ich bin ziemlich beschäftigt, Tante Camille.«

Sie nickte mit dem Kopf und nahm einen Schluck aus ihrem Glas. »Ich weiß, Liebling. Aber Lola Belle ist meine alte Freundin und ihre Nichte, Daisy, steckt in der Klemme.« Camille plapperte nervös vor sich hin und erklärte, dass

Daisy das Sorgerecht für ihre Tochter hätte und ihr Ex-Mann angerufen und gedroht hätte, ihr das Mädchen wegzunehmen. »Lola Belle ist sehr verärgert. Daisy lebt in ständiger Angst vor den Belästigungen und Drohungen. Das ist sehr belastend für die Kleine.«

»Klingt, als müsste Daisy mit der Polizei sprechen. Sie könnte auch eine einstweilige Verfügung erwirken, wenn die Situation ernst ist.«

»Oh, Coop, ich wusste, du würdest wissen, was zu tun ist. Ich habe Lola Belle gesagt, dass du die Sache regeln kannst. Du kannst den ganzen juristischen Hokuspokus verstehen.« Sie strahlte und reichte ihm ein Tablett.

»Moment mal … Ich habe nicht gesagt, dass ich das lösen kann.« Er stieß einen Seufzer aus. »Ich bin zu müde, um einen Kampf zu führen. Daisy soll im Büro anrufen und einen Termin vereinbaren, dann werde ich mich mit ihr treffen und die Situation besprechen, um festzustellen, ob ich ihr helfen kann.«

AB grinste, als sie sich einen weiteren Bissen in den Mund steckte und Tante Camille dabei zusah, wie sie sich um ihren Neffen kümmerte. »Ich hatte so gehofft, du würdest mir zustimmen. Ich habe Mrs. Henderson gebeten, eines deiner Lieblingsdesserts zu machen.« Sie zwinkerte AB kurz zu und fragte dann nach ihrer Reise nach Virginia.

Sie verbrachten den Rest des Abends damit, den köstlichen Schokoladen-Pralinenkuchen zu genießen, den Camille enthüllte, während sie sie über alles, was sie in Virginia erfahren hatten, auf den neuesten Stand brachten. Nachdem sie sich die Schilderung der Familienangelegenheit angehört hatte, sagte sie: »Winnie klingt geradezu abscheulich. Ich würde es ihr zutrauen, die Mörderin zu sein.«

Coop stand früh auf und traf AB vor der Arbeit im Fitnessstudio. Er war überrascht, sie zu sehen. »Geht es dir heute Morgen besser?«

Sie nickte, während sie ihr Laufband programmierte. »Ja, ich glaube, Camilles Suppe ist ein Wundermittel. Ich hatte zwei Schüsseln und habe geschlafen wie ein Baby.« Coop schlug vor, mit ihrem Programm zu pausieren, damit ABs Körper sich von ihrer Erkältung erholen konnte.

Es war die letzte volle Woche im Büro, bevor sie über die Feiertage schließen würden, und Coop spürte den Druck, Callies Fall zu lösen. Er überließ es AB, die Finanzdaten von Winnie und Trixie zu prüfen, während er in Kings Büro vorbeischaute. Gus entschied sich, bei AB zu bleiben, und legte sich unter ihren Schreibtisch.

Nach einer schnellen Fahrt in die Innenstadt wurde Coop in das Büro der stets charmanten Audrey begleitet. Sie überreichte ihm eine Akte mit Informationen über die Besuche, die Callie im letzten Monat in verschiedenen Anwaltskanzleien und Gerichtssälen getätigt hatte. »Wenn Sie noch etwas brauchen, lassen Sie es mich einfach wissen. Freitag ist mein letzter Tag, und dann fange ich am Jahresanfang in der neuen Kanzlei an.«

Coop hielt die Liste weiter weg, damit seine Augen sich auf sie einstellen konnten. Als er aufschaute, riss er die Akte an sich und merkte, dass es ihm peinlich war, sein Alter in Gegenwart einer Frau zu zeigen, die Jugend und Begehren ausstrahlte. Sie war heute in Rot gekleidet, und wie bei all seinen früheren Begegnungen konnte Coop es nicht lassen, einen Blick auf ihre Bluse zu werfen.

»Es freut mich zu hören, dass der neue Job für Sie passt.

Ich werde das sofort überprüfen und Sie anrufen, wenn wir noch etwas brauchen.«

»Wenn Sie mich nicht erreichen können, fragen Sie einfach nach Brandon. Er hilft Ihnen gerne auf jede erdenkliche Weise.«

Coop bedankte sich bei ihr, lehnte ihr Angebot auf einen Kaffee jedoch ab und eilte zu seinem Jeep. Er machte sich auf den Weg zu Trixies Haus, nachdem er eine SMS von AB erhalten hatte, in der sie bestätigte, dass sie einen Termin für ihn vereinbart hatte. Er wusste, dass Chandler und Trixie in der Gegend von Woodlawn wohnten, zwischen seinem Büro und dem Haus, das er mit Tante Camille teilte. Er kam zu einem Haus, einem prächtigen Anwesen im Kolonialstil mit einer privaten Auffahrt.

Ein Dienstmädchen öffnete die Tür und führte ihn in ein vornehmes Wohnzimmer mit einer beeindruckenden Reihe von Fenstern, die einen Blick auf einen riesigen Garten mit einem Pool boten. Sie stellte ein Tablett mit Kaffee auf den Tisch und schenkte ihm eine Tasse ein. Für mehr als ein paar Schlucke von seiner einzigen Tasse richtigen Kaffees hatte er heute Morgen keine Zeit gehabt, also beschloss er, seine neue Gesundheitsregel zu brechen und sich das Elixier zu gönnen, nach dem er sich sehnte. Er hielt die warme Tasse in der Hand und genoss das reiche Aroma, bevor er einen Schluck nahm.

Er unterdrückte ein entzücktes Stöhnen und nahm einen weiterer Schluck, bevor Trixie ihren Auftritt hatte. »Cooper, es ist wunderbar, dich zu sehen.« Er stand auf, als sie auf ihn zukam und ihm auf jeder Seite des Gesichts einen Luftkuss gab. »Ich habe dich schon ewig nicht mehr gesehen.«

»Schön, dich zu sehen, Trixie. Ich glaube, AB hat dir gesagt, dass ich an Callies Fall arbeite.«

»O ja. Was für eine Tragödie. Chandler und ich waren

fassungslos und schockiert, als wir von Callies schrecklichem Mord erfuhren. Ich nahm an, die Polizei würde ermitteln.«

»Callies Familie hat mich beauftragt, der Sache nachzugehen. Ich habe gehört, dass du bei der Spendenaktion warst und Callie dort gesehen hast. Ist das richtig?«

»Ja, am Freitagabend waren wir über hundert Leute.«

»Hattest du nach dem Vorfall noch Kontakt zu Callie?«

Sie schüttelte den Kopf, nahm eine silberne Glocke vom Tablett und läutete sie. »Nein, ich fürchte, wir verkehrten nicht in denselben Kreisen. Ich wusste nicht einmal, dass sie wieder in Nashville ist.«

Das Hausmädchen erschien mit einem Teller warmer Kekse und schenkte Trixie eine Tasse Kaffee ein. Sie bot Coop einen Keks an, aber er lehnte ab, weil er sich an die Qualen seines Morgens im Fitnessstudio erinnerte. Er sah in seinem Notizblock nach. »Ich habe mit einigen der Gäste der Spendenaktion gesprochen, und ich habe gehört, dass du Callie auf Chandler angesprochen hast. Du wurdest als aufgewühlt und beunruhigt beschrieben.«

»Das ist eine ziemliche Übertreibung, Coop. Das sind nur Frauengespräche, die jemand falsch verstanden hat, da bin ich mir sicher.«

»Was hast du zu Callie gesagt?«

»O Himmel, ich weiß nicht, ob ich mich an die Details erinnern kann. Ich weiß nur, dass ich sie gefragt habe, was sie in Nashville macht, und ihr gesagt habe, dass ich Chandler geheiratet habe und er für Daddy arbeitet. Das war's dann auch schon mit unserer Unterhaltung.«

»Du hast also nicht gesagt«, er blätterte eine Seite um und starrte auf ein leeres Blatt, »dass sie sich aus eurem Leben heraushalten und ihre Absichten in Bezug auf Chandler hinterfragen soll?«

Ihre Wangen röteten sich und sie nahm einen langsamen Schluck aus ihrer Tasse. »Ich glaube nicht, dass es so dramatisch war wie das. Ich war nur überrascht, sie dort zu sehen.«

»Wo warst du zwischen ein und fünf Uhr morgens an dem Sonntag, an dem Callie ermordet wurde?«

Sie schnaufte und sagte: »Natürlich hier. Ich kann nicht glauben, dass du denkst, ich würde so etwas Schreckliches tun.«

»Ich nehme an, Chandler kann für dich bürgen. Du hast das Haus am frühen Sonntagmorgen nicht verlassen?«

»Ja. Ich meine, ja, er kann für mich bürgen. Ich verlasse nie mitten in der Nacht das Haus.« Ihre vornehme Stimme verlor ihren Charme und wurde durch scharfe Antworten ersetzt.

»Weißt du, wer Callie vielleicht etwas antun wollte?«

»Nein«, schnauzte sie. »Wie ich schon sagte, habe ich erst kürzlich erfahren, dass sie in Nashville ist. Ich weiß nichts über ihr Leben, abgesehen von unserer Collegezeit.«

»Hast du bei der Spendenaktion etwas beobachtet oder gehört, das Licht in die Angelegenheit bringen könnte?«

Sie schüttelte den Kopf. »Es fällt mir nichts ein.«

Er stellte seine Tasse auf dem Tablett ab. »Wenn dir etwas einfällt, das mit ihrem Tod zu tun hat, rufe mich bitte an.« Er stand auf und gab ihr seine Karte. »Danke für den Kaffee.«

Sie begleitete ihn zur Tür, und er drehte sich um und fragte: »Wie fandest du Callies Kleid?«

Ein Blick der Überraschung blitzte in ihren Augen auf. »Es war schön. Sie und ich haben uns entschieden, uns wie Audrey Hepburn zu kleiden.«

»Ich weiß. Ich habe die Fotos gesehen. Ich fand, Callie sah

großartig aus. Vielleicht sogar besser als auf dem College.« Er ging weiter durch die Tür. »Nochmals danke.«

Sie holte tief Luft, konnte aber die Wut auf ihrem Gesicht nicht verbergen, das nun keine sanfte Fassade mehr hatte. Ohne ein Wort schlug sie die Tür zu.

Er schmunzelte vor sich hin, als er in den Jeep kletterte. Er fuhr die kurze Strecke zum Büro und wurde von Gus an der Hintertür empfangen. Er fand AB in der Küche. Sie lehnte sich nahe heran und flüsterte: »Lola Belle ist mit Daisy hier. Unangekündigt.«

Er holte tief Luft. »Geh vor und führe sie in mein Büro. Ich bin gleich da.« Er brummte und murmelte zu Gus, während er sich ein Glas süßen Tee einschenkte, um sich auf das improvisierte Treffen vorzubereiten.

Coop schüttelte den beiden Frauen die Hand, bevor er sich hinter seinen Schreibtisch zurückzog. AB hatte sie bereits mit Erfrischungen versorgt. Lola Belle ergriff die Hand ihrer Nichte und sagte: »Camille hat uns gesagt, dass Sie uns helfen können, und wir sind sehr dankbar dafür.« Daisy nickte und Lola Belle fuhr fort: »Daisy macht sich Sorgen, dass Trent, ihr Ex, zu etwas Drastischem greifen wird. Er hat gedroht, ihre Tochter wegzunehmen.«

Coop stellte mehrere Fragen und erklärte, er könne sich mit Trent in Verbindung setzen und zunächst versuchen, mit ihm zu reden. »Wenn das nicht funktioniert, können wir vor einem Richter eine einstweilige Verfügung erwirken.«

Daisy nickte. »Das ist es, was ich will. Ich will, dass er sich von uns fernhält.«

»Es ist am besten, wenn wir eine Art von Beweis haben, wenn wir vor den Richter treten. Haben Sie irgendwelche Sprachnachrichten mit seinen Drohungen?«

Daisy fummelte in ihrer Handtasche und holte ihr Handy heraus. Sie spielte ihm drei Nachrichten vor, und Coop schrieb die Daten und Zeiten auf. »Gut. Führen Sie Buch über jeden Kontakt, den er mit Ihnen hat. Ich werde den Papierkram erledigen und uns einen Gerichtstermin besorgen.«

Daisy entschuldigte sich, um die Damentoilette aufzusuchen, und Lola Belle holte ihr Scheckbuch heraus. Sie bezahlte den Besuch und die Gebühren für den Gerichtstermin wegen der einstweiligen Verfügung. »Vielen Dank, dass Sie sich so schnell mit uns getroffen haben, Cooper. Ihre Tante schätzt Sie sehr, und jetzt weiß ich auch warum.«

Er führte sie in den Empfangsbereich, wo Daisy bereits wartete. AB nahm ihre Kontaktdaten auf und erklärte, dass sie sich melden würde, sobald sie einen Gerichtstermin hätten. Coop kehrte in sein Büro zurück und ließ AB den Papierkram erledigen.

Nachdem sie gegangen waren, kam sie zu ihm. »Wie geht es dir?«, fragte er.

»Viel besser, danke. Die Halsschmerzen sind weg und meine verstopfte Nase auch.« Sie machte sich auf den Weg zum Konferenztisch. »Ich werde den Papierkram einreichen und mich mit Daisy und Lola Belle abstimmen.« Sie legte einen Stapel von Papieren und Akten auf den Tisch. »Sollen wir uns wieder mit Callies Fall befassen?«, fragte sie.

Er nickte und sie zeigte ihm die Finanzberichte, die sie von Winnie und Trixie erstellt hatte. Ben hatte ihre Handy-Historien per E-Mail geschickt. Er überprüfte die Finanzen und sah keine Barabhebungen von einem der beiden Konten. Er entdeckte die hervorgehobenen Käufe auf Winnies Kontoauszügen. »Sieht nach großen Ausgaben für die Reha aus.«

»Und nach dem, was wir gesehen haben, braucht sie eine weitere Therapie.«

»Und einige große Einzahlungen auf das Konto des Sohnes. Er ist also immer noch in Schwierigkeiten, zumindest in finanzieller Hinsicht. Ich frage mich, ob ihr Mann das alles weiß.«

Sie zuckte mit den Schultern. »Das ist schwer zu sagen. Sie scheinen eine komplizierte Ehe zu führen. Ich denke, ich werde einen Blick auf das Konto des Sohnes werfen, nur für den Fall, dass Winnie verschlagener ist, als wir denken. Ich kann keine offensichtlichen Anzeichen für eine Bestechung oder kriminelle Aktivitäten erkennen.«

»Nichts scheint aus dem Lot zu sein.«

»Außer, dass Trixie und Winnie beide einen Haufen Geld ausgeben. Gut, dass sie genug davon haben.«

Er fuhr fort, die Berichte zu lesen. »Aber es ist alles nachvollziehbar, keine Überweisungen oder Bargeld. Die Kreditkarten zeigen eine enorme Aktivität. Sieht aus, als würden sie alle Rechnungen bezahlen und hätten eine gute Bonität.«

»Ich hätte nur gerne ihre Bonuspunkte von ihren Kreditkarten. Davon allein könnte ich leben«, sagte AB und rümpfte die Nase.

»Sie sind beide erbärmliche Spezies. Du, meine Freundin, bist reicher, als es eine dieser Snobs je sein wird.« Dann erzählte er von dem leichten Schlag, den er Trixie zugefügt hatte. Sie krümmte sich vor Lachen, als er ihr Gesicht beschrieb.

Nachdem sie sich wieder gefasst hatte, fragte sie: »Glaubst du, dass Trixie etwas damit zu tun hat?«

Er schüttelte den Kopf. »Nein. Ich denke, sie ist ein gemeines Mädchen aus der Junior High, das unsicher und beleidigend ist, aber ich glaube nicht, dass sie eine Mörderin ist.«

Er überprüfte die von AB recherchierten

Mobiltelefonaufzeichnungen, konnte aber nichts Merkwürdiges feststellen. »Keine Anrufe an nicht identifizierte oder Prepaid-Nummern. Nichts Auffälliges.«

»Nur der Anruf von Winnie an Callie, aber kein Muster von Anrufen.«

»Sobald du die Finanzdaten von Kevin hast, werde ich mir überlegen, ob ich Winnie konfrontieren soll«, sagte Coop. »Ich brauche etwas zu essen und dann werde ich die Liste von Brandon King abarbeiten.«

»Tante Camille hat heute Morgen auf dem Weg zum Friseur etwas vorbeigebracht. Die Reste sind im Kühlschrank und sie hat ein paar Kekse gebacken.«

Coop lächelte und wackelte mit den Augenbrauen. »Sie macht mich manchmal verrückt, aber ich liebe diese Frau«, sagte er und machte sich mit Gus auf den Weg in die Küche.

***

Coop nahm eine Handvoll Kekse mit in sein Büro und erstellte eine Zeitleiste auf seiner Tafel. Er ergänzte die GPS-Daten, die Callies AA-Treffen, Einkäufe, Restaurantbesuche und mehrere Fahrten zum Parkhaus in der Nähe des Gerichtsgebäudes enthielten. Er konzentrierte seine Analyse auf die Liste aus der Anwaltskanzlei in der letzten Woche von Callies Leben. Hattie Mae hatte gesagt, dass Callie am Samstagmorgen, als sie sich zum Kaffee getroffen hatten, wegen einer beruflichen Angelegenheit aufgebracht gewesen wäre. In der Woche zuvor hatte Callie ihr von der Affäre zwischen Brandon und Audrey erzählt, aber dieses Thema war neu, also nahm er an, dass das, was Callie beunruhigte, zwischen diesen beiden Samstagen geschehen sein musste. Sie hatte AB am Freitagabend davon erzählt, und so wie sie sich aufgeregt hatte, konnte er sich nicht vorstellen, dass sie länger als eine Woche gewartet hätte.

Er notierte Callies Besuche in den Anwaltskanzleien und Gerichten für jeden Tag auf der Zeitachse. Er entschied sich, mit den Anwaltskanzleien zu beginnen, und machte sich auf den Weg zu den vieren, die Callie in ihrer letzten Arbeitswoche aufgesucht hatte. Gus saß auf dem Vordersitz des Jeeps, während Coop in die Innenstadt fuhr.

Coop stellte bei jedem Halt die gleichen Fragen und machte sich Notizen von jedem Büroleiter. Nach dem letzten Halt kletterte er in den Jeep und atmete schwer aus. Er gab Gus einen Klaps auf den Kopf. »Das nenn ich einen Fehlschlag, alter Junge.« Es war kalt und dunkel, kurz vor fünf Uhr, also machte er sich auf den Heimweg, in der Absicht, dem Berufsverkehr zu entgehen.

Der Dienstagmorgen legte einen leichten Schneestaub über die Stadt. Gus war überglücklich und tobte durch den Garten, bevor er in den Jeep getrieben werden konnte. Im Büro angekommen drehte Gus noch einige Runden im Garten, bevor er mit dem Versprechen auf ein Leckerli ins Haus gezwungen werden konnte.

Gus ließ sich von Coop und AB die Pfoten abtrocknen und die winzigen Schneeflocken aus seinem Fell bürsten, bevor er es sich vorm Kamin in Coops Büro gemütlich machte. Coop füllte die größte Tasse im Schrank mit seinem koffeinhaltigen Lieblingskaffee und ging seine Notizen von gestern Abend durch. Er hatte wenig wertvolle Informationen gesammelt, nur dass Callie immer höflich gewesen war, nicht lange verweilt oder viel geplaudert hatte, und dass ihre Aufgaben darin bestanden hatten, Akten zu alltäglichen Fällen abzuholen oder auszuliefern. Während Callies Besuchen hatten in keiner der Kanzleien merkwürdige Ereignisse stattgefunden.

Er wusste, dass er die meiste Zeit des Tages im AA-Birch-

Gebäude verbringen und sein Bestes tun würde, um die Gerichtsbediensteten dazu zu bringen, ihm Informationen über Callies Besuche zu geben. Kings Kanzlei vertrat eine Vielzahl von Mandanten, sowohl in Zivil- als auch in Strafsachen, was bedeutete, dass Callie in der Woche vor ihrem Tod ein Dutzend verschiedene Gerichte aufgesucht hatte. Coop kritzelte ein paar Notizen in sein Notizbuch.

Als er fertig war, eilte AB in sein Büro. »Ich habe Kevins Finanzen überprüft und sie zeigen mehrere große Barabhebungen.«

Coop sah sich den Bericht an. »Verdammt. Ich hasse es, so etwas am Telefon zu tun, aber ich will auch nicht den ganzen Weg dorthin fliegen, um es zu tun.«

»Glaubst du, dass wir von John eine ehrliche Antwort bekommen werden? Ich traue Winnie nicht und ich glaube, Kevin könnte wie seine Mom sein.«

»Hmm. Ich muss darüber nachdenken. Ich würde gerne Bens Meinung zu all dem hören.« Er kehrte an seinen Schreibtisch zurück und schickte Ben eine SMS.

»Hast du Kevins Telefonaufzeichnungen?«

»Noch nicht. Ben soll sie rüberschicken.«

Coop verglich Winnies Finanzen mit denen von Kevin und stellte fest, dass die Barabhebungen mit den Überweisungen auf sein Konto übereinstimmten. Er überprüfte eine längere Historie der beiden und stellte fest, dass dies über einen langen Zeitraum hinweg geschehen war, nicht nur in der Zeit um Callies Mord. Er überprüfte Kevins Kreditkarten und tippte einige Tasten auf seinem Computer an. »Ah, sieht so aus, als ob Kevin eine Spielsucht haben könnte. Alle diese Abbuchungen in Maryland sind für eine Pferderennbahn.«

»Vielleicht setzt er nicht nur auf Pferde, hm?«

Coop nickte. »Wenn die Gerüchte über Drogen wahr

sind und er ein Spieler ist, macht das Geld mehr Sinn.« Coop lehnte sich auf seinem Stuhl zurück, tief in Gedanken versunken.

Coops Telefon summte. Er sah auf den Bildschirm und sagte: »Ben sagt, ich soll tun, was ich für richtig halte.« Er lehnte sich wieder zurück und schloss die Augen.

»Ich kann hören, wie der Hamster in deinem Kopf im Rad läuft. Woran denkst du?«, fragte AB.

»Ich erwäge, Carter zu kontaktieren und ihn um eine Videokonferenz zu bitten. Ich werde ihn über Kevin und Winnie befragen. John wird versuchen, sie zu schützen, egal was er weiß. Carter konzentriert sich auf Callie und ist derjenige, der am meisten wegen ihres Todes verzweifelt ist.«

»Dot wäre eine andere Möglichkeit, die Wahrheit herauszufinden. Ich glaube nicht, dass die beiden Schwägerinnen sich ausstehen können.«

»Das gefällt mir. Du kontaktierst Dot und befragst sie über Kevin und Winnie und ich werde etwas mit Carter arrangieren.«

Sie kehrte an ihren Schreibtisch zurück und wühlte sich durch alle Kontaktinformationen, die sie bei ihrem Besuch in Virginia gesammelt hatten. Sie hinterließ Dot eine Nachricht auf dem Handy und bat sie, sie wegen Callies Fall anzurufen.

Coop konnte Carters Assistenten erreichen, der für den Nachmittag einen Videochat einrichtete. »Mr. Baxter sagte mir, wenn Sie sich melden, soll ich alles tun, um bei den Ermittlungen zu helfen. Er wird in einer Stunde verfügbar sein, und ich sorge dafür, dass er bereit ist«, sagte die tüchtige Frau.

Nachdem er die Informationen für den Videoanruf erhalten hatte, machte er eine kurze Liste mit Punkten, die er Carter mitteilen wollte, und ging dann mit Gus nach draußen, um noch einmal den Schnee zu genießen, der gerade schmolz und bald verschwinden würde. Als er und der Hund zurückkamen, telefonierte AB gerade mit Dot.

Er brachte Gus in sein Büro, um ihn am Feuer zu trocknen, und bereitete seinen Computer für die Verbindung mit Carter vor. Sobald er auf die Verbindung klickte, erschien Carter auf dem Bildschirm. »Mr. Baxter, hallo. Vielen Dank, dass Sie mich so kurzfristig einplanen konnten.«

»Natürlich, Mr. Harrington. Ich hoffe, Sie haben ein paar Neuigkeiten für mich.«

»Statt Neuigkeiten habe ich ein paar schwierige Fragen an Sie. Ich möchte Ihnen nicht zu nahetreten, aber ich muss Sie einige Dinge über Winnie und Kevin fragen.«

Carter verzog das Gesicht. »Ich verstehe. Fahren Sie fort!«

»Teil der Ermittlungen ist es, alle Kontakte zu überprüfen, die Callie in den Wochen zuvor hatte, und es gab einen Anruf von Winnie. Nach unserem Besuch bei Ihrer Familie ist es offensichtlich, dass Winnie starke Gefühle für Callie hegte. Ich habe eine Finanzübersicht erstellt und einige Unregelmäßigkeiten aufgedeckt, bei denen große Geldbeträge von Winnie an Kevin überwiesen wurden. Ich fand auch mehrere Barabhebungen, die mit diesen Überweisungen zusammenfielen. Wissen Sie etwas darüber?«

»Kevin ist nicht Johns Sohn, wie Sie vielleicht schon gehört haben. Winnie verwöhnt den Jungen und hat ihn nie für sein rücksichtsloses Verhalten büßen lassen. Ich schätze, einige Leute würden das Gleiche über mich und Callie sagen. Ihre Mutter und ich haben sie aus ihrer Situation herausgeholt, aber ich würde gerne glauben, dass sie auf dem richtigen Weg war. Kevin hingegen ist ein echtes Problem. Er hat mit Drogen und Glücksspiel zu tun.«

»Weiß John davon?«

Der alte Mann nickte. »O ja. Winnie glaubt, dass sie alles vor ihm verheimlicht, aber John ist schlau und klug. Er weiß über das Geld und Kevins Probleme Bescheid. Winnie hat ihre eigenen Probleme. Es ist ein ziemliches Durcheinander. Es ist lächerlich, dass Winnie so besorgt darüber war, dass Callie Johns Ruf schädigen könnte, wo doch Winnie und Kevin die eigentliche Bedrohung darstellen. Wir haben es geschafft, die meisten seiner Eskapaden aus der Öffentlichkeit herauszuhalten, aber die Leute reden, und er hat schon seit Jahren Probleme, seit er ein kleiner Junge war.«

»Sir, es tut mir leid, dass ich überhaupt frage, aber glauben Sie, dass Winnie oder Kevin in eine Verschwörung verwickelt sein könnten, um Callie zu töten?«

Carters Brust hob sich, als er seufzte, und er holte ein Taschentuch, um sich die Augen zu wischen. »Ich hoffe nicht, aber ich weiß es wirklich nicht. Kevin ist ein harter Brocken. Ich kann mir nicht vorstellen, dass sie Callie etwas antun würden, aber ich kann mir nicht hundertprozentig sicher sein. Schrecklich, nicht wahr?«

»Nein, Sir, nur ehrlich. Ich bin geneigt zu glauben, dass die Aktivitäten, die ich gesehen habe, mit Drogen und Spielschulden zu tun haben, aber ich habe gezögert, Winnie oder Kevin zu fragen. Ich kenne nur Winnie, aber ich glaube nicht, dass sie die Wahrheit sagen würde, nicht, wenn es um ihren Sohn geht.«

»Ich werde das mit John besprechen und mich wieder bei Ihnen melden. Wir haben keine Geheimnisse, und er kennt vielleicht die Details der Transaktionen. Vielleicht ist es ihm dann peinlich genug, bei dieser Frau ein für alle Mal ein Machtwort zu sprechen.«

»Wäre es Ihnen lieber, wenn ich ihn kontaktiere? Ich möchte es Ihnen nicht noch schwerer machen.«

Er schüttelte den Kopf. »Nein, nein, es wäre gut, wenn wir reden würden. Sie können der Anlass dazu sein, aber wir müssen trotzdem darüber reden. Der Gouverneur plant, John für den Senat zu ernennen, und er muss verstehen, wie schädlich seine Frau und sein Stiefsohn sein könnten, wenn er erst einmal in der politischen Arena ist. Er hat Winnie heute gerade in eine andere Therapieeinrichtung eingewiesen.«

»Ich warte darauf, von Ihnen zu hören, Sir. Ich danke Ihnen.«

Carter versprach, sich am nächsten Tag zu melden, und beendete den Anruf. Kaum hatte er das getan, kam AB durch die Tür. »Ich habe nur darauf gewartet, dass du fertig bist.«

»Carter bestätigte, dass es um Drogen und Glücksspiel geht und Winnie dem Kind Geld zukommen lässt. Der Ehemann weiß Bescheid, aber Carter wird mit ihm sprechen und weitere Informationen besorgen.« Coop schüttelte den Kopf und sagte: »Was für eine traurige Familie.«

AB ließ sich in einen Sessel am Kamin fallen und sagte: »Dot war eine wahre Fundgrube. Sie sagte, dass Kevin wie seine Mutter mehr als einmal in der Reha war. Sie alle wissen, dass Winnie den Jungen beschützt und ihm mit Geld aus der Patsche hilft, wenn er in Schwierigkeiten gerät, und sie wissen von den Drogen und dem Glücksspiel. Keiner in der Familie kümmert sich um Winnie oder Kevin. Sie alle machen sich Sorgen um das Geld und den Besitz der Familie. Es scheint, als hätten die Eltern einen Treuhandfonds eingerichtet, der sie und Kevin ausschließt, was Winnie noch unausstehlicher macht. Dot und

David verkehren nicht mit John und Winnie. Es scheint, als ob sie John lieben und respektieren, aber seine Frau nicht ausstehen können. Dot denkt auch, dass Chloe eine Göre ist und genau wie ihre hinterhältige Mutter aufwachsen wird.«

»Hast du sie gefragt, ob sie glaubt, dass Winnie oder Kevin etwas mit dem Mord an Callie zu tun haben könnten?«

»Das habe ich. Sie sagte, sie glaube das nicht, könne sich aber nicht sicher sein. Sie sagte, die Frau sei unberechenbar und davon besessen, dass John die Ernennung in den Senat bekommt. Dot sagte, Winnie würde alles dafür tun.«

»Das deckt sich mit dem, was Carter gesagt hat. Er kann sich nicht sicher sein, dass sie nicht etwas Drastisches tun würde. Er wird mit John sprechen und sagt, dass sein Sohn über alle Probleme mit Winnie und Kevin Bescheid weiß. Das scheint ihm einen Vorwand zu geben, ein ernsthaftes Gespräch mit seinem Sohn zu führen. Winnie ist seit heute in einer anderen Reha-Einrichtung. Er wird sich morgen bei mir melden, aber ich bin versucht, Ben zu bitten, den Behörden von Virginia zu erlauben, Kevin zu befragen. Ich denke, es wäre klug, ihn unvorbereitet zu treffen, ohne dass seine Mutter für ihn spricht.«

AB griff nach dem klingelnden Telefon. Sie machte sich eine Notiz und dankte dem Anrufer. »Das war das Gericht von Richter Mallot. Er kann Daisys Antrag morgen früh anhören. Ich werde mich mit ihr in Verbindung setzen und dafür sorgen, dass sie weiß, wo sie sich morgen früh melden muss.«

Sie drehte sich um, während sie nach dem Türknauf griff. »Außerdem hat Brandon King eine Liste mit Dokumenten gefaxt, die Callie in der Woche vor ihrem Tod ausliefern oder abholen sollte. Ich habe sie durchgesehen, und mir kommt nichts verdächtig vor.«

Er warf einen Blick auf die Uhr und sah, dass es zu spät war, um noch zum Gericht zu gehen. Er tippte Bens Namen in sein Telefon und gab ihm den neuesten Stand der Dinge durch. Nachdem sie die Situation ausführlich besprochen hatten, stimmte Ben zu, dass es klug wäre, an Kevins Käfig zu rütteln. Sie schmiedeten einen Plan, und Ben versprach, Carter Baxter zu kontaktieren, sobald er erführe, dass die Polizei in Virginia Kevin befragt. Coop wollte nicht, dass Carter dachte, er vertraute ihm nicht und wollte nicht, dass er sich verraten fühlte. Sie verabredeten, sich am Mittwoch nach der Arbeit in Coops Büro zu treffen, um das Ergebnis zu besprechen.

»Ich werde gleich morgen früh zum Gerichtsgebäude gehen. Ich kann mir nicht vorstellen, dass ich viel erfahren werde, aber ich muss Callies Bewegungen überprüfen, für den Fall, dass sie dort auf etwas gestoßen ist. Ich hatte gehofft, in der Anwaltskanzlei mehr zu erfahren, aber das war ein Reinfall. Ich denke, was immer sie in dem Umschlag hatte, ist der Schlüssel zu dieser Sache.«

»Viel Glück. Ich hoffe, du findest bald etwas. Ich bringe dir und AB morgen Abend etwas zu essen mit. Vielleicht wird uns dreien ja etwas einfallen.«

»Ich möchte das diese Woche abschließen. AB verreist dieses Wochenende, und wir wollen die nächsten zwei Wochen schließen.«

»Ich verstehe dich. Ich muss noch zwei weitere Todesfälle aufklären, ganz zu schweigen von der üblichen Weihnachtsflut an Diebstählen und Betrügereien. Ich würde die Feiertage gerne mit meiner Familie verbringen, aber es sieht nicht gut aus.«

Nachdem er sich am Mittwochmorgen ins Fitnessstudio geschleppt hatte, ließ Coop Gus bei AB, während er sich auf den Weg in die Innenstadt machte. Er hielt an und kaufte vor seiner Mission eine riesige Tasse Kaffee, da er wusste, dass er die Stärkung brauchte, um den ominösen Torwächtern des Gerichtssystems gegenüberzutreten.

Da er bereits in weniger als einer Stunde auf dem Gerichtsterminplan stand und er die Justizangestellte Martha durch seine Tante kannte, beschloss er, zuerst Martha aufzusuchen, bevor er zum Saal von Richter Mallott ginge. Martha arbeitete seit mehr als dreißig Jahren im Gericht und war schon Justizangestellte gewesen, bevor Richter Mallott den Richterstuhl übernommen hatte. Er wurde in ihr großes Büro mit Blick auf den Fluss geführt. »Coop, was führt Sie an diesem schönen Morgen hierher?«

»Ich arbeite an einem Fall, bei dem es um den Mord an einer Anwältin, Calista Baxter, aus Brandon Kings Büro geht.«

»O ja, ich habe davon gelesen. Schrecklich, einfach schrecklich. Was kann ich tun, um Ihnen zu helfen?«

»Ich verfolge Callies Schritte in der Woche vor ihrem Tod zurück und versuche, ein Motiv zu finden. In der Woche, in der sie getötet wurde, war sie dreimal in diesem Büro und ich hoffe, dass sich jemand an etwas erinnert, das uns weiterhelfen könnte.«

»Ich fürchte, ich habe sie nicht gekannt. Lassen Sie uns nach vorne gehen und im Anmeldebuch nachsehen, dann können Sie mit den Mitarbeiterinnen am Empfang reden. Die können Ihnen sicher weiterhelfen.«

Er folgte Martha, und sie stellte ihn den beiden Frauen am Empfang vor. Während er sich bei ihnen nach Callie erkundigte, holte Martha das Dokumentenprotokoll hervor, in dem alle im Büro eingegangenen oder übermittelten

Dokumente verzeichnet waren. Sie blätterte zurück zu der betreffenden Woche und suchte in der Spalte nach Callies Namen.

Die Frauen erinnerten sich an Callie und waren traurig, als sie von ihrem Tod erfuhren, aber wie bei den Anwaltskanzleien, die er besucht hatte, hatten sie Callie nur als höflich und geschäftsmäßig in Erinnerung. Keine von ihnen erinnerte sich an irgendetwas von Bedeutung.

Martha kam mit einer Kopie der Dokumentenliste für Coop zurück. »Hier, bitte sehr! Hier steht, dass sie im Laufe der Woche Akten abgegeben und andere abgeholt hat. Wir haben sie Montag, Dienstag und Mittwoch gesehen. Das waren alles Routineakten und -fälle, nichts sieht für mich fragwürdig aus.«

»Führen alle Abteilungen eine solche Dokumentenliste?«

»Das ist mein Verdienst. Ich habe die meisten Angestellten in diesem Gebäude geschult und erklärt, dass es eine absolute Notwendigkeit ist.«

Coop grinste. »Toll, das wird eine große Hilfe sein. Ich muss Sie noch um einen weiteren Gefallen bitten.« Er zeigte ihr seine Liste der Gerichtsabteilungen und bat sie, ihm den Weg zu den anderen Justizangestellten zu ebnen. Sie schrieb den Namen des Angestellten, der ihm helfen würde, neben jede Abteilung auf seiner Liste. »Herzchen, Sie müssen nur sagen, dass Martha Sie geschickt hat. Wenn Sie irgendwelche Probleme haben, rufen Sie mich einfach an.«

Er hatte nicht geahnt, dass Tante Camilles Freundin so große Macht im Gerichtsgebäude ausübte. Sie schickte ihn mit einer Handvoll von Visitenkarten, auf die sie die Direktwahl geschrieben hatte, auf den Weg, um seine weiteren Schritte zu erleichtern. Sie war für ihn wie ein Stapel von *Du-kommst-aus-dem-Gefängnis-frei*-Karten.

Er hatte noch ein paar Minuten Zeit und fand Lola Belle

und Daisy vor dem Gerichtssaal. Von Trent war keine Spur zu sehen. Coop setzte sich mit Daisy an den Tisch und sah Richter Mallott ihm gegenüber. Der Richter ging die Formalitäten durch und verlangte einen Nachweis, dass Trent über die Anhörung informiert worden war. Der Gerichtsschreiber bestätigte die Benachrichtigung und der Richter fuhr fort. Aufgrund der von Coop vorgelegten Beweise und der wahrgenommenen Gefahr für das Kind erließ der Richter eine einstweilige Verfügung und setzte einen weiteren Gerichtstermin in dreißig Tagen an.

Nachdem der Richter sein Urteil gefällt hatte, führte Coop die Frauen zur Tür hinaus und erläuterte ihnen die Bestimmungen der Verfügung. »Daisy, Sie müssen immer noch ein Protokoll führen und alle seine Anrufe aufzeichnen. Gehen Sie nicht ans Telefon, sondern lassen Sie seinen Anruf aufzeichnen. Wenn er Sie weiterhin belästigt oder gegen die Anordnung verstößt, rufen Sie sofort die Polizei, okay?«

Sie nickte mit dem Kopf und Lola Belle antwortete: »Danke, Cooper. Wir werden tun, was Sie sagen.«

»Informieren Sie die Vorschule oder den Babysitter und geben Sie ihnen eine Kopie der Anordnung«, erinnerte er sie, als sie sich auf den Weg zum Aufzug machten.

Er machte seine Runden durch das Gebäude und musste nur einmal die Martha-Karte ziehen, weil die Frau, die ihm empfohlen worden war, krank und er gezwungen war, mit einer anderen zu sprechen. Als er erklärte, wer er war, und die Angestellten wissen ließ, dass Martha sie empfohlen hatte, war es, als ob er einen Schlüssel im Schloss klicken hörte. Jede von ihnen kopierte mit einem Lächeln ihre Dokumentenlisten für ihn.

Er hatte seine letzte Station des Tages erreicht, als er am Gerichtssaal von Richter Hunt ankam. Sadie saß am Empfang und schob sich ihre Lesebrille auf die Nase, als er sich dem Schalter näherte. »Was kann ich für Sie tun?«, fragte sie in einem teilnahmslosen Ton.

Er sah auf seiner Liste nach und fragte nach Hildie, wobei er Marthas Namen nannte. Sadie drückte auf einen Knopf am Telefon und rief Hildie. Eine brünette Frau in einem glänzenden Rock und einer Jacke erschien von hinten und bat ihn in einen Konferenzraum. Er erklärte, wer er war und welchen Fall er untersuchte, bevor er nach Callie fragte.

»Ich arbeite nicht oft am Empfang, deshalb kenne ich sie leider nicht. Natürlich habe ich davon gelesen, und im Gerichtsgebäude wurde viel über den schrecklichen Mord gesprochen. Mr. King ist ein häufig verkehrender Anwalt in unserem Gericht. Lassen Sie mich unser Protokoll holen und ich werde mein Bestes tun, um Ihnen zu helfen.«

Sie kehrte mit Sadie im Schlepptau zurück und erklärte, dass Sadie diejenige wäre, die aus erster Hand von Callies Besuchen erfahren würde. Sie sah sich das Protokoll an und nickte. »Ja, ich erinnere mich, dass sie mehrmals kam, um Akten abzugeben und abzuholen.« Sie sah sich die Seiten des Protokolls an. »Oh, sie war gleich nach dem armen Billy hier, an dem Abend, als er getötet wurde.«

Sadie fuhr mit dem Finger über die Liste der Dokumente. »Die sind alle markiert und gefärbt, weil wir überprüfen wollten, welche Dokumente aus Billys Tasche gefunden wurden.« Sie seufzte. »Richter Hunt war ganz aus dem Häuschen, als wir herausfanden, dass Billy das Opfer gewesen war. Er blieb lange bei uns und ging das Protokoll durch. Er wies uns an, alle Dokumente neu zu erstellen, und wir riefen einen anderen Zustelldienst an, um sie abzuholen.«

»Richter Hunt nimmt es mit unseren Abläufen sehr genau und wollte sicherstellen, dass es keine Verzögerungen durch den Verlust von Akten bei dem Unfall oder durch das

Warten auf deren Freigabe durch die Polizei gibt. Wir alle haben Billy geliebt. Es war eine solche Tragödie, aber wir mussten uns auf die Arbeit konzentrieren«, erklärte Hildie.

»Deshalb werden Sie feststellen, dass die gleichen Dokumente noch einmal aufgeführt sind. Wir haben die zweite Lieferung bei der anderen Firma angemeldet«, sagte Sadie. »Sie wurden sofort abgeholt.«

»Hatte eines der Dokumente, die Callie im Laufe der Woche abgegeben oder gefunden hat, eine besondere Bedeutung?«, fragte Coop.

Beide Frauen überflogen die Liste. Hildie schüttelte den Kopf, als sie jede Zeile las. »Das sind alles Routineakten, nichts Besonderes.« Sie klappte die Ringe an der Akte auf und nahm die Seiten zum Kopieren heraus. »Ich gebe Ihnen eine Kopie mit, damit Sie sie durchsehen können. Wenn Sie noch Fragen haben, rufen Sie mich einfach an.«

Er ging mit der Liste, Hildies Karte und einem Lächeln von Sadie. Die nächsten beiden Stopps absolvierte er ohne weltbewegende Entwicklungen. Es war weit nach dem Mittagessen und er war hungrig. Er hielt für einen schnellen Snack an und rief AB an, um nach Nachrichten zu fragen.

»Mr. Baxter hat gerade angerufen. Er wird den Rest des Nachmittags zur Verfügung stehen.«

»Ich komme in ein paar Minuten zurück. Ich rufe ihn an, sobald ich im Büro bin.« Coop verschlang das Gourmet-Sandwich mit gegrilltem Käse, das er am Imbisswagen vor dem Gericht gekauft hatte, und eilte zu seinem Jeep.

# KAPITEL ZEHN

A ls er zurückkam, gab er AB die Kopien der Protokolle und bat sie, sie durchzugehen und in einer übersichtlichen Liste zusammenzufassen. Er holte sich ein Glas süßen Tee und schloss die Tür zu seinem Büro.

Als er seinen Stuhl nahm, summte die Sprechanlage. Die Stimme von AB erfüllte den Raum. »Äh, Coop, deine Mutter ist in der Leitung für dich. Sie besteht darauf, sofort mit dir zu sprechen. Sie sagt, es sei ein Notfall.«

Er murmelte seinen Dank und nahm einen langen, langsamen Schluck Tee. Nach einem tiefen Atemzug nahm er den Hörer ab. »Cooper Harrington«, sagte er mit seiner rein geschäftlichen Stimme.

»Hat dir dein Mädchen nicht gesagt, dass es deine Mutter ist?« Die Stimme, die er seit Jahren nicht mehr gehört hatte, bereitete ihm sofort Kopfschmerzen.

»Ich bin beschäftigt. Was ist der Notfall?«

»Ich bin in der Gegend und wollte dich sehen.« Das letzte Mal, als sie Nashville besucht hatte, war Coop noch Studienanfänger gewesen.

»Ich stecke gerade mitten in einem schwierigen Fall. Das ist kein guter Zeitpunkt für einen Überraschungsbesuch.«

»Ach, Cooper, komm schon, ich bin deine Mutter.«

»Was ist denn los? Ich habe seit Jahren nichts mehr von dir gehört. Du kommst nie zu Besuch, also was ist los?«

»Es ist Weihnachten, Cooper.« Ihre Stimme war voller Tränen, unecht oder echt, er konnte es nicht sagen.

»Ich bin heute sehr beschäftigt. Gib mir deine Nummer und ich rufe dich an, wenn ich Zeit habe.«

»Du hast an Weihnachten keine Zeit für deine eigene Mutter?«, jammerte sie.

Er rollte mit den Augen und widerstand dem überwältigenden Drang, sie anzuschreien. Er atmete tief ein und aus und sagte: »Das ist das Beste, was ich dir im Moment anbieten kann.«

Sie nannte ihm eine Nummer, und er schrieb sie auf einen Notizblock, legte den Hörer auf und sagte ihr, er würde sich später melden.

Kaum hatte er den Hörer aufgelegt, kam AB durch die Tür und warf ihm einen fragenden Blick zu. »Was war der Notfall? Ist alles in Ordnung?«

Coop verschränkte die Hände hinter dem Kopf und lehnte sich gegen den Stuhl. »Kein Notfall, nur eine weitere Lüge. Sie ist in der Gegend und will mich treffen.«

AB biss die Zähne zusammen und zuckte zusammen. »Oh, oh. Was hast du ihr gesagt?«

»Ich habe ihr gesagt, dass ich im Moment beschäftigt bin, was ich auch bin.«

Sie nickte. »Vielleicht solltest du deinen Bruder anrufen und herausfinden, ob er etwas weiß?«

»Ja, das habe ich auch schon gedacht. Im Moment muss ich an dem Fall arbeiten. Ich werde mich später um sie kümmern.« Er lehnte sich vor und fingerte an dem Zettel herum, den AB ihm gegeben hatte und auf dem die Nummer von Carter Baxter stand. Als er den Hörer abnahm, ging sie und schloss die Tür hinter sich.

Carter meldete sich kurz nach dem Anruf von Coop. »Tut mir leid, dass ich Ihren Anruf verpasst habe, Mr. Baxter.«

»Kein Problem. Ich wollte mich nur zurückmelden. Ihr Kollege, Chief Mason, hat mich heute angerufen und gesagt, dass die Polizei Kevin befragt hat. Ich hoffe, das ist ein Weckruf für den jungen Mann. Natürlich verlangte Kevin, seinen Stiefvater anzurufen. Ich war so stolz auf John, als er Kevin sagte, er solle die Fragen wahrheitsgemäß beantworten, und ihm nicht dabei half, sein Fehlverhalten zu verbergen.«

»Ich habe noch nicht mit Chief Mason gesprochen. Ich komme gerade von einigen anderen Befragungen.«

»John und ich hatten gestern Abend ein Gespräch unter vier Augen. Es tut mir so leid für ihn. Er hat ein miserables Leben zu Hause, aber wegen dieser Ernennung fühlt er sich festgefahren. Er denkt, wenn er sich scheiden lässt, wird der Gouverneur sich vielleicht für jemanden entscheiden, der nicht in ein solches Drama verwickelt ist. Politiker denken immer an die Wähler und ihre nächste Wahl, das verstehe ich.«

Coop ließ den Mann über seine familiäre Situation plaudern, während er an seinem Tee nippte. »So wie es jetzt aussieht, ist Winnie wieder in der Reha. Sie wird mindestens den nächsten Monat dortbleiben, das ist der Zeitrahmen für das Ernennungsverfahren. Ich habe John erklärt, dass er sich vielleicht zurückziehen möchte, da Winnies Aufenthalt in der Reha einen negativen Beigeschmack hat, genau wie eine Scheidung.« Carter atmete schwer aus. »Ich glaube, John ist endlich bereit, sich von Winnie und Kevin zu lösen und einen neuen Weg im Leben einzuschlagen. Ich habe ihm gesagt, dass es immer einen anderen Job gibt. Er ist ein talentierter Anwalt und könnte überall arbeiten, aber sein Glück im Leben ist wichtiger.«

»Ein ausgezeichneter Rat, Sir. Zurück zu Kevin: Haben Sie irgendwelche Informationen erhalten, die seine mögliche Beteiligung an Callies Tod aufklären?«

»O ja, das tut mir leid. Es waren ein paar schwierige Tage. John glaubt nicht, dass sie in eine Verschwörung verwickelt waren, die arme Callie zu töten. John sagte, Kevin habe mit dem Geld Drogen gekauft und Spielschulden beglichen. Er sagte, das sei nicht das erste Mal, aber ich denke, es könnte das letzte Mal sein. Winnie denkt, dass John keine Ahnung hat, wie viel Geld sie ausgibt, aber er ist sich dessen sehr wohl bewusst. Das hat ihn gezwungen, die harten Fakten zu prüfen. Er hat Hunderttausende von Dollar für Winnie und Kevin ausgegeben, um ihnen zu helfen, und das ist ein Teufelskreis. Ich hoffe, er ist mit ihr fertig.«

»Vielen Dank für Ihren Anruf, Mr. Baxter. Es tut mir leid für Ihre Schwierigkeiten. Ich hoffe, dass sich die Dinge für John bessern, und ich werde Chief Mason kontaktieren, um weitere Informationen zu erhalten. Ich vertraue darauf, dass Sie Mrs. Baxter auf dem Laufenden halten, und ich melde mich, wenn ich etwas Neues erfahre.«

Coop trennte die Verbindung und rieb sich die Schläfen. »Dagegen sieht meine gestörte Familie irgendwie normal aus.« Er ging zum Sofa hinüber und streckte eine Hand aus, um Gus zu streicheln, während er über den Fall nachdachte. Er lehnte sich zurück und schloss die Augen.

Coop schlief fest, als AB mit der neuen Liste hereinkam. Sie ging auf Zehenspitzen aus dem Büro und schloss die Tür, damit er sich ausruhen konnte.

Sie wartete bis fünf Uhr dreißig, um ihn zu wecken, denn

sie wusste, dass Ben bald da sein würde. Mit einer sanften Hand stupste sie ihn wach. Er blinzelte einige Male und sagte: »Tut mir leid, meine Schlaflosigkeit war in der letzten Woche unerbittlich.«

»Deine Mutter hat wieder angerufen. Ich habe ihr gesagt, dass du wegen eines Falles nicht im Büro bist.«

Er atmete tief ein und aus. »Danke, AB.«

Gus hob den Kopf und streckte sich, bevor er die Augen wieder schloss. »Schade, dass du nicht schlafen kannst wie dein Hund. Er hat keine Probleme. Ich bin sicher, du machst dir zu viele Sorgen ... wegen Callies Fall.«

»Ben wird bald hier sein.« Coop stand auf und studierte das Whiteboard. Er hörte die Hintertür und Gus sprang von seinem Stuhl auf, um nachzusehen. Ben kam mit Tüten, gefolgt von Gus, der die Nase in die Luft streckte, und AB mit kalten Getränken in den Händen herein.

Coop nahm Gus mit in die Küche und füllte seinen Napf mit Trockenfutter. Wie ein Staubsauger inhalierte Gus sein Essen und folgte Coop in sein Büro, wo Gus sein bestes Bettelgesicht machte und mit einem Bissen Tortilla belohnt wurde. Ben hatte eine Auswahl an Speisen aus einem beliebten mexikanischen Restaurant unweit von Coops Büro mitgebracht. Sie füllten ihre Teller und versammelten sich dann um den Tisch und die weiße Tafel.

Ben holte eine DVD aus einem Ordner und sagte: »Hier ist eine Kopie der Befragung, die in Virginia mit Kevin geführt wurde. Sie ist unterhaltsam. Er hat seinen Stiefvater angerufen, der gekommen ist und uns mehr geholfen hat als dem Kind. Am Ende brach der Junge zusammen, weinte sogar. Sein Geld floss in Drogen und Glücksspiel, wie Mr. Baxter vermutet hat. Als er herausfand, dass er des Mordes an seiner Tante verdächtigt würde, wurde er vernünftig und sagte die Wahrheit. Sie werden den Drogen und dem illegalen Glücksspiel nachgehen, aber ich bin zuversichtlich, dass er nichts mit dem Tod von Callie zu tun hat.«

Coop aß einen Taco und fragte: »Du glaubst doch nicht, dass Winnie ihn als Mittelsmann für einen Auftragsmord benutzt hat?«

Ben schüttelte den Kopf. »Das glaube ich nicht. Sieh dir das Video an, aber ich stimme mit den Detectives in Virginia überein, ich glaube, er sagt die Wahrheit.« Zwischen den Bissen fuhr er fort: »Kate hat Ollies Finanzen durchforstet und nichts gefunden, was ihn mit irgendeiner Art von Auftragsmord in Verbindung bringt. Er ist ein dreckiger Drogendealer, aber sie ist jeder Spur gefolgt und hat nichts gefunden.«

»Verdammt, ich hatte gehofft, dass er es war. Es würde ihm recht geschehen, weil er so ein komplettes Arschloch ist«, sagte AB.

»Kate hat den Behörden in Virginia einen Hinweis auf seine Verwicklung in Drogengeschäfte gegeben. Sie ist überzeugt, dass er nicht nur Drogen nimmt, sondern auch verkauft. Sie sagte, sie hätten geschworen, ihn zu einer Priorität zu machen.«

Sie rollte mit den Augen. »Wenn es also nicht Ollie ist und du glaubst, dass Winnie und Kevin unschuldig sind, sind wir wieder am Anfang. Winnie wäre eine weitere perfekte Kandidatin für den Mörder gewesen. Sie ist leicht zu hassen.«

»Wenn Winnie einen Monat lang in der Reha ist, wird John vielleicht ernsthaft über eine Scheidung nachdenken. Carter ließ durchblicken, dass John die Ernennung zum Gouverneur ablehnen und sich darauf konzentrieren könnte, sein Leben in Ordnung zu bringen«, sagte Coop.

»Er könnte es viel besser haben als Winnie«, sagte AB. »Nach dem, was Dot gesagt hat, wird Winnie bei einer

Scheidung nicht viel bekommen. Sie mag eine Goldgräberin sein, aber wenn man in eine Anwaltsdynastie einheiratet, muss man davon ausgehen, dass sie sich selbst schützen werden.«

»Kate und Jimmy haben alle Mitarbeiter von Kings Firma entlassen. Das ist also eine Sackgasse, wir können sie von der Liste streichen.« Ben aß die Chips und die Salsa auf und sagte: »Heute gibt es eine gute Nachricht. Wir haben unseren gesuchten Verbrecher gefunden, der sich als der Fahrer mit Fahrerflucht herausgestellt hat.«

»War es ein Unfall?«, fragte Coop.

Ben nickte. »Im Moment sieht es so aus. Der Kerl wusste, dass er gesucht wird, und hat sich nicht gestellt, weil er nicht ins Gefängnis wollte.« Er nahm einen Schluck von seinem Getränk. »Jetzt steht der Mistkerl vor einem viel größeren Problem. Der Staatsanwalt zieht fahrlässige Tötung in Betracht.«

»Was ist mit dem Kerl aus dem Video, der Billys Tasche durchsucht hat? Habt ihr den ausfindig machen können?«, fragte Coop.

Ben schüttelte den Kopf. »Wir konnten ihn auf keinem weiteren Video finden. Wir haben kein gutes Bild von ihm. Aber wir haben alle Dokumente gefunden, die Billy in seiner Tasche gehabt haben soll. Sie waren durch den Regen und den Verkehr ziemlich durcheinander, aber Kate und Jimmy konnten sie anhand der eingescannten Etiketten mit der Übermittlungsliste der Firma abgleichen. Billy fährt dreimal am Tag das Gericht an. Es funktioniert ähnlich wie bei normalen Lieferdiensten. Der Kunde gibt die Versandinformationen online ein und druckt ein Etikett für die Sendung aus, und der Bote scannt diese Etiketten ein, bevor er jede Station verlässt. Sobald der Bote die Sendung abholt, ist sie also im System gespeichert. Das Unternehmen war eine große Hilfe bei der Identifizierung der Sendungen und dem Abgleich mit ihren Daten.«

Sie beendeten ihre Mahlzeit und AB gab jedem von ihnen eine Kopie der Liste aus den Gerichtsprotokollen. »Auf der Liste der Dokumente von Richter Hunt habe ich eine Unstimmigkeit entdeckt. In deinen Notizen stand, dass sie die Dokumente, die bei der Fahrerflucht mit Billy verloren gingen, wiederhergestellt haben. Es gibt eine Diskrepanz in einem Dokument mit dem Namen H. Featherstone und einer Lieferadresse in der Innenstadt in der 5th Avenue. Es taucht im zweiten Stapel auf, aber nicht im ersten.«

»Er war der einzige Gerichtsmitarbeiter, der sich die Zeit nahm, die Dokumente noch in derselben Nacht zu duplizieren. Die anderen zogen es vor, zu warten und mit der Lieferfirma und der Polizei zusammenzuarbeiten.« Coop legte die Stirn in Falten, als er sich die Liste von AB ansah und dann die ursprüngliche Liste des Gerichts überprüfte. Er tippte in die Tasten seines Laptops. »Also, diese Adresse auf der 5th ist ein Postgeschäft.«

»Es ist nur einen Block vom Hilton entfernt und liegt in der Richtung, in die Callie gelaufen ist«, sagte Ben.

»Das wäre ein ziemlicher Zufall«, sagte Coop.

»Und wir glauben nicht an Zufälle«, sagte Ben.

»Genau.«

»Auf dem Dokument ist keine Fallnummer angegeben. Es steht nur Hunt in dem Feld für die Fallnummer«, sagte AB. »Ich habe alle Protokolle nach ähnlichen Vermerken durchsucht und ein paar von anderen Gerichten gefunden. Ich vermute, wenn ein Richter etwas für den persönlichen Gebrauch verschickt, wird es mit seinem Namen vermerkt. Dann wird dem Richter die Gebühr in Rechnung gestellt, wenn das Gericht die Rechnung von der Kurierfirma erhält. Einige der anderen Protokolle enthielten Sendungen an

Buchhalter und sogar an Verwandte, in denen der Name des Richters aufgeführt war, weshalb ich davon ausgehe, dass es sich um persönliche Sendungen handelt.«

»Ich werde Martha anrufen und sie fragen, ob deine Theorie stimmt«, sagte Coop. Er zog die Karte aus der Tasche und versuchte, sie direkt zu erreichen, obwohl es schon nach Geschäftsschluss war.

Er hörte auf, als sie antwortete. Er fragte und nickte, während er zuhörte und dann die Verbindung unterbrach. »Martha sagt, du hast recht. Richter sind berechtigt, den Dienst für persönliche Lieferungen zu nutzen, solange sie ihren Namen angeben und ihre monatlichen Gebühren bezahlen.«

»Wir müssen herausfinden, was Richter Hunt an jemanden namens Featherstone im Postgeschäft geschickt hat«, sagte Ben. Er ging zur weißen Tafel und umkreiste mit einem roten Marker den Besuch im Gerichtssaal von Richter Hunt am Donnerstag und zeichnete einen Pfeil, der ihn mit dem Eintrag von Callies Besuch im Hilton in der 5th Avenue am Freitag verband. Er fügte eine Notiz über die Lieferung an die Adresse von Richter Hunt hinzu.

»Wir müssen Richter Hunt unter die Lupe nehmen, bevor wir ihn in die Defensive drängen. Ich denke, AB und ich könnten heute Nacht hierbleiben und seinen Hintergrund untersuchen. Passt das für dich, AB?«, fragte er.

AB nickte. »Ja, kein Problem.« Sie wusste, dass er entschlossen war, sich von der Situation mit seiner Mutter abzulenken, und die Arbeit nutzen würde, um ihr aus dem Weg zu gehen.

Ben rief sein Team an und fragte nach den notwendigen Papieren und Technologien, um Mr. Featherstone aufspüren zu können. Er beauftragte Kate und Jimmy damit, jegliches Videomaterial von Callies Spaziergang in der 5th Avenue zu finden. Er beendete den Anruf mit den Worten: »Geht zu Billys Familie und informiert sie, bevor die Presse davon Wind bekommt.«

»Ich bin froh, dass ihr den Fahrer gefunden habt, der Billy getötet hat«, sagte AB. »So bist du wenigstens einen dieser Fälle los.«

»Ja«, seufzte Ben, als er aufstand und sich seine Jacke anzog. »Heute kam ein weiterer Fall hinzu, aber der ist gelöst. Aus häuslicher Gewalt wurde ein Mordfall. Der Jogger ist immer noch ungelöst und wir kommen nicht weiter. Ich hoffe, dass diese Poststelle uns in Callies Fall weiterbringt. Wir haben rund um die Uhr gearbeitet und sind alle müde. Ich werde mir heute Abend freinehmen und versuchen, etwas zu schlafen.«

»Wir melden uns morgen früh und lassen dich wissen, was wir über den Richter herausgefunden haben«, sagte Coop und klopfte ihm auf die Schulter.

»Bis dahin sollten wir etwas über Featherstone haben. Wir sehen uns später«, sagte Ben und umarmte AB kurz, bevor er ging.

Coop rief Tante Camille an, um sie wissen zu lassen, dass er länger arbeiten würde. Gus machte es sich in seinem Sessel am Kamin gemütlich und Coop machte sich an die Arbeit. Bevor Ben wegfuhr, saß AB an ihrem Schreibtisch und recherchierte das Leben von Richter Reese Hunt. Sie durchforstete das Internet, während Coop sich darauf konzentrierte, den Richter durch die Datenbanken zu jagen, um an Hintergrundinformationen zu gelangen.

Nach einer Stunde ging Coop in die Küche, um koffeinfreien Kaffee zu kochen, während sein Drucker Seiten mit Informationen über Richter Hunt ausspuckte. Er füllte den Kessel mit Tee für AB und grübelte über den Fall nach, während er wartete. Sein Gehirn war benebelt, seine

Gedanken langsam, und er wusste, dass der im Moment nicht schärfer war als ein Buttermesser. Er war erschöpft, weil er in den letzten Nächten nicht geschlafen hatte, und seine trägen Synapsen waren keine große Hilfe.

Er goss eine große Tasse Kaffee ein und setzte AB ihren Lieblingstee vor. »Wie läuft's?«, fragte er, während er die Tasse neben dem Bildschirm abstellte. Er nahm auf dem Sofa neben ihrem Schreibtisch Platz.

»Eine Menge Informationen. Er war oft in den Nachrichten, daher gibt es mehrere Treffer über ihn. Ich gehe sie gerade durch und versuche, die wichtigsten auszudrucken. Er ist hier in Nashville aufgewachsen und hat an der Vanderbilt studiert. Er wird als aussichtsreicher Kandidat für einen Platz an Tennessees Strafgericht gehandelt. Der Gouverneur soll den Richter im Januar ernennen.«

Er hörte zu, spürte aber, wie er wegdriftete und in das weiche Leder der Kissen sank. AB wandte sich von ihrem Bildschirm ab und sah ihn an, als er seine Augen schloss, die Tasse immer noch in der Hand. »Coop, du musst nach Hause gehen oder in deinem Büro schlafen. Du bist völlig erschöpft.«

Keine Reaktion. Sie nahm ihm den Becher aus der Hand, hob seine Beine an, legte ihn auf das Sofa und deckte ihn mit einer Decke zu. Sie schüttelte den Kopf und holte die ausgedruckten Seiten aus seinem Büro und legte sie zu ihrem Stapel.

In den nächsten Stunden las sie die Seiten und übertrug die relevanten Informationen in ihr Standard-Hintergrundprofilblatt. Es war hilfreich, eine Checkliste der gesammelten Informationen zu haben, damit sie nichts übersehen konnte. Es war schon nach Mitternacht, als sie die grundlegenden Daten fertig hatte. Sie gähnte und sah, dass Coop noch schlief.

Sie schrieb eine kurze Notiz auf einen Klebeblock und klebte ihn an Coops Tasse. Nachdem sie nach Gus gesehen hatte, der beinahe wie betäubt im Büro lag, vergewisserte sie sich, dass die Vordertür verschlossen war, und schlich sich durch die Hintertür hinaus.

---

Ein leises Geräusch weckte Coop und er spürte sofort, dass jemand in seiner Nähe war. Er konnte den Atem auf seiner Wange spüren. Verteidigungstechniken schwirrten durch seinen Kopf. Er täuschte Schlaf vor und sprang dann vom Sofa auf, um den Eindringling zu überraschen. Das erste rosafarbene Licht der Morgendämmerung fiel durch die Fensterfront des Büros, und seine Augen stellten sich auf die Gestalt neben dem Sofa ein. Er stieß einen lauten Atemzug aus und sagte: »Gus, was zum Teufel ...?«

Der Hund knurrte leise. Coop ließ sich wieder auf das Sofa plumpsen, sein Herz pochte in der Brust. Er streichelte Gus und kraulte ihn hinter den Ohren. »Du hast mich erschreckt, Kumpel.« Gus legte seinen Kopf auf Coops Oberschenkel und seufzte. Als sich Coops Puls beruhigt hatte, stand er auf, schüttete Hundefutter in den Napf und ließ Gus durch die Hintertür hinaus. Sobald Gus seinen Lieblingsbusch besucht hatte, stürzte er wieder hinein und verschlang sein Frühstück.

Auf dem Weg zurück zum Empfangsbereich schaltete Coop das Licht ein und entdeckte den orangefarbenen Zettel.

*Das Profilformular liegt auf deinem Schreibtisch. Ich werde um neun da sein. Süße Träume, AB.*

Er schürte das Feuer in seinem Büro, stellte die Zeitschaltuhr der Kaffeemaschine ein und lud Gus in den Jeep, um nach Hause zu fahren und zu duschen. Er wollte Tante Camille nicht wecken und hinterließ ihr einen Zettel in der Küche, auf dem er mitteilte, dass er im Büro geschlafen hatte und den ganzen Tag dort sein würde. Er und Gus waren vor acht Uhr zurück im Büro, erfrischt und bereit für den Tag. Coop trug ein T-Shirt mit dem Aufdruck *Bevor Sie mir Ihr Bestes geben, sollten Sie die Widerrufsbelehrung lesen.*

Der Duft von geröstetem Kaffee erfüllte das Büro und Coop füllte seine Vanderbilt-Tasse bis zum Rand. Er überprüfte die Arbeit von AB und fasste Hunts Hintergrund auf dem Whiteboard zusammen.

Coop bemerkte, wie sich die Ohren seines Hundes spitzten und die Ankunft von AB ankündigten. Gus eilte zur Hintertür, um sie zu begrüßen. Der Hund streckte seine Nase in die Luft, nur Zentimeter von der Schachtel mit dem dekadenten Gebäck entfernt, die AB in den Händen hielt. Sie machte sich auf den Weg zu Coops Büro und stellte die Schachtel auf den Tisch. »Ich habe beim Bäcker angehalten und uns etwas zur Stärkung mitgebracht.«

Coop öffnete die Schachtel, und der beruhigende Duft von warmem Zucker und Zimt strömte in die Luft. »Das riecht toll und ich bin am Verhungern.« Er zupfte an einem noch warmen Teilchen, das vor Karamell triefte.

»Wann bist du aufgewacht?«, fragte sie.

»Nicht vor heute Morgen. Ich bin nach Hause gerannt, habe geduscht und bin vor etwa einer Stunde wieder hergekommen. Ich habe mir die Notizen angesehen. In der Hoffnung, dass mir etwas auffällt, das zu einem Durchbruch in diesem Fall führen könnte.«

»Ich habe mal spaßeshalber versucht, etwas über den

Nachnamen Featherstone zu finden, und bin auf einen Golfer und einen Mann in England gestoßen. Ich glaube nicht, dass einer von beiden unser Mr. Featherstone ist«, sagte sie und wählte ein Stück Gebäck aus. »Hoffentlich findet Ben etwas.«

Er ging die Informationen durch, die sie gesammelt hatten. »Also, Richter Hunt ist älter als wir, hat aber auf der Vanderbilt studiert. Er machte 1980 seinen Highschool-Abschluss an einer schicken Privatschule. Seine Eltern hatten Geld, aber sie waren nicht übermäßig reich. Er ist angesehen, fair, hat keine familiären Probleme, die von der Presse aufgegriffen werden, und soweit ich gesehen habe, ist er ein sicherer Kandidat für den Sitz im Berufungsgericht.«

»In seinen Finanzunterlagen sind zwar Barabhebungen zu sehen, aber nicht mehr als ein paar Tausend jedes Mal, und das Muster hat sich auch nicht in letzter Zeit geändert. Ich bin mir nicht sicher, warum er so oft Bargeld braucht, aber es war in den letzten Jahren immer das gleiche Muster. Er verdient gutes Geld und seine Frau arbeitet als Architektin. Sie haben ein gesundes Sparguthaben und Investitionen. Sie bezahlen ihre Rechnungen und ihre Hypothek ist abbezahlt, es geht ihnen also mehr als gut.«

»Die Kinder sind auf dem College, also sind sie nur zu zweit zu Hause. Gibt es Probleme mit den Kindern?«

»Ich habe nicht bis ins Detail recherchiert, aber Offensichtliches konnte ich nicht finden«, sagte sie und schob sich den letzten Bissen eines Croissants in den Mund.

»Grabe mal noch ein bisschen tiefer, nur um sicherzugehen, dass wir nichts übersehen.« Als sie hörten, wie sich die Eingangstür öffnete, war Gus bereits von seinem Stuhl aufgesprungen und lief durch das Büro, um Ben zu begrüßen.

Ben nahm sich einen Stuhl und bediente sich an einem

mit Puderzucker und Nüssen bestreuten Zopf. Er betrachtete das Whiteboard und fügte hinzu: »Mr. Featherstone ist eine Sackgasse, bis jetzt. Er lebt nicht in Tennessee. Wir haben die Passagierlisten der Fluggesellschaften, die Mietwagenfirmen und die Hotelaufenthalte in der Stadt überprüft. Nichts, nada, niente. Kate und Jimmy waren heute Morgen bei dem Postgeschäft, als es öffnete, und haben nichts gefunden. Sie haben zwar Kameras im Haus, aber die funktionieren seit Jahren nicht mehr. Niemand dort erinnert sich an einen Mr. Featherstone, und der Besitzer sagt, er würde ohne Durchsuchungsbefehl keine Informationen herausgeben. Kate beantragt gerade einen, und wir hoffen, ihn noch heute zu bekommen. Sie sucht nach Videomaterial aus den anliegenden Geschäften, hat aber noch kein Glück gehabt.«

Ben konzentrierte sich auf das Whiteboard und runzelte die Stirn. »Richter Hunt war auf der Mount Camden Academy?«

Coop nickte. »Ja. Abschluss 1980, warum?«

»Da ist mein toter Jogger zur Highschool gegangen. Dieselbe Abschlussklasse.«

# KAPITEL ELF

Coop wirbelte mehrmals den Kopf hin und her, so wie Gus es tat, wenn er aus dem Schwimmbecken stieg. »Jetzt haben wir also einen kleinen Faden, der deinen toten Jogger mit Richter Hunt verbindet? Das ist Wahnsinn.«

»Ich habe die Akte nicht bei mir, aber ich erinnere mich an die Schule, denn sie ist sehr exklusiv, und unser Jogger war Manager für Autoteile und lebte in einer bescheidenen Gegend. Das hat nicht gepasst. Wie sich herausstellte, hatte er ein Stipendium und war ein hervorragender Sportler.«

AB blätterte in ihren Notizen. »Ich habe nicht viel über Richter Hunts Zeit an der Highschool. Ich werde mich darum kümmern und schauen, ob ich herausfinden kann, ob es wirklich eine Verbindung zwischen den beiden gab.«

Coop nickte. »Wir sollten besser nach Verbindungen zu einem von Hunts Fällen suchen. Wir brauchen alle Informationen, die du über den Jogger hast, Ben.«

Ben tippte auf seinem Telefon herum, bevor Coop seinen Satz beendet hatte. »Ihr bekommt in ein paar Minuten eine E-Mail mit unserer Akte über Avery Logan.« Er stand auf und bediente sich an einer weiteren Frühstücksleckerei. »Ich muss los. Ich halte euch auf dem Laufenden über alles, was wir aus dem Postfach von Featherstone erfahren.«

AB schnappte sich eine Serviette und wischte damit die weiße Puderzuckerspur von Bens Anzugjacke. Er stieß einen Seufzer aus: »Danke, AB.«

»Sobald wir mehr haben, möchte ich mit Richter Hunt sprechen. Es wäre vielleicht einfacher, wenn ich das im Moment noch als Privatdetektiv machen würde, anstatt die Polizei mit einzubeziehen. Wenn es da nichts gibt, wirst du deine Beziehungen zu der Abteilung beim Gericht nicht riskieren«, sagte Coop.

»Einverstanden«, sagte Ben. »Wenn wir etwas gegen ihn in der Hand haben, müssen wir aufpassen, dass wir uns nicht verzetteln. Ich werde den Staatsanwalt mit einbeziehen müssen.« Er schob sich den Rest seines Gebäcks in den Mund und reckte den Hals über einen Teller, um verirrte Krümel zu entdecken.

»Ja, deshalb will ich allein mit ihm reden. Sieh es so, dass die Familie Antworten will und ich nur Callies Schritte verfolge.« Coop fügte hinzu: »Ich kann mich dümmer stellen, als ich aussehe.«

Ben und AB sahen sich gegenseitig an und lachten. »O ja. Das kann ich bestätigen«, sagte sie.

»Ich glaube, du brauchst ein neues T-Shirt mit diesem Aufdruck«, schlug Ben vor und eilte zur Tür, bevor Coop etwas erwidern konnte.

---

Coop kramte Hildies Karte aus seiner Akte und rief sie an, um einen Termin für ein Treffen mit Richter Hunt zu vereinbaren. Sie sagte ihm, er sollte am späten Nachmittag vorbeikommen. Der Richter könne sich nach dem letzten Fall des Tages mit ihm treffen.

Coop verbrachte die nächsten Stunden damit, die Informationen, die AB über Richter Hunts Zeit an der Mount Camden gesammelt hatte, durchzuarbeiten. Nachdem sie alles, was sie online hatte finden können, ausgewertet hatte, fuhr AB zu der Schule und überließ es Coop, die Akte über den Jogger Avery Logan auszuwerten.

Während er in die Lektüre vertieft war, rief Ben an, um ihm mitzuteilen, dass sie nicht viel über Featherstone herausgefunden hatten. Das Postgeschäft hatte von Neukunden nichts weiter verlangt als ein Formular, in dem Name, Adresse, Telefonnummer und E-Mail-Kontakt abgefragt wurden. Sein Vorname war Henry, und er hat das Postfach für sechs Monate bar bezahlt und es im November gemietet. Die von ihm angegebene Adresse war falsch und hatte sich als leeres Grundstück herausgestellt. Die E-Mail war eine kostenlose und nicht mehr aktive E-Mail. Auch die Telefonnummer war eine Sackgasse, denn es handelte sich nur um die Hauptnummer des Staates Tennessee.

»Wir werden die Mitarbeiter des Staates Tennessee überprüfen, um sicherzugehen, dass sie keinen Henry Featherstone beschäftigt haben, aber mein Gefühl sagt mir, dass es nur eine falsche Nummer ist. Ich denke, die E-Mail ist nutzlos, da er keine wahrheitsgemäßen Angaben machen musste, um eines dieser kostenlosen E-Mail-Konten einzurichten.«

»Befand sich etwas in seinem Postfach?«

»Nichts, war leer.«

»Wie wäre es mit einer Überwachung des Ladens, um jeden zu erwischen, der auf die Boxen zugreift?«

»Das ist eine tolle Idee. Ich habe nur nicht die Arbeitskraft für eine Langzeitüberwachung. Vielleicht kann ich eine Verkehrskamera aufstellen, um das Gebiet zu überwachen. Das ist das Beste, was ich tun kann.«

»Glaubst du, du könntest einen Durchsuchungsbefehl bekommen, um eine Kamera im Laden anzubringen, direkt an der Kasse?«

»Ich glaube nicht, dass wir genug dafür haben. Die Eigentümer haben versprochen, uns zu kontaktieren, wenn jemand während der Geschäftszeiten auf das Schließfach zugreift.«

»Ich könnte Ross und Madison nachts darauf ansetzen. Ich weiß, es ist weit hergeholt, aber das ist alles, was wir im Moment haben.«

»Das liegt an dir. Wenn ich es nicht schaffe, eine Verkehrskamera zu versetzen, könnte ich versuchen, eine provisorische Kamera in einem vorgetäuschten Baustellenbereich aufstellen zu lassen.«

»Ich habe um halb fünf einen Termin bei Richter Hunt und werde mein Bestes tun, um aus ihm Informationen über unseren Mr. Featherstone herauszubekommen.«

»Sei vorsichtig!«, sagte Ben.

Kaum hatte er die Verbindung zu Ben unterbrochen, klingelte das Telefon. Er hörte die panische Stimme von Lola Belle. »Cooper, Trent hat die Kleine aus ihrem Kindergarten entführt.«

»Haben Sie die Polizei gerufen?«

»Jaja. Daisy hat sofort angerufen und sie schicken einen Wagen zur Schule.« Er kritzelte die Adresse der Schule auf und sagte ihr, dass er auf dem Weg wäre.

Er schloss das Büro ab und schickte AB eine SMS, bevor er Gus in den Jeep lud und zur Schule eilte. Als er dort ankam, fand er zwei uniformierte Beamte vor, eine aufgelöste Daisy, Lola Belle und die Leiterin des Kindergartens.

Coop stellte sich den Beamten vor und übergab ihnen eine Kopie der frischen einstweiligen Verfügung. Sie versicherten Coop, dass sie Trents Informationen bereits weitergegeben hatten und im ganzen Bundesstaat nach dem vermissten Kleinkind fahnden ließen.

Nach einem Gespräch mit der panischen Direktorin erfuhr Coop die wichtigsten Fakten. Trent war in die Schule gekommen und hatte eine junge Praktikantin angesprochen und gebeten, seine Tochter abzuholen. Die Praktikantin war zu diesem Zeitpunkt die einzige Person im Büro gewesen und hatte nichts von der einstweiligen Verfügung gewusst. Sie hatte das Kind und seine Sachen geholt und dem Vater übergeben.

Die Praktikantin war hysterisch und die Leiterin hatte einen Krankenwagen für sie gerufen. Coop war nicht in der Lage, weitere Fakten aus dem verzweifelten jungen Mädchen herauszuholen, und er vermutete, dass er dies auch nicht tun würde, bis sie sich beruhigt hätte.

Er ging an Daisy vorbei, die sich auf einem Sofa ausruhte und immer noch unkontrolliert schluchzte. Lola Belle stand vor dem Büro, ihre behandschuhten Hände umklammert. Coop erkundigte sich nach Trents Gewohnheiten, Freunden und Verwandten in der Gegend. Lola Belle beantwortete seine Fragen und wies auf Trents Mutter als seine engste Verwandte in Nashville hin. »Ich habe der Polizei die gleichen Informationen gegeben, also hoffe ich, dass sie ihn bald finden werden.« Sie warf einen Blick zum Eingang der Schule. »Ich bin mir nicht sicher, ob Daisy stark genug ist, um das alles zu überstehen.«

»Glauben Sie, dass Trent dem Kind etwas antun würde?«, fragte er.

Lola Belle schüttelte den Kopf. »Das glaube ich nicht. Er ist stinksauer auf Daisy. Er tut das, um sie zu verletzen oder sich an ihr zu rächen. Bis zur Scheidung hat er nie viel Interesse an dem Baby gezeigt.«

Coop versprach, sich zu melden, und ging den Bürgersteig hinunter. Er rief AB an und gab ihr ein Update. »Madison und Reed sollen Trents Arbeitsplatz und Freunde überprüfen. Ich werde beim Haus seiner Mutter vorbeischauen und sie befragen. Vielleicht kann sie uns einen Hinweis geben, wohin Trent gehen könnte. Er hat sie vor zwei Stunden entführt, also könnte er schon weit weg sein.«

Coop und Gus machten sich auf den Weg zur Adresse der Mutter, einem heruntergekommenen Wohnhaus. Als Coop an die Tür klopfte, wurde sie von einer streng aussehenden Frau mit tiefen Falten um den Mund geöffnet. Eine Zigarette hing zwischen ihren Lippen, und Rauch quoll aus ihrer Nase. »Ich habe kein Geld, also ist es sinnlos, mir irgendetwas verkaufen zu wollen«, sagte sie.

Coop erklärte, er wäre Privatdetektiv und arbeitete für Daisy, um ihr zu helfen, ihre Tochter zu finden. Er beschrieb Trents Verhalten in der Kindertagesstätte. »Haben Sie Trent oder Ihre Enkelin heute gesehen oder gesprochen?«

Sie nahm einen langen Zug an der Zigarette. »Nein, ich habe heute noch nichts von ihm gehört. Sie ist seine Tochter. Ich bin mir nicht sicher, wie ihr darauf kommt, dass es sich um eine Entführung handelt.«

»Wir versuchen nur, das Kind in Sicherheit zu bringen« und Trent dazu zu bringen, mit der Polizei zu sprechen, um die Sache zu klären. Haben Sie eine Ahnung, wohin er gegangen sein könnte? Hat er irgendwelche Lieblingsorte, an denen er sich gern aufhält?«

Sie schüttelte den Kopf, der von dichten grauen Locken bedeckt war. »Ich weiß nur von seiner Wohnung und seiner Arbeit. Er geht gerne angeln, aber es ist kein Anglerwetter.«

Er erkundigte sich bei ihr nach Trents Angelplätzen und möglichen Angelkollegen und gab ihr seine Karte, bevor er ging. Er rief AB an, bevor er wieder fuhr. »Wir müssen alle seine Freunde ausfindig machen, die angeln. Seine Mutter sagte, Angeln sei sein Hobby. Einer von ihnen könnte einen Ort kennen, an den Trent gehen könnte.«

»Okay, ich sage Ross Bescheid. Ich habe versucht, mit der Polizei zusammenzuarbeiten, um sein Handy zu orten, aber es ist ausgeschaltet.«

»Trent wird selbst in Panik sein und unauffällig bleiben wollen. Die Polizei wird die Gegend nach dem Auto absuchen und sie werden sein Handy orten, wenn er es einschaltet. Ich versuche herauszufinden, wo er sich verstecken könnte. Wenn Ross etwas herausfindet, soll er mir Bescheid sagen.«

Er und Gus fuhren zurück ins Büro und hielten unterwegs Ausschau nach Trents Subaru. Sie gingen durch die Hintertür und fanden AB an ihrem Schreibtisch. Er fragte: »Irgendetwas von Ross und Madison?«

Sie schüttelte den Kopf. »Noch nicht. Die beiden haben sich getrennt und befragen jeden, der mit Trent zu tun hat. Sie werden uns auf dem Laufenden halten.«

»Wie läuft es heute in Callies Fall?«

»Ich habe Kopien der Jahrbücher von Mount Camden und die Kontaktdaten des Schulleiters und des Dekans aus der Zeit, als beide die Schule besuchten.«

»Erinnert sich jemand von denen an einen von ihnen?«

Sie schüttelte den Kopf. »Nein, niemand ist schon so

lange dort, also müssen wir versuchen, das pensionierte Personal zu finden.«

Coop durchforstete die Seiten der Jahrbücher und fand beide jungen Männer auf mehreren Gruppenfotos, die mit Sport und Vereinen zu tun hatten, aber nichts, was die beiden miteinander verband. AB nahm sich die mühsame Aufgabe vor, die Fälle von Richter Hunt mithilfe der Online-Datenbank zu durchforsten. Sie suchte nach Avery Logan als Partei in einem der Fälle, die dem Richter vorlagen, und fand nichts.

Coop nahm das Klingeln seines Handys entgegen und trennte nach ein paar kurzen Sätzen die Verbindung wieder. »Das war Ross. Er hat einen Jugendfreund gefunden, der in der Highschool ein Angelkumpel von Trent war. Die Familie des Freundes hatte früher eine Hütte am J. Percy Priest Lake.«

»Du hast keine Zeit, den ganzen Weg dorthin zu laufen. Du musst bald bei Gericht sein.«

Er nickte, während er auf seinem Telefon Tasten drückte und mit Ben verbunden wurde. Er gab Ben die Informationen, die Ross gefunden hatte, und bat ihn, sie an die Detectives weiterzuleiten, die den Entführungsfall betreuten. »Ich melde mich, wenn ich bei Gericht fertig bin.«

Er eilte zum Schrank und holte ein Hemd heraus. »Ich muss jetzt los«, sagte Coop. »Warum kommst du heute Abend nicht zum Essen? Du könntest Tante Camille beruhigen. Ich bin sicher, sie ist ganz aufgeregt wegen der ganzen Sache. Wir können alles aufholen, was ich von Richter Hunt erfahren habe.«

»Klar, klingt super. Soll ich Tante Camille anrufen?«

Er nickte, während er sich ein seriöses Button-down-Hemd über sein T-Shirt zog. »Ich dachte, ich sollte ein bisschen seriöser aussehen, wenn ich einen Richter treffe.«

»Ich bin so stolz auf dich, Coop. Manchmal bist du wie ein echter Erwachsener.« Sie lachte, als sie den Hörer abnahm und Camille mitteilte, dass heute Abend noch einer am Tisch sitzen würde.

»Mach weiter und schicke Ross und Madison los, um das Postgeschäft nach Feierabend zu überwachen. Wir werden versuchen, jede Aktivität an den Postfächern zu beobachten. Plane mich auch für ein paar Schichten ein.« Coop winkte zum Abschied und streichelte Gus über den Kopf. »Du bleibst bei AB und sie bringt dich nach Hause.« Gus klopfte mit dem Schwanz auf den Holzboden.

Nachdem er um einen Parkplatz gekämpft hatte, beschleunigte Coop seine Schritte durch das Gerichtsgebäude und erreichte das Büro des Richters mit nur einer Minute Verspätung. Hildie saß am Empfangstresen. »Mr. Harrington, immer herein! Richter Hunt ist bereit für Sie.«

Sie führte ihn in einen großen Raum mit Fenstern mit Blick auf den Fluss. Richter Hunt kam hinter seinem Schreibtisch hervor und reichte Coop die Hand. »Mr. Harrington, kommen Sie herein und nehmen Sie Platz!« Er bat Hildie um Getränke und wies Coop den Weg zum Sitzbereich.

»Ich weiß es zu schätzen, dass Sie mich so kurzfristig empfangen, Richter Hunt. Ich weiß nicht, ob Hildie es erklärt hat, aber ich wurde von Calista Baxters Familie beauftragt, ihren Mord aufzuklären. Ich habe ihre Schritte zurückverfolgt, was mich hierhergeführt hat. Sie hat Ihr Büro während ihrer Arbeit in Brandon Kings Büro mehrmals besucht.«

Der Richter nickte. »Ja, Hildie hat mir den Grund für Ihren Besuch genannt. Ich bin gerne bereit, Ihnen zu helfen, aber ich kannte Calista noch nicht persönlich.«

»Ich hätte nicht gedacht, dass Sie das tun würden, aber ich lege Wert auf Gründlichkeit. Ich habe die Fälle, an denen sie gearbeitet hat, überprüft und mir ist nichts Verdächtiges aufgefallen, aber ich wollte sie mit Ihnen besprechen.«

»Natürlich«, sagte er und nahm eine Tasse Kaffee von dem Tablett, das Hildie ihm hinhielt.

Coop nahm sich ein Glas Wasser und ratterte die Namen der Akten herunter, die Callie vom Gericht abgeholt hatte.

Richter Hunt hörte mit einer nachdenklich gerunzelten Stirn zu. Nachdem Coop jeden Namen vorgelesen hatte, schüttelte er den Kopf. »Das sind alles ziemlich langweilige Fälle, ganz alltäglich. Nichts, bei dem ich mir vorstellen kann, das einen Mord auslösen würde.«

Coop seufzte. »Wir haben eine Sackgasse erreicht.« Er nahm einen großen Schluck aus seinem Wasserglas. »Ich habe mir alle Akten angesehen, die in der Woche des Mordes in Ihrem Büro ein und aus gegangen sind. Da ist nur eine Sache, die mich verwirrt.«

Die Augenbrauen des Richters hoben sich, »Und was?«

»Das letzte Mal, dass Callie hier war, war der Abend, an dem Billy, der Fahrradkurier, von einem Auto angefahren und getötet wurde. Hildie sagte, Sie hätten die Mitarbeiter lange arbeiten lassen, um alle Dokumente neu zu erstellen und sie mit einem anderen Dienst zu verschicken.«

»Das ist richtig. Ich wollte kein Risiko eingehen, dass sich die Ermittlungen verzögern oder Dokumente verloren gehen.«

»Ich verstehe. Mir ist aufgefallen, dass Sie ein persönliches Dokument mitgeliefert hatten, das an einen Mr. Featherstone in der Innenstadt gehen sollte. Es war auf der zweiten Liste, aber nicht auf der ersten Liste. Erinnern Sie sich, was Sie ihm schicken wollten?«

Die Stirn von Richter Hunt zog sich in Falten.

»Featherstone … Lassen Sie mich in meinen Akten nachsehen.« Er ging zu seinem Schreibtisch zurück und blätterte in einem in Leder gebundenen Terminkalender. »Ah, ja. Ich habe ihm auf eine Anfrage geantwortet, weil er vor einer Gemeindegruppe sprechen wollte.«

»Kennen Sie ihn?«

»Nein, ich glaube, er ist der Koordinator einer Veranstaltung. Lassen Sie mich Hildie die Akte holen lassen.« Er nahm sein Telefon und bat um die Informationen.

Einige Minuten später kam Hildie herein und übergab ihm eine Akte. Er blätterte sie durch und gab sie Coop. »Hier sind die Informationen, die ich ihm geschickt habe, und seine ursprüngliche Anfrage. Henry Featherstone. Er ist von der Koalition für liberale Bürger Nashvilles.« Er reichte Coop die Akte.

»Darf ich das kopieren?«

»Natürlich«, sagte er, und Hildie erschien und nahm die Akte entgegen.

»Haben Sie in der Vergangenheit schon bei anderen Veranstaltungen für diese Gruppe gesprochen?«

»Nein, das ist neu für mich. Ich erinnere mich, dass wir uns die Website angesehen haben, und es sah aus wie eine heimatverbundene Organisation. In den letzten Monaten habe ich viele Reden gehalten und bin oft aufgetreten. Ich werde für einen Sitz im Berufungsgericht für Strafsachen in Tennessee in Betracht gezogen, und es ist immer hilfreich, mit der Gemeinde in Kontakt zu treten.«

»Diese Veranstaltung ist im East Park Community Center im Januar geplant. Ist das ein üblicher Veranstaltungsort für diese Art von Events?«

Der Richter nickte. »Ja, sie finden meist an kostenlosen oder kostengünstigen Orten in der Stadt statt. Verschiedene

Vereine wollen mehr darüber erfahren, wie das Justizsystem funktioniert, und Fragen stellen. Ich trage die Kosten für meine Rede selbst. Ich möchte den Eindruck vermeiden, dass ich Steuergelder verwende, um meine eigene Karriere zu fördern.« Hildie kam mit der Akte und den Kopien zurück. »Gibt es einen Grund, warum Sie sich so sehr für diese Gruppe und Mr. Featherstone interessieren? Ich bin nicht sicher, ob ich verstehe, was das mit dem Tod der armen Frau zu tun hat.«

»Es handelt sich nur um eine Unstimmigkeit an diesem Punkt unserer Ermittlungen, aber ich konnte Mr. Featherstone nicht ausfindig machen. Es scheint ihn nicht zu geben, und die Adresse, an die Sie Ihre Antwort geschickt haben, ist ein Postfach.«

Der Richter runzelte ungläubig die Stirn. »Was? Das ergibt doch keinen Sinn.«

»Wissen Sie, warum das Dokument nicht auf der ursprünglichen Liste, sondern erst auf der zweiten Liste mit dem alternativen Zustelldienst aufgeführt war?«

Der Richter schüttelte den Kopf. »Nein. Ich würde vermuten, dass es sich um ein Versehen gehandelt hat. Der Praktikant muss es versäumt haben, es zu protokollieren.«

»Woher wussten die Mitarbeiter, dass sie es in die zweite Liste aufnehmen mussten?«

»Wir haben alle unsere Arbeitsprodukte für diesen Tag überprüft, und es war eines der erstellten Dokumente, also wurde es in die zweite Liste aufgenommen. Ich kann mich nicht daran erinnern, dass das zu dem Zeitpunkt ein Problem war. Wir waren in Eile.«

Coop stand mit seinen Aktenkopien da. »Nun, das wird mir helfen, die Sache zu klären. Ich danke Ihnen für Ihre Zeit.«

»Wenn wir Ihnen weiterhelfen können, lassen Sie es mich

wissen.« Der Richter schüttelte Coop die Hand und begleitete ihn zur Tür.

Hildie holte Coop an der Tür ab und begleitete ihn zurück zum Empfangstresen. Das Büro war geschlossen, also schloss sie mit ihrem Schlüssel die Tür auf und ließ ihn hinaus. »Einen schönen Abend«, sagte sie.

Er machte einen Abstecher zum Revier, um sich über den Stand des Hinweises zu informieren, den er Ben gegeben hatte. Er fand Ben an seinem Schreibtisch am Telefon. Nachdem Ben aufgelegt hatte, fuhr er sich mit der Hand über seinen kahlen Kopf. »Was sind das nur für Tage?«

»Gibt es gute Neuigkeiten zu dem vermissten Kind? Hat sich der Tipp mit der Hütte ausgezahlt?«

»Die Eltern des Mannes haben die Hütte vor Jahren verkauft und keiner weiß mehr, wer sie gekauft hat. Er geht jetzt mit meinem Team da raus und versucht, unsere Leute dorthin zu führen. Er war nicht mehr dort, seit er ein Kind war, also sind sie langsam.«

»Keine weiteren Hinweise zu Trent, was?«

Ben schüttelte den Kopf. »Nicht, soweit ich weiß. Sie waren froh, die Informationen über die Hütte zu bekommen. Sie gehen jetzt das Kameramaterial durch und versuchen, sein Auto zu entdecken.«

»Es ist vielleicht ein bisschen weit hergeholt, aber es wäre ein tolles Versteck. Besonders um diese Jahreszeit.« Coop schaute auf seine Uhr. »Ich muss mich beeilen, aber wir treffen uns morgen früh, dann können wir uns austauschen.«

Ben stand auf. »Ich muss jetzt auch los. Ich sehe dich morgen, Coop. Sie haben gesagt, dass sie sich mit dir in Verbindung setzen wollen, wenn sie Trent und das Mädchen finden. «

Coops Gedanken kreisten auf der Heimfahrt um mögliche Theorien im Zusammenhang mit Callies Fall, aber sobald er die Tür öffnete und der Duft von gebratenem Fleisch in seine Nase stieg, konzentrierte er sich auf seinen Magen. Gus kam ihm an der Tür entgegen und folgte ihm durch das Haus. Coop folgte seiner Nase in die Küche, wo er AB und seine Tante bei der Arbeit fand. Als er zum zweiten Mal innerhalb weniger Tage die Stimme seiner Mutter hörte, drehte er sich um und sah sie an der Theke sitzen.

»Was machst du denn hier?« Er betrachtete das ergraute Haar seiner Mutter und die tiefen Falten in ihrem Gesicht, die vom jahrelangen Rauchen herrührten. Ihre Augen waren hart, wie er sie in Erinnerung hatte. Das Alter hatte ihr nicht gutgetan.

»Begrüßt man so seine Mutter, Cooper?« Sie rutschte von ihrem Stuhl und kam mit ausgebreiteten Armen auf ihn zu.

Er roch den üblen Geruch von Rauch, der von ihr herüberwehte. Er ging ihr aus dem Weg und sagte: »Ich habe dir gestern gesagt, dass ich mitten in einem schwierigen Fall stecke und dich anrufen würde, wenn ich Zeit habe.«

»Deine Tante war so freundlich, mich zum Abendessen einzuladen.« Ihr strähniges Haar hing ihr ins Gesicht und sie strich es weg.

Coop warf Tante Camille einen Blick von der Seite zu. Sie fummelte mit einem Löffel herum und ließ ihn auf den Boden fallen. Die Spannung war so dick wie Honig an einem kalten Morgen.

AB bat Coops Mutter, Marlene, ihr zu helfen, das Essen auf den Tisch zu bringen. Sie zwinkerte Coop kurz zu und belud die Arme seiner Mutter mit Schüsseln, während sie ihr den Weg ins Esszimmer wies.

»Wie konntest du sie einladen, zu bleiben?«, flüsterte Coop.

Tante Camilles Hände huschten über die Arbeitsplatte. »Sie stand vor ein paar Stunden vor der Tür und sagte, sie hätte mit dir gesprochen. Sie sagte, du hättest ihr gesagt, sie solle bei uns vorbeikommen. Ich wusste nicht, was ich tun sollte.«

»Sie ist eine solche Manipulatorin. Ich wollte meinen Bruder anrufen und habe es vergessen.« Er zog sein Handy aus der Tasche und tippte eine SMS an seinen Bruder Jack. Er blieb in der Küche und wartete auf eine Antwort.

Tante Camille eilte in der Küche umher und überließ es AB, auf Coops Mutter aufzupassen. Seine Tante löffelte Kartoffelpüree in eine Schüssel. »Es tut mir leid, Coop«, flüsterte sie. »Ich war schockiert und wusste nicht, was ich tun sollte. Ich wollte dich nicht hintergehen. Eine Mahlzeit wird uns nicht schaden.«

»Was will sie?«

Ihr Haar flatterte, als sie den Kopf schüttelte. Ihre Wangen röteten sich und ihre Hände zitterten, als sie den Löffel im Topf rührte. »Sie hat es nicht wirklich gesagt, aber es klingt so, als hätte sie kein Zuhause mehr und sich von ihrem letzten Partner getrennt.«

»Natürlich hat sie das. Sie wird nicht hierbleiben.« Er drehte seinen Kopf, um ihr in die Augen zu sehen. »Verstanden?«

Sie nickte und brachte den leeren Topf zur Spüle. »Das Abendessen ist fast fertig«, rief sie. Sie reichte ihm eine Schüssel mit reichlich Kartoffelpüree und bat ihn, sie ins Esszimmer zu bringen. »Mrs. Henderson hat ein fabelhaftes Essen für uns zubereitet. Ich gebe dem Ganzen nur noch den letzten Schliff.«

Coop folgte Camille ins Esszimmer und stellte das letzte

Essen auf den Tisch. Seine Mutter versuchte, sie dazu zu bringen, über ihren aktuellen Fall zu sprechen, aber Coop lenkte das Thema mit einem strengen Blick auf Camille und AB in eine andere Richtung. »Es ist ein schwieriger Fall. Einer, der Vertraulichkeit erfordert. AB und ich werden die ganze Nacht daran arbeiten.«

Marlene fragte dann: »Was machst du an Weihnachten?«

Bevor Camille etwas sagen konnte, antwortete Coop. »Tante Camille und ich sind eingeladen worden, ABs Familie auf den Bahamas zu besuchen. Wir reisen in ein paar Tagen ab.«

Marlene stotterte und schluckte mühsam. »Die Bahamas. Das klingt wunderbar.«

AB meldete sich zu Wort und beschrieb die Reise, wobei sie alle Aktivitäten im Ferienort hervorhob. Marlene sagte: »Das ist ein bisschen enttäuschend. Ich hatte so gehofft, Weihnachten mit der Familie zu verbringen.«

»Ich schätze, das ist das Risiko, das man eingeht, wenn man die Leute mit einem Besuch überrascht und erwartet, dass sie alles für einen fallen lassen.« Coop betrachtete seine Mutter über den Rand seines Glases hinweg, während er einen Schluck Tee nahm. »Warum bist du hier?«

»Wie ich schon sagte, ich wollte dich nur besuchen. Ich habe dich vermisst.«

Coop hörte, wie sein Telefon einen leisen Piepton von sich gab. Er warf einen Blick auf das Display und sah, dass Jack geantwortet hatte und sagte, er hätte nicht mit ihrer Mutter gesprochen und wüsste nicht, was los wäre.

»Und wo wohnst du jetzt?«, fragte Coop.

»Ich war in Florida, stecke aber gerade … zwischen zwei Heimen«, sagte seine Mutter. »Ich dachte, ich besuche dich mal und überlege mir alles.«

»Und wie bist du von Florida hierhergekommen?«

Marlene schaute auf ihren Teller. »Bus.«

»Wohin gehst du als Nächstes?«, fragte Camille.

»Ich bin mir nicht sicher, aber ich habe einen alten Freund in Vermont angerufen. Ich hoffe, dass ich dorthin komme. Mein Plan war, Weihnachten hier zu verbringen und dann in den Norden zu fahren. Da du über Weihnachten weg bist, bin ich mir nicht sicher …«

»Ich glaube, du rufst besser deinen Freund an und fragst, ob du früher kommen kannst«, sagte Coop und nahm den letzten Bissen von seinem Teller.

Seine Mutter nickte und schob mit ihrer Gabel das Essen auf ihrem Teller hin und her. »Ich sollte wohl besser mal anrufen.«

»Hast du in letzter Zeit mit Jack gesprochen?«, fragte Coop.

»Nein, schon lange nicht mehr.« Ihre Augen funkelten und sie fügte hinzu: »Vielleicht sollte ich ihn besuchen.«

»Dad verbringt Weihnachten mit Jack und seiner Familie«, sagte Coop.

»O ja, das ergibt Sinn.«

»Wo wohnst du?«, fragte Coop.

»Nun, ich hatte noch keine endgültigen Pläne. Ich habe dich gestern von einer der Bushaltestellen aus angerufen. Ich bin erst heute Morgen hier angekommen.«

Coop schüttelte angewidert den Kopf. »Du dachtest also, du würdest hier nach zwanzig Jahren oder so auftauchen, und hast geglaubt, ich würde dich mit offenen Armen empfangen?«

Marlene zuckte angesichts der Schärfe von Coops Tonfall zusammen. »Ich, äh, hatte das wirklich nicht durchdacht.« Camille und AB betrachteten das Muster auf ihren eigenen Tellern.

»Nein, nein, du denkst nie darüber nach. Als du Dad im

Stich gelassen hast, hattest du das durchdacht? Als du dich einen Dreck um deine Söhne oder sogar um Jacks Kinder geschert hast, hattest du das durchdacht?« Er warf seine Serviette auf den Tisch und stürmte aus dem Zimmer.

Camille stieß einen Seufzer aus. »Nun, ich habe ein Dessert vorbereitet. Möchte jemand Kuchen?«

AB sprang von ihrem Stuhl auf und half, den Tisch abzuräumen. Camille kam mit einer Kokosnusscremetorte und Desserttellern zurück. Coop tauchte wieder auf und legte seiner Mutter einen Zettel vor die Nase. »Ich habe dir ein Hotelzimmer gebucht und ein Taxi gerufen. Es wird in fünf Minuten hier sein.« Er schob seine Hand in die Tasche und holte sein Portemonnaie heraus. Er ergriff mehrere Scheine und warf sie auf den Zettel.

Mit einem verwirrten Blick nahm Marlene den Zettel und steckte das Geld in ihre Tasche. Sie stand auf und sagte: »Gut, dann sehen wir uns morgen irgendwann.«

»Ich werde nicht da sein. Wie ich schon sagte, ich arbeite.« Coop stand auf der anderen Seite des Raumes, seine sonst so warmen Augen waren hart wie Granit.

Marlene bedankte sich bei Camille für das Essen und verabschiedete sich, als das Taxi draußen hupte. Camille begleitete sie zur Tür und wünschte ihr noch einen schönen Abend.

»O mein Gott!«, sagte sie und kehrte ins Esszimmer zurück. Sie warf Coop einen missbilligenden Blick zu. »Sie ist immer noch deine Mum!«

»Auf dem Papier, aber sie hat ihre Rechte schon vor länger Zeit aufgegeben.« Er nahm seinen Stuhl und tätschelte die Hand seiner Tante. »Du warst immer mehr Mutter für mich, als sie es je sein wird. Mütter lassen ihre Familien nicht im Stich und tauchen nur auf, wenn sie etwas brauchen. Sie ist keine Mutter, sie ist eine Schnorrerin.« Groll und Wut erfüllten seine Stimme.

Camille lächelte und ergriff Coops Hand. »Du musst ihr verzeihen, um deiner selbst willen.« Sie sah die verletzte junge Seele, die sie vor so langer Zeit in ihrem Haus willkommen geheißen hatte, in dem Mann neben ihr. »Das ist alles, was ich dazu sagen werde. Ich liebe dich, Coop. Ich könnte dich nicht mehr lieben, wenn du mein eigener Sohn wärst.«

Er hörte AB schniefen und sah, wie sie über ihr Auge strich. Camille schnitt den Kuchen an und reichte die Teller an den Tisch. »Hast du Daisys Tochter schon gefunden?«, fragte sie und stach mit der Gabel in die fluffige Creme.

Er war froh, das Thema seiner Mutter hinter sich lassen zu können, und erzählte ihnen von der Anglerhütte. »Wie kommt Lola Belle zurecht?«

Camille schürzte ihre Lippen. »Sie ist sehr verärgert. Aber sie ist eine starke Frau. Daisy war schon immer ein dramatisches Kind, und sie strapaziert die arme Lola Belle. Sie hat heute Nachmittag den Arzt um Hilfe gebeten, und er hat Daisy etwas zum Schlafen gegeben.« Sie wischte sich den Mund mit einer Serviette ab und fügte hinzu: »Ich hoffe, sie finden das Kind bald.«

»Ich werde angerufen und auf den neuesten Stand gebracht. Wenn sich etwas tut, lasse ich es dich wissen.« Coop drückte ihre Hand und wechselte dann das Thema zu seinem Gespräch mit Richter Hunt. »Jetzt müssen wir diese Bürgerorganisation und die Veranstaltung überprüfen. Irgendetwas passt da nicht.« Er schob sich den ersten Bissen in den Mund und wandte sich an AB. »Hattest du heute Glück?«

»Ich habe dem Dekan und dem Schulleiter, die in den späten Siebzigerjahren an der Mount Camden tätig waren,

Sprachnachrichten hinterlassen. Hunt und Logan waren beide sportlich und spielten zusammen in den Schulmannschaften, aber ich habe nichts herausgefunden, was auf eine engere Verbindung hindeutet. Beide nahmen in ihrem ersten Studienjahr an einem von der Schule geförderten Studienprogramm in Europa teil.«

»Mount Camden ist eine sehr angesehene Schule. Es gibt sie schon seit weit über hundert Jahren. Die meisten meiner Freunde haben ihre Kinder dorthingeschickt, und sie haben die renommiertesten Colleges besucht und Karriere gemacht«, sagte Camille. »Ich kenne die Familie von Richter Hunt. Das sind wunderbare, aufrichtige Leute. Sie leben schon ewig in Nashville.«

»Sie hat recht mit der Schule«, sagte AB. »Alle ihre Schüler sind aufs College vorbereitet und haben einige der besten Testergebnisse überhaupt. Die meisten werden von erstklassigen Schulen angenommen. Richter Hunt ging auf die Vanderbilt und Mr. Logan wurde an der Auburn University angenommen, hat sie aber nie besucht. Ich bin mir nicht sicher, warum das so ist, aber ich hoffe, dass ich in einem Gespräch mit dem Schulleiter mehr erfahren werde.«

»Wenn wir hier fertig sind, sollten wir uns mit der Koalition der liberalen Bürger Nashvilles beschäftigen. Ich habe noch nie von denen gehört. Du etwa, Tante Camille?«

Sie schüttelte den Kopf. »Nein, ich erkenne die nicht.« Sie nahm einen Schluck süßen Tee. »Ich könnte die Mädchen im Buchclub morgen fragen, ob sie von der Gruppe gehört haben.«

Coop verschluckte sich am letzten Bissen seines Kuchens. Er hustete und sagte: »Nein, Tante Camille. Wir müssen das für uns behalten, also sag nichts.« An ihrem niedergeschlagenen Gesichtsausdruck merkte er, dass sein Ton schärfer war, als er beabsichtigt hatte. Er räusperte sich.

»Es tut mir leid, es ist ein heikler Fall, und ich kann nicht riskieren, dass Informationen nach außen dringen.« Er seufzte und fügte hinzu: »Da AB am Samstag abreist, bleibt uns nicht mehr viel Zeit, um Callies Mord aufzuklären.«

»Wegen meiner Reise …«, sagte AB. »Ich habe heute meine Eltern angerufen und ihnen gesagt, dass ich meinen Flug verschieben und sie ein paar Tage später treffen werde. Ich will das mit Callie zu Ende bringen.«

»Nein«, sagte er. »Du gehst auf deine Reise. Ich kümmere mich um den Fall.«

Camille sammelte die Dessertteller ein und kam mit einer Kanne Tee zurück. AB legte ihre Hand auf die von Coop. »Ich muss das tun, Coop. Für Callie. Es ist ein zweiwöchiger Urlaub, und wenn ich ein paar Tage verpasse, ist das keine große Sache. Callie hat meine Hilfe verdient.«

Er schaute ihr in die Augen und sah die Entschlossenheit hinter dem Anflug von Tränen, die sich zu bilden drohten. Er drehte seine Hand um und drückte ihre fest. »Okay, AB. Ich habe eine Bedingung.«

Tante Camille schenkte AB eine Tasse ein. »Welche?«, fragte AB.

»Ich zahle die Umbuchung.«

Sie lächelte, während eine einzelne Träne ihre Wange hinunterrutschte. »Abgemacht.«

Coop lächelte seine Tante an. »AB wird ihren Flug ein paar Tage verschieben und hierbleiben, um bei Callies Fall zu helfen. Ist das nicht toll?«

Camilles Augen funkelten. »Wunderbare Neuigkeiten. Ich schätze, das bedeutet, dass sich unsere Reise verzögern wird, nicht wahr?« Sie zwinkerte Coop zu.

»Tut mir leid, dass ich die Geschichte erfunden habe, dass wir alle gehen. Ich wollte verhindern, dass sie auf die Idee kommt, sich in unser Weihnachtsfest einzumischen. Ich möchte Weihnachten mit dir nicht verpassen, Tante Camille. Es ist mir die liebste Zeit im Jahr hier.«

Sie ließ sich auf ihren Stuhl sinken und griff nach ihrer Tasse. »Es ist einfach nicht mehr dasselbe ohne ... Onkel John.« Sie zupfte ein Taschentuch aus ihrem Ärmel und tupfte sich die Augen ab. »Es tut mir leid, aber um diese Jahreszeit vermisse ich ihn noch mehr.«

Coop stand auf und ging zu seiner Tante. Er kniete sich hin und umarmte sie fest. »Ich weiß. Ich vermisse ihn auch.« Er küsste ihren Kopf und sah über den Tisch hinweg, wie AB Tränen über das Gesicht liefen.

Coop sah, wie die beiden wichtigsten Frauen in seinem Leben weinten. Er schluckte gegen den Kloß in seinem Hals an. »Wie wär's, wenn wir heute Abend einen Ausflug machen und uns die Weihnachtsbeleuchtungen ansehen?«

Tante Camille nickte und sah, wie sich die Spur eines Lächelns auf ABs Gesicht abzeichnete. »Coop und ich können das Geschirr abräumen, während du dich fertigmachst«, sagte AB und sammelte die Sachen vom Tisch ein.

Camille nahm Coops Hand und entschuldigte sich, um sich frischzumachen, während sie schnell die Küche aufräumten. Coop rief Gus herbei. Die vier stiegen in Camilles Geländewagen ein, Coop am Steuer.

Camille drückte ein paar Knöpfe auf dem Armaturenbrett, und es ertönte Weihnachtsmusik. Coop legte seine Hand auf Camilles, während Gus mit AB auf dem Rücksitz kuschelte, und sie fuhren durch die festlichen Straßen von Belle Meade.

## KAPITEL ZWÖLF

Als sie nach Hause kamen, zogen sich Coop und AB nach einer heißen Schokolade und einem Teller mit Keksen in sein Büro zurück. Coop schickte Callies Mutter eine E-Mail mit den neuesten Informationen, und dann gingen sie die Hintergrundinformationen über Avery Logan durch. »Verheiratet, keine Vorstrafen, seit etwa zwanzig Jahren im selben Job. Drei Kinder, noch Hypothekenschulden, gute Kreditwürdigkeit, alle Kinder auf Privatschulen, das älteste ist achtzehn und kommt dieses Jahr aufs College, die Frau ist Sekretärin. Nichts sieht verdächtig aus«, sagte er.

Da Richter Hunt eine öffentliche Person war, ergab die Abfrage Hunderte von Seiten mit Informationen. Coop beschloss, seine Nachforschungen auf Logans Online-Profil zu konzentrieren. Es war einfacher, nach einer Erwähnung von Logan zu suchen und zu versuchen, ihn mit Richter Hunt in Verbindung zu bringen. Außerdem schickte er Ben eine kurze SMS, in der er ihn bat, herauszufinden, warum

Logan nach Mount Camden nicht an der Auburn University studiert hatte.

AB blieb nichts anderes übrig, als die Gerichtsakten zu durchsuchen. Sie hatte bereits nach Avery Logan als Partei in einem der Fälle vor Richter Hunt oder in Fällen gesucht, in denen Hunt der Anwalt war, bevor er Richter geworden war. Sie beschloss, ihre Suche auszuweiten und andere Gerichte zu überprüfen. In den nächsten Stunden erfüllten nur das leise Klopfen der Tastatur und das gedämpfte Schnarchen von Gus den Raum.

»Ich habe da etwas«, sagte AB und schaute von ihrem Bildschirm zu Coop. »Logans ältester Sohn hat ein anhängiges Verfahren bei Richter Woodburn. Es sieht so aus, als wäre er um Halloween herum wegen Trunkenheit am Steuer verhaftet worden. Bei der Verhaftung haben die Polizisten Drogen gefunden. Sein Fall wird im Januar verhandelt.«

»Der Junge geht auf die Universität von Tennessee in Knoxville«, sagte Coop und verwies auf die Akte, die Ben zur Verfügung gestellt hatte. »Er muss für einen Wochenendbesuch zu Hause gewesen sein.«

»Nichts deutet darauf hin, dass es etwas mit Richter Hunt zu tun hat. Sieht wie ein normaler Fall aus.«

»Wer ist sein Anwalt?«

Sie klickte auf die Maus und sagte: »Oh, oh. Das ist Brandon King.«

Coops Augenbrauen hoben sich. »Nun, das ist interessant. Ich frage mich, ob Callie etwas mit dem Fall zu tun hatte. Ich werde Brandon morgen anrufen und schauen, was er uns sagen kann.«

Coop ging an sein klingelndes Telefon. Er bedankte sich bei dem Anrufer und wandte sich lächelnd an AB. »Das war das Revier. Sie haben die Hütte und Trents Auto gefunden.

Sie sind gerade in die Hütte eingedrungen und haben Trent in Gewahrsam genommen. Das kleine Mädchen ist unversehrt, aber verängstigt.«

»Juhu, es gibt gute Neuigkeiten. Das solltest du deiner Tante erzählen.« Sie gähnte und sagte: »Es ist nach ein Uhr nachts. Ich muss jetzt schlafen gehen.«

»Camille hat das Gästezimmer vorbereitet, wenn du bleiben willst. Schlafe ein wenig und wir machen morgen früh weiter.«

Sie legte den Kopf schief und schürzte die Lippen. »Okay, das Angebot nehme ich gern an. Ich bin müde.« Gus öffnete ein Auge, als sie sich von der Couch erhob, machte aber keine Anstalten, sich von seinem Platz zu bewegen. »Wir müssen morgen früh ins Fitnessstudio gehen. Wäre sechs Uhr okay für dich?«

Er rollte mit den Augen. »Jaja, sechs passt.«

---

Am Freitagmorgen traf Coop AB im Flur, als sie auf dem Weg zu ihrem Auto war, und folgte ihr ins Fitnessstudio. Nach dem Training und einer schnellen Dusche traf er Ben bei *Peg's Pancakes*. Ben saß bereits mit einer Tasse Kaffee in der Hand an seinem Tisch.

»Guten Morgen, Jungs«, sagte Myrtle, als sie Coops Tasse auffüllte. Sie zupfte ihren Bleistift hinter dem Ohr hervor und kritzelte die Bestellung auf ihren Block.

»Ich bin froh, dass die Entführung ein gutes Ende genommen hat. Die Leute sind euch sehr dankbar, dass ihr die Spur zu der Hütte gefunden habt.«

»Ja, ich habe gestern Abend mit Daisys Tante gesprochen, als ich die Nachricht erhielt. Sie war erleichtert, dass das kleine Mädchen in Sicherheit ist.« Coop blies den

Atem aus seinen Wangen. »Es war eine ereignisreiche Woche.«

Ben rührte Zucker in seinen Kaffee. »Also, wie ist es mit Richter Hunt gelaufen?«

Coop genoss einen langen Schluck des reichen Gebräus, bevor er antwortete. »Er gab mir einige Hintergrundinformationen über Mr. Featherstone.« Während sie auf das Frühstück warteten, informierte Coop ihn über die Bürgerinitiative und Richter Hunts Engagement als Redner. »AB wird dort heute Morgen anrufen und mehr herausfinden.«

»Wir haben uns mit dem Staat Tennessee in Verbindung gesetzt, und dort gab es nie einen Mitarbeiter namens Featherstone. Eine weitere Sackgasse.«

Myrtle brachte das Frühstück und wärmte ihren Kaffee auf. »Ich habe eine Bestellung für Bananen-Pekannuss-Pfannkuchen mit ABs Namen drauf, sobald ihr fertig seid«, sagte sie mit einem Augenzwinkern und eilte zum nächsten Tisch.

»Wir haben es so eingerichtet, dass wir das Postgeschäft nachts abdecken können. Zumindest für eine kurze Zeit«, sagte Coop.

»Ich habe darum gebeten, dass auf dem Bürgersteig vor dem Laden eine provisorische Baustelle eingerichtet wird, um eine Kamera zu verstecken. Das wird aber nicht vor Mitte der Woche passieren.«

Coop nickte. »Eine andere Sache haben wir letzte Nacht aufgedeckt«, sagte er und nahm einen Bissen von seiner Waffel. »Logans ältester Sohn wurde wegen Trunkenheit am Steuer verhaftet, und sein Fall wird nun vor Richter Woodburn verhandelt. Es sieht so aus, als wäre er mit Drogen im Auto erwischt worden, als er angehalten wurde. Eine kleine Menge Gras. Sein Anwalt ist Brandon King.«

Bens Augen weiteten sich. »Ein weiterer seltsamer Zufall.«

»Ich werde heute mit ihm sprechen und diesen Aspekt beleuchten.«

»Ich werde mit der Witwe sprechen und mich nach dem Fall des Sohnes erkundigen.«

»Ich wollte ihm nicht zu viel verraten, falls er in den Fall verwickelt ist, also habe ich Richter Hunt nicht gefragt, ob er ein Freund von Avery Logan war. Die Witwe könnte es wissen, falls die beiden sich noch nahestehen.«

Ben nickte. »Ich werde es mit ihr besprechen.«

Coop fragte: »Gibt es Fortschritte im Fall des Mordes an Logan?«

Ben schüttelte den Kopf. »Nichts. Wir sehen uns seine Finanzen genauer an. Alle seine Kinder waren auf Privatschulen und das älteste ist jetzt auf dem College, aber es sieht nicht so aus, als ob sie genug Geld verdienen, um alle Ausgaben zu decken. Ich werde die Frau heute befragen.«

Coop bemerkte Myrtles Blick und nickte ihr zu. Als sie fertig waren, erschien sie mit einer Schachtel für AB, der Rechnung und Tüten mit ihren berühmten Schokoladen-Bourbon-Pralinen. »Ich wünsche euch allen frohe Weihnachten und viel Spaß.«

Beide Männer umarmten sie, und sie strich sich zum Abschied mit dem Finger unter das Auge.

---

Zwischen zwei Bissen Pfannkuchen informierte AB Coop. »Ich habe mit dem ehemaligen Schulleiter von Mount Camden gesprochen. Er sagte, er erinnere sich an Hunt und Logan und dass sie enge Freunde waren. Dass Logan nicht aufs College ging, hatte seiner Erinnerung nach mit einer

Knieverletzung zu tun. Seine Football-Zeiten waren vorbei und Football war der Hauptgrund gewesen, überhaupt nach Auburn zu gehen. Er sagte, die beiden kämen aus unterschiedlichen Verhältnissen, aber sie hätten sich gut verstanden, und Hunt habe Logan unter seine Fittiche genommen.«

Coop schickte eine SMS, um Ben zu fragen, ob Richter Hunt an Logans Beerdigung teilgenommen hatte. Ben berichtete immer von den Beerdigungen von ungelösten Mordfällen. Sekunden später piepte sein Telefon und er schüttelte den Kopf.

»Ben sagt, dass der Richter nicht bei der Beerdigung dabei gewesen war.«

AB gab Gus den letzten Bissen des Pfannkuchens und schloss den Deckel ihrer Schachtel. »Seltsam, dass sie sich so nahestanden und beide noch in Nashville lebten. Ich frage mich, ob sie sich zerstritten oder auseinandergelebt hatten? Also, ich würde die Beerdigung eines Jugendfreundes nicht verpassen.«

»Ben hofft, dass die Witwe etwas über Logans Beziehung zum Richter, der Frage nach dem Sohn und der Trunkenheitsfahrt und dem Drogenmissbrauch sagen kann. Wir werden seinen Bericht abwarten müssen.« Er stand auf und fügte hinzu: »Ich werde Brandon anrufen. Würdest du bei der Koalition der liberalen Bürger Nashvilles nachfragen?«

Ohne Hoffnung auf weitere Pfannkuchen folgte Gus Coop in sein Büro und rollte sich vor dem Kamin zusammen. Coop rief bei Brandon King an und erfuhr, dass er bei Gericht war, also hinterließ er eine Nachricht. Er legte auf, lehnte sich auf seinem Stuhl zurück und betrachtete das Whiteboard.

Er schaute auf sein T-Shirt mit der Aufschrift *Sorry, ich*

*bin zu spät, aber ich wollte erst gar nicht kommen* und nahm ein langärmeliges Hemd aus dem Schrank. Er zog es über, um den Spruch zu überdecken, und ging zur Hintertür. »Ich gehe jetzt zum Gericht«, rief er, als er ging.

Er schlich sich in den Gerichtssaal, wo Brandon einen Mann vertrat, der wegen Trunkenheit am Steuer angeklagt war, und verfolgte das Ende der Verhandlung. Der Richter verhängte das mildeste Urteil, das er fällen konnte, Brandon packte seine Aktentasche und drehte sich mit einem Lächeln im Gesicht um. Coop stand auf und Brandon reichte ihm die Hand.

»Mr. Harrington, was führt Sie an diesem schönen Freitag ins Gericht?«

»Ich brauche eine Minute Ihrer Zeit.«

»Sicher«, sagte er mit einem Blick auf seine Uhr. »Ich habe noch ein paar Minuten Zeit. Sollen wir einen Kaffee trinken gehen?«

Coop versorgte sie am Kaffeewagen und sie fanden eine ruhige Bank. »Bei der Arbeit an Callies Fall bin ich auf einen anderen aktuellen Fall gestoßen. Ihr Name tauchte als Anwalt von Brad Logan auf.«

Die Augen des Anwalts leuchteten, als er bemerkte, wovon Coop sprach. »Jaja, ein Junge, der wegen Trunkenheit am Steuer angeklagt ist und Gras im Auto hatte. Das erste Mal, ein College-Junge, richtig?«

»Das ist er. Kannten Sie seinen Vater, Avery Logan?«

»Ja, er ist mit dem Sohn zu mir gekommen. Er ist der Jogger, der ermordet wurde, richtig?«

»Das war er. Ich habe mich gefragt, ob es irgendeinen Zusammenhang zwischen dem Fall des Jungen und Callies Fall gibt.«

Brandon nahm einen Schluck aus seinem Becher und schüttelte den Kopf. »Nein, sie hat nicht daran gearbeitet.

Der Fall wird erst im Januar verhandelt, also habe ich noch nicht viel getan. Ich habe ihn einem anderen Mitarbeiter gegeben, und ich werde mich nach den Feiertagen darum kümmern. Ich werde versuchen, einen Aufschub wegen der Tragödie zu erwirken.«

»Kam Ihnen irgendetwas daran oder an Avery Logan seltsam vor?«

»Nicht, dass ich wüsste. Er war stinksauer. Der Junge ist im Grunde ein anständiges Kind. War nie in Schwierigkeiten. Hat ein Stipendium für das College. Ging auf eine Privatschule. Der Vater war besorgt wegen des Geldes und meiner Gebühren.« Er führte den Becher an die Lippen und trank seinen Kaffee aus. »Nicht ungewöhnlich. Die meisten Eltern sind verärgert, wenn ihre Kinder in Schwierigkeiten geraten, und schrecken vor dem Geld zurück, das sie zahlen müssen.«

»War die Mutter bei dem Treffen dabei?«

Brandon schüttelte den Kopf. »Nein, nur der Junge und sein Vater. Der Junge war nervös und machte sich Sorgen um sein Stipendium.« Er stand auf und warf seinen Becher in den Mülleimer. »Ich muss los, aber mir fällt nichts ein, was mit Callie zu tun haben könnte.«

Coop bedankte sich bei ihm und bestellte vier weitere Kaffee, bevor er mit dem Aufzug zum Büro von Richter Hunt fuhr. Er sah Sadie am Empfangstresen und wartete, während sie ein Telefonat beendete. Sie blickte auf und sagte: »Wie kann ich Ihnen helfen?«

»Guten Morgen, Sadie. Sie erinnern sich vielleicht an mich, ich bin Cooper Harrington. Ich hatte gehofft, mit Hildie sprechen zu können. Ist sie da?« Er stellte die Kaffeebecher auf den Tresen und bot ihr einen Kaffee an.

»Nein, danke«, sagte sie und drückte eine Taste am Telefon. »Ich werde sehen, ob sie zu sprechen ist.« Sie leitete die Anfrage weiter und sagte: »Sie können zu ihr.« Sie betätigte einen Summer und öffnete die Tür, damit er eintreten konnte.

Er ging den Flur entlang und sah Hildie vor ihrem Büro warten. »Mr. Harrington, was kann ich für Sie tun?«

Er hielt die Kaffeebecher vor sich. »Einfach nur Coop, bitte. Möchten Sie einen Kaffee?«

»Klar, danke. Kommen Sie rein!« Sie winkte ihn zu einem Stuhl vor ihrem Schreibtisch.

»Sadie wollte keinen Kaffee. Vielleicht können Sie die hier an jemanden im Büro weitergeben.« Er schob er ihr den Papphalter mit den Bechern über den Schreibtisch.

»Danke, ich bin sicher, dass ich ein paar interessierte Süchtige finden kann.«

»Ich arbeite immer noch an demselben Fall und habe mit Richter Hunt über einen Umschlag gesprochen, den er an Mr. Featherstone geschickt hat. Er war auf der zweiten Zustellungsliste, nachdem Billy getötet wurde, aber nicht auf der ersten Liste. Das ist ein bisschen schwierig, und ich versuche gerade, herauszufinden, warum er auf der ersten Liste übersehen wurde. Richter Hunt hielt es für ein Versehen, aber ich wollte es mit Ihnen abklären und versuchen, ein klareres Bild zu bekommen.«

»Glauben Sie, es ist wichtig für Ihren Fall?« Sie stellte den Pappbecher mit einem frischen rosa Lippenabdruck darauf auf ihren Schreibtisch.

»Das tue ich, Hildie.«

»Warten Sie hier und lassen Sie mich noch einmal einen Blick auf das Protokoll werfen.« Sie trug den Träger mit dem Kaffee und machte sich auf den Weg zum vorderen Tresen. Nach wenigen Minuten war sie zurück und blätterte in dem Buch. »Sie haben recht. Es ist seltsam. Wir hatten eine Praktikantin, die nicht mehr hier ist, und sie hat den

Großteil der ausgehenden Korrespondenz für den Zustelldienst vorbereitet. Ich denke, dass sie es versäumt hat, ihn im ersten Stapel vorzubereiten. Wir hatten mehrere Probleme mit ihrer Arbeit und mussten sie erst letzte Woche entlassen.«

»Richter Hunt sagte, dass es nur aufgefallen sei, weil das Personal alle Dokumente durchsucht hat, die am Tag vor der Bearbeitung der zweiten Lieferung erstellt wurden.«

Sie nickte. »Er hat uns gebeten, unsere Unterlagen für den Tag zu überprüfen, um sicherzugehen, dass wir nichts übersehen haben. Die Praktikantin, an die ich denke, war damit beauftragt, alle Artikel für die Auslieferung vorzubereiten.« Sie schüttelte den Kopf. »Ich habe versucht, ihn zu überreden, uns bis zum nächsten Tag warten zu lassen und mit der Polizei zusammenzuarbeiten, um unsere Dokumente zurückzuholen, aber er bestand darauf, dass wir bleiben und alle Artikel erneut versenden.«

Hildie wandte sich ihrem Computer zu und tippte auf mehrere Tasten, während sie den Bildschirm beobachtete. »Ich habe gerade überprüft, ob das Dokument im System des Kurierdienstes bearbeitet und nur nicht in unserem Buch erfasst wurde, aber ich kann es nicht finden. Es befindet sich erst in der zweiten Sendung mit dem anderen Dienstleister.«

»Was passiert, wenn Sie eine Sendung vorbereiten und dann etwas dazwischen kommt und Sie sie zurückziehen oder mit der Lieferung bis zu einem späteren Zeitpunkt warten wollen?«

»Wir können den Artikel im Online-System aussetzen und ihn später wieder aktivieren. Der Artikel kann auch gelöscht werden.«

»Behält das System die gelöschten Datensätze?«

Hildie runzelte die Stirn und nahm einen weiteren Schluck aus ihrem Becher. »Das glaube ich nicht. Lassen Sie mich unseren Admin anrufen und es herausfinden.« Sie wühlte in einer Akte auf ihrem Schreibtisch und rief jemanden an. Während sie plauderte und Fragen stellte, prüfte Coop sein Telefon auf Nachrichten.

Er hatte eine SMS von AB erhalten, in der sie ihm mitteilte, dass sie ein Update zu dem Verein hätte. Sie erinnerte ihn auch daran, den Schnaps für die Büroparty zu besorgen, die sie heute Abend veranstalten wollten. Er tippte eine kurze Antwort zurück und steckte das Telefon ein, als Hildie ihren Anruf beendete.

»Nun, unser System zeigt die gelöschten Datensätze nicht an, aber der Zustelldienst kann sie abrufen. Sie sagt, ein Datensatz sei am Nachmittag gelöscht worden. Die Sendung war für Mr. Featherstone an dieselbe Adresse wie die zweite Sendung. Der Datensatz wurde am Morgen von der erwähnten Praktikantin erstellt. Die Sendung hätte mit der Morgensendung vor Mittag rausgehen sollen, aber das tat sie nicht. Es scheint, dass der Posten kurz nach drei Uhr gelöscht wurde, am selben Tag, an dem er erstellt wurde.«

»Wer hat ihn gelöscht?«

»Dieselbe Praktikantin, die ihn am Morgen erstellt hat.« Ihre Stirn legte sich in Falten. »Ich erinnere mich, dass Richter Hunt an diesem Tag sauer auf sie war, wegen etwas, das mit diesen Schriftstücken zu tun hatte.«

»War es diese Lieferung?«

»Ich bin mir nicht sicher, aber das ergibt Sinn. Sie hatte eine Reihe von Problemen mit ihrer Arbeit. Sie ließ sich leicht ablenken.« Hildie hielt in Gedanken inne und schaute auf ihren Schreibtischkalender. »Wenn ich so darüber nachdenke, bin ich mir sicher, dass dies der Tag war. Richter Hunt war so wütend, wie ich ihn noch nie gesehen hatte. Er sagte ihr, sie solle früher nach Hause gehen, weil sie nicht hier war, als wir die zweite Lieferung mit dem anderen Dienst durchführten. Sie ging kurz vor Billys Unfall.«

»Wie heißt die Praktikantin?«

Sie zog eine Aktenschublade auf. »Lindsay Winter. Sie ist eine Studentin von der Vanderbilt. Ein nettes Mädchen, das aber die Ernsthaftigkeit unserer Arbeit nicht zu schätzen wusste. Ihr fehlte die Aufmerksamkeit für Details und sie hatte Schwierigkeiten, sich Informationen zu merken.« Sie kritzelte auf einen Klebezettel. »Hier sind ihre Kontaktinformationen.« Sie seufzte, als sie die Mappe wieder einsteckte. »Ich wünschte, Sie könnten mir sagen, was das mit Calistas Mord zu tun hat.«

»Im Moment ist es nur eine Spur. Eine, die ich verfolgen muss. Ich bin mir noch nicht sicher, wie sie mit den anderen zusammenhängt.«

»Nun, Martha lobt Sie, und wenn sie sich für Sie verbürgt, helfe ich gerne. Nach dem, was sie gesagt hat, lösen Sie immer die schwierigsten Fälle. Und Richter Hunt hat gesagt, wir sollen helfen, wo wir nur können. Wir stehen alle unter Schock wegen Billy und Calista. Es ist furchtbar.«

Coop stand auf. »Ich weiß Ihre Hilfe und den Vertrauensbeweis zu schätzen. Wir haben heute Abend eine kleine Weihnachtsfeier im Büro. Sie sollten nach der Arbeit vorbeikommen. Martha wird auch da sein.« Er beobachtete, wie sich ein schüchternes Lächeln auf ihrem Gesicht ausbreitete. Im Gegensatz zu der anzüglichen Kleidung und dem Auftreten von Brandons Assistentin hatte Hildie Klasse und war eine subtile Schönheit.

»Vielleicht sehen wir uns ja dort.« Sie folgte ihm in die Lobby, wo er ihr kurz zuwinkte.

Er nahm die Treppe und suchte sich eine ruhige Nische, um einen Anruf zu tätigen. Er wählte die Nummer von Lindsay und erklärte, dass er den Tod einer Anwältin untersuchen würde. »Ich würde Ihnen gerne ein paar Fragen stellen, die mit der Arbeit in Richter Hunts Gericht zu tun haben.«

Sie wollte noch ein paar Weihnachtseinkäufe in letzter Minute erledigen, und sie verabredeten sich zum Mittagessen in Green Hills. Coop reservierte einen ruhigen Tisch in einem beliebten Barbecue-Restaurant und hinterließ Lindsays Namen beim Empfang. Bald gesellte sich eine brünette Frau mit einem frischen Gesicht und Sommersprossen auf den Wangen zu ihm.

Coop stand auf und streckte seine Hand aus: »Danke, dass Sie sich mit mir treffen, Lindsay.«

»Aber sicher«, sagte sie und legte ihren Mantel über die Stuhllehne. Die Kellnerin erschien und nannte die Tageskarte. Coop nahm einen Schluck süßen Tee und sagte: »Ich wollte Sie nach einem bestimmten Dokument fragen, das Sie für Richter Hunt vorbereitet haben.« Er sah einen Anflug von Angst in ihren Augen. »Ich habe heute Morgen mit Hildie gesprochen, und sie hat mir von dem Dokument erzählt. Es wurde am Tag von Billys Unfall verschickt. Er war der Fahrradkurier, der bei dem Unfall mit Fahrerflucht ums Leben kam.«

Die Augen des Mädchens weiteten sich. »O ja, das war schrecklich. Er war ein supernetter Kerl. Also, für welches Dokument interessieren Sie sich?«

»Es ist ein Brief, den Richter Hunt an einen Verein namens Koalition der liberalen Bürger Nashvilles geschickt hat. Der Organisator ist ein Mr. Featherstone.«

Sie nickte. »Oh, Junge, daran kann ich mich erinnern. Ich glaube, das ist der Grund, warum ich gefeuert wurde.«

Coop runzelte die Stirn. »Wirklich? Wie das?«

»Nun, Hildie hatte mit mir über meine Fehler gesprochen und mir gesagt, dass Richter Hunt mit meiner Leistung nicht zufrieden wäre. Sie war nett, sagte mir aber, dass ich Gefahr laufe, meine Stelle zu verlieren. Jedenfalls habe ich das Dokument für den Richter vorbereitet und in das System eingegeben – wie immer.«

Sie wurden durch die Ankunft ihres Essens unterbrochen. Nachdem die Kellnerin gegangen war, fuhr Lindsay fort: »Nachdem ich vom Mittagessen zurückkam, rief mich Richter Hunt in sein Büro und wollte wissen, was mit dieser speziellen Lieferung passiert sei. Er sagte, er habe einen Anruf erhalten und sich gefragt, wo das Dokument sei. Es hätte bis zum Mittag zugestellt werden müssen, da es Teil der morgendlichen Lieferung war.«

Sie kaute einen Bissen von ihrem Teller und nippte an ihrem Getränk. »Ich erinnerte mich, dass ich das Dokument getippt und den Umschlag zurückbekommen hatte, nachdem Richter Hunt es genehmigt hatte. Wie auch immer, ich habe nachgesehen und ein Versandetikett erstellt. Das Etikett war nie in das System eingescannt worden, also muss ich es hingelegt oder so und verlegt haben. Ich erzählte ihm, was ich herausgefunden hatte, und er flippte aus. Er bat mich, eine weitere Kopie des Dokuments anzufertigen und sie mit der Nachmittagslieferung zu verschicken.«

Sie hielt inne und nahm noch einen Schluck. »Sie werden es nicht glauben, aber irgendwie habe ich es wieder vermasselt. Ich habe alles fertiggemacht und die Dokumente auf seinen Schreibtisch gelegt, wie er mich gebeten hat. Stellt sich heraus, dass sich noch mehr Zeug darauf gestapelt hatte, und so hatten sie es nicht in Billys Nachmittagsabholung geschafft. Er hat die Dokumente gefunden, gleich nachdem Billy weg war.« Sie stieß einen Seufzer aus. »Er war stinksauer, und als ich ihm helfen wollte, alles auf seinem Schreibtisch zu suchen, sagte er, ich solle einfach verschwinden.« Sie hielt inne und fuhr mit dem Finger an ihrem Glas entlang. »Ich habe Hildie gesagt, dass ich mich nicht wohlfühle, und bin gegangen. Es war mir zu peinlich, ihr zu sagen, was ich getan hatte. Sie ließen mich das Semester beenden, aber letzte Woche haben sie mich entlassen. Jetzt muss ich mir für den Rest des Jahres einen neuen Praktikumsplatz suchen.« Sie zuckte mit den Schultern und trank einen Schluck aus ihrem Glas.

»Hat Richter Hunt mit Ihnen darüber gesprochen, als Sie am nächsten Tag zurückkamen?«

»Nein. Er hat nie wieder ein Wort zu mir gesagt. Ich vermasselte immer wieder dumme Sachen, und Hildie sprach mit mir über mein Versagen, meine Leistung zu verbessern. Sie steckte mich für den Rest des Semesters in den Aktenraum und ließ mich niedere Arbeiten verrichten. Aber wenigstens durfte ich bleiben. Sonst hätte ich wieder ganz von vorne anfangen müssen.«

»Sie haben also den ersten Eintrag gelöscht, der nie gescannt wurde, und den ursprünglichen Umschlag nie gefunden?«

Sie nickte mit dem Kopf. »Ja, ich habe darauf gewartet, dass er mir den Umschlag gibt, bevor ich ein neues Versandetikett vorbereitet habe. Ich war mit anderen Dingen beschäftigt. Ich hätte bei ihm nachfragen sollen, als ich ihn nicht bekam.« Sie nahm noch ein paar Bissen und fragte: »Warum ist das so wichtig für eine Mordermittlung?«

Coop lächelte, während er an seinem Tee nippte. »Ich bin noch dabei, es herauszufinden, aber es ist eine seltsame Sache, die ich erklären muss.«

# KAPITEL DREIZEHN

Gus begrüßte Coop, als er durch die Hintertür kam und Kisten mit Wein und Spirituosen trug. Er verstaute die Flaschen in der Küche und folgte Gus zu ABs Schreibtisch. Sie war am Telefon und Coop schob einen Tetrapak auf einen Stapel Papiere. Er ließ sich auf die Couch fallen und wartete, bis sie fertig war. Gus legte seinen Kopf in Coops Schoß und kraulte dem Hund die Ohren. Er sah sich im Büro um und betrachtete die geschmackvolle Dekoration von AB. Der Ort sah festlich, aber nicht übertrieben aus.

Lola Belle kam durch die Eingangstür und näherte sich dem Schreibtisch von AB. Coop stand auf und sagte: »Hallo, Lola Belle. Was führt dich her? Alles in Ordnung?«

Sie berührte mit der behandschuhten Fingerspitze ihren Mund. »Oh, Cooper, ich habe Sie gar nicht bemerkt. Jaja, es ist alles in Ordnung. Ich wollte nur vorbeikommen und mich bei Ihnen für die zusätzliche Zeit bedanken und Ihnen sagen, wie dankbar wir für Ihre Hilfe sind. Die Polizei hat uns gesagt, dass Sie derjenige waren, der ihnen den Hinweis auf die Hütte gegeben hat.«

»Wir sind einfach froh, dass alles geklappt hat. AB kann Ihnen mit der Rechnung helfen.« Er gestikulierte in Richtung ABs Schreibtisch.

»Ihre Tante erzählt den Mädchen im Salon immer, was für ein toller Detektiv Sie sind.« Sie schlug die Augen nieder und ihre Wangen röteten sich. »Ich habe immer nur gedacht, dass sie ein bisschen mit Ihnen prahlt, wie es jede gute Tante tut. Aber Sie sind sehr begabt, und ich werde Sie jetzt genauso laut loben wie Camille.« Sie stürzte auf ihn zu und umarmte ihn. »Nochmals danke.«

»Gern geschehen, Lola Belle. Ich wünsche Ihnen frohe Weihnachten.« Er ließ sie an ABs Schreibtisch zurück, und er und Gus zogen sich in die Küche zurück.

Als er hörte, wie sich die Haustür schloss, wagte er sich aus seinem Versteck. AB hielt einen Scheck in der Hand und zog die Brauen hoch, als sie ihn sah. »Lola Belle hat uns einen großzügigen Bonus gegeben.« Sie hielt ihm den Scheck vor die Nase.

»Wow, das ist sehr nett von ihr.« Er nahm seine Position auf der Couch wieder ein. »Tut mir leid, dass ich sie bei dir lasse, aber ich kann ihre rührselige, süße Art einfach nicht ertragen.«

AB ging ans Telefon, während sie den Scheck für die Einzahlung abstempelte. Sie legte auf und stieß einen lauten Seufzer aus. »Das ganze Essen wird bis vier Uhr geliefert werden. Ich denke, wir sind bereit.« Sie wandte ihre Aufmerksamkeit ihrem Essen zu. »Danke, das sieht gut aus.«

»Ich weiß deine Hilfe diese Woche zu schätzen. Ich weiß, wie viel Arbeit du in diese Party gesteckt hast.« Er fuhr fort, Gus zu streicheln. »Was haben wir über den Verein?«

Sie nahm ihren Notizblock zur Hand. »Ich habe im

Gemeindezentrum angerufen und herausgefunden, dass Henry Featherstone derjenige war, der den Antrag auf Nutzung des Veranstaltungsraums gestellt hat. Die Adresse, die sie in den Akten haben, ist das Postfachgeschäft. Sie hatten eine Handynummer von ihm, also habe ich sie Ben gegeben, damit er sie zurückverfolgen kann. Ich habe auf der Website nachgesehen, und die einzige Kontaktinformation ist eine E-Mail-Adresse. Die Veranstaltung mit Richter Hunt im Januar scheint das einzige geplante Treffen zu sein. Die Website ist spärlich.«

»Vielleicht sollten wir eine E-Mail schreiben und versuchen, mehr Informationen zu bekommen. Ich werde ein falsches Konto einrichten und etwas schicken und versuchen, eine Antwort zu bekommen.«

»Madison und Reed sollen heute Abend mit der Überwachung beginnen. Wenn du morgen und Sonntag eine Schicht übernehmen kannst, kann jeder von ihnen einen Tag frei bekommen.«

»Ben dachte, dass sie nächste Woche eine Kamera zur Verfügung haben werden, also warten wir ab, was passiert.«

»Wir müssen uns etwas einfallen lassen, um Mr. Featherstone zum Postfach zu locken«, sagte sie und beendete den letzten Bissen ihres Mittagessens.

»Vielleicht können wir das Gemeindezentrum nutzen, um ihn dahin zu locken. Wir denken uns etwas aus und schicken ihm ein Dokument, das er unterschreiben muss.«

»Das könnte funktionieren. Ben könnte seinen Einfluss geltend machen, da das Gemeindezentrum jetzt zur Stadt gehört.«

»Ich werde mit Ben sprechen und ihm unsere Idee mitteilen.« Coop drängte den Kopf des Hundes zur Seite und stand auf. »Zieh dich ruhig um, wenn du dich für die Party umziehen musst. Ich bleibe hier und lasse mir von Tante Camille etwas zum Umziehen bringen.«

Sie lächelte und sagte: »Ich räume nur noch meinen Schreibtisch auf, dann bin ich weg.«

Nachdem sie gegangen war, heckte Coop mit Bens Hilfe einen Trick aus. Die Handynummer, die Featherstone dem Gemeindezentrum gegeben hatte, war noch aktiv. Es handelte sich um ein Wegwerfhandy, also gab es keine Eigentümerdaten, aber es funktionierte. Ben ließ die Mitarbeiter die Nummern notieren, die von dort angerufen worden waren.

Er beendete das Gespräch mit Ben und begrüßte die Frau vom Caterer an der Hintertür. Sie und ihr Team schleppten Dutzende von Kisten und Plastikbehältern heran. Er überließ ihnen das Kommando in der Küche und lockte Gus mit einem Leckerbissen vom Geschehen weg. Er schloss seine Bürotür und rief Callies Eltern an.

Arden war nicht da, aber Carter nahm seinen Anruf entgegen, und Coop gab ihm ein allgemeines Update, indem er ihm mitteilte, dass sie eine neue Spur hätten und eine Überwachung durchführten, um eine mögliche Verbindung zu Callies Mord zu verfolgen. Er nannte keine Namen und Carter stellte keine Fragen.

Ben rief Coop zu, als er durch die Küche kam und sich an den Caterern vorbeischlängelte. »In meinem Büro«, rief Coop. Gus kam gerade noch rechtzeitig von seinem Schlafplatz hoch, um Ben zu begrüßen, als der die Tür öffnete. »Lass ihn nicht raus! Er macht sich sonst über das Essen her.«

Ben blockierte den Hund mit seinem Knie und schloss die Tür hinter sich. Er stellte zwei kalte Getränke, die er aus der Küche geklaut hatte, auf Coops Schreibtisch und öffnete eines davon. »Ich habe ein paar Neuigkeiten.« Er nahm einen großen Schluck aus der Dose.

»Ich auch.« Coop kippte den Deckel auf seinen Drink. »Du zuerst.«

»Unsere Techniker haben unsere Telefone so manipuliert, dass es so aussah, als würde Kate vom Gemeindezentrum aus anrufen, und sie rief auf Featherstones Handy an. Sie hinterließ eine Nachricht, in der sie sagte, sie hätten ein neues Formular, das für Veranstaltungen nach dem ersten Januar in Kraft träte. Sie sagte ihm, sie hätten es an seine Adresse geschickt, da es eine Originalunterschrift erfordere. Sie bat ihn, es möglichst noch vor den Feiertagen zurückzuschicken. Außerdem ließ sie ihm vom Büroleiter eine E-Mail mit denselben Informationen schicken. Alle Anrufe, die von ihm eingehen, werden an unser Büro weitergeleitet. Dasselbe gilt für jede Antwort auf die E-Mail.«

»Hat die Mailbox bestätigt, dass es Featherstones Nummer war?«

Ben schüttelte den Kopf. »Nein, nur eine allgemeine Nachricht. Wir haben ein gefälschtes Formular an das Postfach geschickt und es liegt jetzt dort. Die Kamera wird erst am späten Dienstag installiert. Wenn der Kerl zum Postfach geht, wird er wohl nach Feierabend gehen, also müssen wir uns auf deine Überwachung verlassen.«

»Klingt gut. Ross und Madison sind bereit, und ich übernehme an diesem Wochenende jeden Tag eine Schicht.«

»Ich habe heute mit Mrs. Logan gesprochen. Sie ist verzweifelt wegen des Todes ihres Mannes. Es scheint so, als hätte er alle Finanzen geregelt. Je mehr Fragen ich stellte, desto aufgebrachter wurde sie. Ich habe herausgefunden, dass alle drei Kinder Stipendien für Privatschulen erhalten haben und der Älteste ein Stipendium an der Universität hat.

Als ich dort war, sah ich mich in ihrer Wohnung genauer um. Neue Autos, ein schickes Boot und Jetskis, ein großes Wohnmobil, jede Menge Spielzeug. Das Haus ist bescheiden, aber all die Spielsachen sind vom Feinsten. Ich habe keine Kredite für die Fahrzeuge oder andere Dinge gefunden.«

»Schwierig, die Stipendien mit den extravaganten Sachen zu vereinbaren, oder?«

Ben nickte, während er einen weiteren Schluck nahm. »Genau, wenn sie immerhin die Stipendien erhalten, können sie es nicht so dicke haben. Wir recherchieren die Geschichte der Spielzeuge. Wir werden es herausfinden. Kate und Jimmy kümmern sich um die Stipendien.«

»Kannte sie Richter Hunt?«

»Nö. Sie sagte, sie habe Avery erst nach dem College kennengelernt und er hätte keinen Kontakt mehr zu College- oder Highschool-Kommilitonen gehabt. Er hatte auch keine Klassentreffen besucht. Die meisten seiner Freunde beschäftigen sich mit ihren Autos oder frönen anderen Hobbys.«

»Lebensversicherung?«

»Ja, sie hatten beide Policen füreinander. Die hatten sie, seit sie das erste Kind bekommen haben, und sie ist nicht verdächtig.«

»Sie wird also finanziell über die Runden kommen?«

»Ich denke schon. Die Lebensversicherung sollte das Haus abbezahlen und ihr ein beträchtliches Polster zum Investieren oder Sparen verschaffen.«

»Der Junge könnte sein Stipendium verlieren, wenn er verurteilt wird. Ich habe heute mit Brandon gesprochen, und er sagte, der Junge mache sich Sorgen darüber. Er hat sich mit Avery und dem Jungen getroffen. Avery war wütend und verärgert darüber, wie viel ihn das kosten würde.«

»Verständlich. Die meisten Eltern würden genauso reagieren.«

»Ich habe Hildie heute bei Richter Hunt besucht. Sie hat sich mit der Featherstone-Lieferung beschäftigt, die nicht auf der ersten Liste stand.« Während sie ihre Drinks beendeten, erklärte er, was er über den gelöschten Eintrag und beim Mittagessen mit der Praktikantin herausgefunden hatte.

»Also, wir haben eine Lieferung von Richter Hunt an Featherstone, an ein Geschäft, das unser Opfer vielleicht besucht hat, aber wir können nicht sicher sein. Wir haben eine schwache Verbindung zwischen Hunt und unserem toten Jogger. Und wir haben Callies Boss als Anwalt des Sohnes des toten Joggers. Wir wissen, dass Callie im Besitz von etwas war, das sie entdeckt hatte, und wir haben sie am Freitagnachmittag mit einem Umschlag in ihrer Tasche gesehen, und der Umschlag war weg, als wir ihre Leiche fanden. Wo ist er hin?«

»Sie hätte ihn am Wochenende verschicken können. Wir haben sie im Einkaufszentrum und in Lebensmittelgeschäften entdeckt, aber sie hätte ihn überall einstecken können.«

»Oder ihr Mörder hat ihn mitgenommen.« Ben wurde durch ein Klopfen an der Tür unterbrochen.

»Herein!«, sagte Coop.

Die Frau vom Catering stand an der Tür. »Wir haben alle Erfrischungen vorbereitet und sind bereit. Ich gehe jetzt, aber die Kellner werden hier sein und sich um das Servieren und Auffüllen kümmern.«

»Klingt gut. Lassen Sie die Rechnung da, meine Assistentin wird Ihnen das Geld überweisen.« Coop stand auf, nahm ihr die Rechnung ab und trug sie zu ABs Schreibtisch hinüber.

»Huhu, Coop. Ich habe deine Sachen«, rief Camille, als sie an der Küche vorbeiging und die Tabletts mit den Vorspeisen betrachtete. »Oh, das Essen sieht köstlich aus.« Sie machte sich auf den Weg zum Empfangsbereich und nahm sich ein Getränk von einem der Tabletts. »Du ziehst dich besser um.« Ihr Blick schweifte in Richtung Küche und sie senkte ihre Stimme. »Deine Mutter tauchte auf, als ich gerade gehen wollte. Ich wusste nicht, was ich tun sollte, also habe ich sie mitgebracht. Sie ist in der Küche.«

»Unglaublich.« Er stieß einen lauten Atemzug aus. »Ich habe nicht die Geduld, mich mit ihr auseinanderzusetzen, und ich will sie nicht auf dieser Party haben.« Er schleuderte den Kleidersack über die Couch und stürmte in die Küche.

Er fand seine Mutter in denselben Jeans und demselben Shirt, die sie gestern getragen hatte, bei der Verkostung der Vorspeisen. Er fing ihren Blick auf und winkte sie zur Hintertür. »Ich wollte nur kurz vorbeischauen, aber Camille war auf dem Weg hierher. Ich wusste nicht, dass du eine Party gibst.«

»Ja, die ist für unsere Kunden. Wir machen das jedes Jahr.« Er hielt inne und sagte: »Ich dachte, du fährst nach Vermont.«

»Ich habe mit Ruben, meinem Freund, gesprochen. Er hat gesagt, dass er bis zum Tag nach Weihnachten zu tun hat, also habe ich Zeit, die ich totschlagen kann.«

»Ja, aber du musst sie woanders als hier totschlagen. Wir sind mit diesem Fall überfordert. Ich muss Überwachungsarbeit leisten und habe keine Zeit, auf dich aufzupassen. Wohin in Vermont fährst du?«

Sie ließ den Kopf hängen und betrachtete den Boden. »Es ist eine kleine Stadt außerhalb von Burlington.«

»Kommen rein, iss etwas und gib mir ein paar Minuten.«

Er schritt durch die Küche zurück, holte seine Kleidung und eilte in sein Büro.

Während er sich umzog, erklärte er Ben die Situation mit seiner Mutter. Ben meldete sich freiwillig, um Marlene zu beschäftigen, während Coop nach Flügen und Hotels suchte. Nach zehn Minuten und einem gewaltigen Loch in seinem Geldbeutel fand er einen Flug und buchte ein Zimmer in der Nähe des Flughafens in Burlington für seine Mutter.

Coop kam in einem dunklen Anzug und mit roter Krawatte aus seinem Büro. Er erblickte seine Mutter, die mit einem Teller Snacks und einem Getränk in der Hand noch immer mit Ben sprach. Sie sah Coop und sagte: »Du siehst gut aus. Dein Freund Ben hat mir Gesellschaft geleistet.«

Er murmelte Ben seinen Dank zu und wandte sich an seine Mutter: »Komm mit in mein Büro! Ich habe ein paar Informationen für dich.« Sie folgte ihm, er öffnete die Tür und fügte hinzu: »Ich muss Gus hier drin behalten, also lass ihn nicht raus!«

Er zog ihr einen Stuhl heran.

»Wow, du hast ein tolles Büro.«

Er blieb stehen und reichte ihr ein Stück Papier. »Hier ist die Bestätigung für einen Flug und die Hotelinformationen für dich in Vermont. Ich habe für dich bis Heiligabend bezahlt. Der Flug geht in ein paar Stunden. Ich habe ein Taxi bestellt, es wird bald hier sein.«

Sie sah sich die Informationen an. »Das muss ein Vermögen gekostet haben.«

»Betrachte es als Weihnachtsgeschenk.«

»Das ist sehr großzügig. Ich danke dir.« Sie schaute wieder auf das Papier. »Es tut mir leid, weißt du?« Coop schürzte seine Lippen und schwieg. »Wie auch immer, ich gehe jetzt besser. Danke für … alles.« Er schritt zur Tür und öffnete sie für sie.

Als sie aus seinem Büro traten, kam AB in einem umwerfenden roten Spitzenkleid um die Ecke. Als Coop sie sah, weiteten sich seine Augen und sein Mund blieb offen stehen. »Hey, Leute«, sagte sie. »Sieht aus, als hätte der Caterer alles unter Kontrolle.«

Camille sagte: »Du siehst wunderschön und festlich aus in diesem Kleid. Nicht wahr, Jungs?«

Ben stand auf und umarmte AB. »Du siehst unglaublich aus, AB. Frohe Weihnachten.«

»Das ist ein umwerfendes Kleid«, sagte Marlene und lächelte.

»Oh, hallo, Marlene. Ich wusste nicht, dass du hier bist«, sagte AB und suchte in Coops Gesicht nach einem Anhaltspunkt.

Marlene warf einen Blick auf Coop: »Ich wollte mich nur verabschieden. Ich fahre heute Abend nach Vermont.«

»Wie wunderbar. Ich hoffe, du hast ein frohes Weihnachtsfest. Es sollte zumindest weiß sein«, sagte AB mit einem nervösen Lachen.

Coop sah das Taxi vor der Tür halten und holte Marlenes Koffer. Sie verabschiedete sich von ihm, während er ihn nach draußen trug. Sie stieg hinten in das Taxi ein und er reichte dem Mann mehrere Scheine. »Gute Fahrt!«

Sie lächelte und sagte: »Frohe Weihnachten, Cooper. Nochmals vielen Dank.«

Er nickte und klopfte mit der Handfläche auf das Dach des Taxis, um dem Fahrer ein Zeichen zu geben. Er beobachtete ihn, bis er um die Ecke des Blocks bog. Er atmete tief durch und spürte, wie sich die Schwere in seinen Schultern verringerte. Er schlenderte zurück zur Veranda und fühlte sowohl Erleichterung als auch Traurigkeit.

AB wartete auf ihn und verschränkte die Arme vor dem Körper. »Bist du okay?«

»Ja, ich komme schon klar.« Er umarmte sie fest. »Du zitterst ja.« Er öffnete ihr die Tür und sagte: »Es war ein langer Tag, lass uns unsere Party genießen!«

Als sie eintraten, kam ein Kellner mit einem Tablett voller Getränke vorbei, und Coop griff nach einem *Arnold Palmer*. Er nahm ein paar Schlucke und sagte: »Übrigens, du siehst absolut hinreißend aus, AB.«

»Vielen Dank, Coop.« Sie lächelte und richtete seine Krawatte. »Es wird alles gut.«

Er nickte. »Ja ... ich weiß.« Er blickte auf und sah Madison durch die Eingangstür kommen.

»Frohe Weihnachten«, sagte sie. »Ich weiß, ich bin zu früh. Ich habe heute Abend die erste Schicht, aber ich wollte mir die Party ansehen und etwas zu essen klauen.« Sie lachte und gab Coop und AB auf dem Weg in die Küche eine Umarmung.

Je näher es auf fünf Uhr zuging, desto mehr Leute kamen durch die Tür. Unter den Klängen weihnachtlicher Musik erfüllten Lachen und Gespräche das Haus. Unter die Kunden mischten sich mehrere Polizisten und Kriminalbeamte sowie Anwälte und Gerichtsmitarbeiter.

Die Leute gingen ein und aus, unterhielten sich, aßen und tranken. Coop behielt die Tür im Auge und versuchte, die Leute zu begrüßen, wenn sie kamen. Es war kurz vor acht Uhr und die Gäste wurden weniger, als Hildie durch die Vordertür kam. Sie trug immer noch ihre Arbeitskleidung und seufzte, als sie sich im Raum umsah.

Coop machte sich auf den Weg zu ihr und begrüßte sie mit einer Umarmung. »Ich bin so froh, dass Sie vorbeigekommen sind, Hildie.« Er führte sie zum Sofa und fragte: »Möchten Sie einen Drink?«

»Sehr gern. Ja, bitte.« Coop fiel einem der Kellner ins Auge, der ein Tablett mit Vorspeisen präsentierte und

Hildies Getränkebestellung aufnahm. Sie aß eine Mini-Quiche und sagte: »Tut mir leid, dass ich so spät komme. Ich bin gerade von der Arbeit gekommen. Habe ich Martha verpasst?«

»Ich fürchte, ja. Sie kam mit meiner Tante Camille, aber sie ist vor etwa einer Stunde gegangen.«

»Natürlich. Ich wollte eigentlich schon viel früher hier sein, aber ich musste noch ein dringendes Projekt für den Richter zu Ende bringen.« Sie lehnte sich gegen die Couch und stieß einen Seufzer aus.

»Ein langer Tag, was?«

»Ja. Ich bin jetzt offiziell im Urlaub. Richter Hunt brauchte mich, um sich um die Finanzen seiner Stiftung zu kümmern, bevor ich abreise.« Der Kellner kam mit ihrem Drink zurück und sie nahm einen großen Schluck. »Ah, das ist genau das Richtige nach dem Nachmittag, den ich erlebt habe.«

»Es ist gut zu wissen, dass Richter Hunt so menschenfreundlich ist, also war all Ihre harte Arbeit für eine noble Sache.«

»Oh, er ist sehr großzügig. Er finanziert seine Stiftung seit über zwanzig Jahren.«

»Das ist eine langfristige Verpflichtung. Gut für ihn. Wie lange arbeiten Sie schon für ihn?«

»Im Grunde meine gesamte Karriere. Ich habe mit ihm in seiner Kanzlei gearbeitet und er hat mich mitgenommen, als er den Richterstuhl übernommen hat. Er ist ein anständiger Mann und ein ausgezeichneter Richter.«

»Sie gehen also mit ihm, wenn er die Stelle am Berufungsgericht bekommt?«

Sie nickte, während sie einen weiteren Schluck trank. »Das ist der Plan. Ich denke, er hat gute Chancen, und ich bin bereit für etwas Neues. Deshalb nehme ich mir jetzt zwei

Wochen frei. Wenn er die Ernennung erhält, werde ich mit dem Umzug beschäftigt sein.«

»Tut mir leid, dass Sie einen miesen Tag hatten, aber ich bin froh, dass Sie die Zeit gefunden haben, vorbeizukommen.« Coop lächelte und nahm einen Schluck von seinem Getränk.

»Normalerweise kümmere ich mich um die Zahlung der Stipendien schon Anfang Dezember, um Stress wie den heutigen zu vermeiden.« Sie hob die Augenbrauen und nahm einen weiteren Schluck. »Richter Hunt hatte beschlossen, die Stipendien für das kommende Jahr auszusetzen, aber heute hat er seine Meinung geändert. Also habe ich den Nachmittag damit verbracht, nicht nur meinen Schreibtisch für den Urlaub aufzuräumen, sondern auch zu versuchen, die Studenten in den Schulen ausfindig zu machen, damit ich die Gelder überweisen kann.«

AB klopfte Coop auf die Schulter. »Leland will gehen. Vielleicht willst du dich von ihm verabschieden.«

Coop stand auf. »Danke, ja, ich muss mit ihm reden. Das ist Hildie aus dem Büro von Richter Hunt. Hildie, das ist meine rechte Hand, Annabelle. Sie ist hier der wahre Boss. Ich bin gleich wieder da.«

Hildie bot ihre Hand an und AB schüttelte sie. »Freut mich, Sie kennenzulernen, und alle nennen mich AB.«

»Was für ein wunderschönes Kleid. Ich komme leider direkt von der Arbeit.« Hildie öffnete ihre Hände. »Das ist es also, was ich anhabe. Wenn ich nach Hause gegangen wäre, um mich umzuziehen, hätte ich es nicht mehr hierher geschafft.«

»Viele Leute sind von der Arbeit gekommen. Machen Sie sich nichts draus! Coop und ich machen uns gerne schick für die Party, schließlich sind wir die Gastgeber.«

»Sie arbeiten schon lange hier?«

AB nickte und lächelte. »Schon seit dem College. Coop und ich haben beide hier für seinen Onkel gearbeitet, als wir auf die Vanderbilt gingen. Als Onkel John starb, hat Coop die Detektei übernommen.«

Tante Camille schlenderte vorbei und AB stellte ihr Hildie vor. Als Camille von Hildies Arbeit im Gericht erfuhr, ließen sie sich auf dem Sofa nieder und begannen ein Gespräch über ihre gemeinsame Freundin Martha. AB überließ Camille dem Besuch und wies das Catering-Personal an, mit dem Putzen und Packen zu beginnen, da nur noch eine Handvoll Gäste übrig war.

Nachdem er sich von dem letzten Gast verabschiedet hatte, befreite Coop Gus aus dem Büro und nahm das Gespräch mit Hildie wieder auf. Tante Camille war von zu vielen Cocktails beschwipst und nickte immer wieder ein, während sich die vier unterhielten. AB hob die Augenbrauen zu Coop und sagte: »Ich fahre sie nach Hause. Ich hatte nur einen Drink vor vier Stunden.«

»Danke, AB. Ich werde mit ihrem Auto nach Hause fahren und meinen Jeep über Nacht hier lassen.«

Hildie stand auf und sagte: »Ich will Sie nicht aufhalten.« Sie nahm ihre Handtasche.

»Nein, bleiben Sie sitzen. Ich bin nicht in Eile«, sagte Coop. Die Caterer stellten ein Tablett mit ein paar Vorspeisen und Desserts auf den Couchtisch. »Sie können mir helfen, das Essen zu vernichten.«

Camille wünschte ihnen eine gute Nacht und nahm ABs Arm, als sie aus dem Zimmer und zur Hintertür hinaus torkelte. »Wir sehen uns morgen früh«, rief AB, als sie die Tür schloss.

Hildie trank ihren Drink aus. »Ich sollte jetzt auch gehen. Ich fliege morgen Nachmittag über die Feiertage nach Denver.«

»Klingt nach dem perfekten Ort für weiße Weihnachten. Haben Sie dort Familie?«

Sie nickte. »Meine Schwester und mein Bruder. Der ganze Clan versammelt sich dieses Jahr dort. Deshalb war ich heute auch so frustriert. Ich hatte gehofft, mich ein bisschen früher hinauszuschleichen, aber mit dem ganzen Trubel um die Stiftung sind meine Hoffnungen auf einen ruhigen Nachmittag geschwunden.«

»Ich bin froh, dass Sie sich die Zeit genommen haben, heute Abend vorbeizukommen. Vielleicht können wir uns nach dem Jahreswechsel treffen.«

Sie lächelte und holte eine Karte und einen Stift aus ihrer Handtasche. Nachdem sie die Rückseite beschrieben hatte, reichte sie sie Coop. »Hier sind meine Handynummer und meine Privatnummer. Ich werde im Januar wieder arbeiten. Rufen Sie mich an, wenn Sie sich einmal abends nach der Arbeit treffen wollen.«

Er ließ die Karte zwischen seinen Fingern hin- und herschnippen und holte eine eigene hervor. Er schrieb alle seine Kontaktdaten darauf und drückte sie ihr in die Hand. »Ich freue mich schon darauf.« Er hielt ihren Mantel, und sie schob ihre Arme hindurch. Gus hob den Kopf und warf ihnen einen fragenden Blick zu.

# KAPITEL VIERZEHN

Der unerwartete Besuch seiner Mutter half Coop nicht bei seiner Schlaflosigkeit. Er ließ seine Augen ruhen, aber schlief in der Nacht zum Freitag nicht. Stattdessen ließ er die Begegnung noch einmal Revue passieren und schwankte dabei zwischen Wut und Traurigkeit. Nach der Party hatte er Jack eine SMS geschickt und gefragt, ob er mit ihm reden könnte. Obwohl es an der Westküste schon nach Mitternacht war, rief Jack ihn zurück.

Coop erzählte ihm von Marlenes Besuch und ihrer neuesten traurigen Geschichte. Im Laufe der Jahre hatte Jack ihr auch Geld geschickt, wenn sie ihn wegen einer ihrer hoffnungslosen Situationen angerufen hatte. Sie waren sich einig, dass es kein Problem wäre, wenn Geld die Situation tatsächlich verbessern könnte. Nach ein paar Lachern hellte sich Coops Stimmung auf. Keiner von ihnen war gut darin, über seine Gefühle zu sprechen. Jack konzentrierte seine gesamte Energie auf seine Frau und seine Familie. Coop hatte nicht den Luxus eines häuslichen Lebens und nutzte die Arbeit als Ablenkung, um die emotionalen Wunden, die ihm seine Mutter zugefügt hatte, zu verarbeiten.

Coop war froh zu wissen, dass sein Vater während der Feiertage bei Jack und seiner Familie sein würde. Coop versprach Jack, dass er ihn im kommenden Jahr besuchen würde. Sie wünschten sich ein frohes Weihnachtsfest und beendeten die Verbindung nach über einer Stunde. Er starrte auf das Telefon und lächelte, als er die besten Momente des Gesprächs mit Jack noch einmal Revue passieren ließ, was seine Laune verbesserte.

———

Am Samstagmorgen traf Coop AB im Büro. Er kam mit einem Frühstück in Tüten von *Peg's*. Ben setzte sich zu ihnen, um seine Pfannkuchen zu essen und Callies Fall zu besprechen. »Vom Postgeschäft gibt es noch nichts zu Neues. Ross ist gerade dort«, sagte Coop.

»Keine Antwort auf die E-Mail oder die Nachricht, die Kate Featherstone hinterlassen hat«, fügte Ben hinzu.

»Wir haben eine gefälschte Anfrage an die E-Mail-Adresse von der Website geschickt und um weitere Informationen über den Verein und die bevorstehende Veranstaltung gebeten, aber noch keine Antwort erhalten«, sagte AB.

»Kate und Jimmy haben die Finanzen der Logans noch einmal überprüft. Es gibt keine Kredite für die ausgefallenen Spielzeuge im Haus. Sie gehören ihnen, und es sieht so aus, als hätten sie sie zum Zeitpunkt des Kaufs vollständig bezahlt. Entweder mit Scheck oder in bar.«

Coop wölbte die Augenbrauen. »Wow, das ist eine Menge Geld.«

Ben nickte. »Ja, sie zahlen jeden Monat Bargeld auf ihre

Giro- und Sparkonten ein. Immer weniger als fünftausend, sodass bei der Bank kein Aufsehen erregt wird.«

»Veruntreuung?«, fragte AB.

»Kate und Jimmy sondieren die Möglichkeit, aber die Frau hat bei ihrer Arbeit keinen Kontakt mit Geld. Als Geschäftsführer des Ladens hätte Mr. Logan Zugang gehabt. Wir haben einen forensischen Buchhalter darauf angesetzt, der sich die Geschäftsunterlagen ansieht.«

»Könnte ein Mordmotiv sein, wenn er etwas gestohlen hat«, sagte Coop.

Ben zuckte mit den Schultern. »Er hat sein ganzes Berufsleben lang für dieselbe Firma gearbeitet. Sie lieben ihn und haben nur Positives über ihn zu sagen. Ich denke, die Chance ist gering. Der Besitzer sagte, dass es bei den Finanzen des Ladens nichts Verdächtiges gegeben hat.«

»Was ist mit den Stipendien? Es ist ungewöhnlich, dass alle Kinder Stipendien erhalten.«

»Kate und Jimmy konnten gestern niemanden in den Schulen erreichen, und jetzt sind Weihnachtsferien. Sie werden versuchen, die Leute zu Hause zu erreichen, aber ich bin nicht sicher, wie schnell das gehen wird. Die Jungs gehen auf die Camden Academy, wie ihr Vater.«

»Ich werde die Zeitungen aus der gemeinsamen Schulzeit von Hunt und Logan durchforsten und nach einer engeren Verbindung suchen, als sie in den Jahrbüchern der Schule zu finden ist«, sagte AB und holte die Frühstücks-Schachteln vom Tisch.

Ben sah auf seine Uhr. »Und noch etwas, das Wegwerfhandy von Featherstone wurde nur von anderen Wegwerftelefonen angerufen und nur solche Anrufe entgegengenommen.« Er legte eine Kopie der Telefondaten auf den Tisch. »Nicht viel, um vorwärtszukommen.«

Coop fingerte in den Papieren und sagte: »Ich habe heute Nachtschicht. Ich rufe dich an, wenn sich etwas tut.«

»Wir schließen morgen Nachmittag über Weihnachten. Ich werde telefonisch erreichbar sein, aber wenn ich diese freien Tage vermassle, werde ich in die Hundehütte verbannt. Für immer.«

»Genieße die Zeit mit deiner Familie. Wir werden dich auf dem Laufenden halten und mit Kate und Jimmy zusammenarbeiten, wenn wir etwas herausfinden.«

»Ich hasse es, diesen Fall aufzugeben, aber Jen gab mir diesen gewissen Blick, als ich erwähnte, dass ich viel zu viel Arbeit hätte.«

»Ich kenne ihren Blick. Sei vorsichtig, Mann!« Coop grinste und klopfte Ben auf den Rücken. »Richte ihr frohe Weihnachten von mir aus!«

Nachdem Ben gegangen war, beendete AB ihre Suche im Internet und beschloss, für weitere Nachforschungen in die Bibliothek zu gehen. Coop konzentrierte sich auf die Daten der Wegwerftelefone und zeichnete die Zeiten der Anrufe auf dem Whiteboard auf. Er suchte vergeblich nach Hinweisen auf die Identität einer der Wegwerfnummern.

Er rief Kate an und fragte sie, ob die Techniker versuchen könnten, den Standort von Featherstones Wegwerfhandy einzugrenzen, wenn er Anrufe tätigte. »Ich weiß, dass es einige Zeit dauern wird, aber ich denke, er ist die Verbindung zu dieser ganzen Sache.« Sie sagte zu, die Anfrage zu bearbeiten.

»Werden alle Nummern, die mit Featherstones Wegwerfhandy verbunden sind, verfolgt?«

»Ja. Ben schickt sie uns, sobald er die Daten vom Telefon erhalten hat. Wir haben sie alle aufgespürt und zurückverfolgt. Das Problem ist, dass sie nur kurz eingeschaltet werden, um den Anruf zu tätigen, und dann wieder ausgeschaltet werden. Wir vermuten, dass sie die Batterien entfernen. Das macht es schwer, daran zu kommen.«

Als Coop am späten Nachmittag nach Hause fuhr, rief er AB an, um nach ihr zu fragen. »Ich gehe immer noch die Sachen in der Bibliothek durch. Das braucht Zeit. Ich melde mich bei dir, wenn ich fertig bin.«

Coop machte vor seiner Schicht ein kurzes Nickerchen. Er ließ Gus bei Camille zu Hause und nahm seine Kühlbox mit, die mit Proviant für seine zwölfstündige Überwachung gefüllt war. Er hatte einen Freund im Datenkabelgeschäft, der Coop einen seiner Lieferwagen für seine Überwachungsarbeit zur Verfügung stellte. Er parkte seinen Jeep auf dem Parkplatz des Hilton und ging zu dem Lieferwagen, der auf der anderen Straßenseite des Postgeschäfts stand.

Madison saß darin und öffnete ihm die Seitentür. »Noch nichts passiert, was?«, fragte er. Sie trugen beide khakifarbene Hosen und Polohemden, darüber Jacken mit dem aufgestickten Namen der Kabelfirma.

Sie gähnte. »Nicht das Geringste. Ein paar Leute sind heute hineingegangen, aber niemand hat sich Featherstones Postfach genähert. Ich habe vorsichtshalber Fotos von allen gemacht.« Sie deutete auf die Kamera, die mit einem langen Objektiv auf den Laden gerichtet war. »Ben hat uns einen Parkausweis besorgt, und der liegt auf dem Armaturenbrett. Bis jetzt hat uns noch niemand belästigt.«

»Gute Arbeit. Hoffentlich geht das nur noch ein paar Tage so.«

Sie zeigte auf einen Stapel Kissen und Decken. »Die wirst du nachts brauchen. Es ist kalt. Wir haben eine Kamera installiert, die alles aufnimmt, wenn die Natur ruft. Wir überprüfen sie, wenn wir zurückkommen, aber bis jetzt ist noch nichts passiert.« Sie zeigte ihm die zweite Kamera, die auf dieselbe Stelle gerichtet war.

»Okay, verstanden. Ruh dich aus und wir sprechen uns morgen.« Coop ließ sie hinaus und schloss die Tür ab.

Er ließ sich auf einem Stuhl nieder. Die Leute liefen auf dem Bürgersteig auf und ab, aber keiner von ihnen betrat das Haus oder zeigte Interesse an den Postfächern. Sein Telefon piepte mit einer SMS von AB, in der sie ihm mitteilte, dass sie zu Hause war und sich morgen früh bei ihm melden würde. Zu dieser Jahreszeit wurde es früh dunkel, aber die Straßenlaternen beleuchteten die Gegend und gaben ihm einen guten Blick auf den Eingang.

Während er aus dem Fenster schaute, gingen ihm die Fakten des Falles durch den Kopf. Er sah sich das Whiteboard an und überprüfte noch einmal, was sie wussten. Er aß einen Snack und stellte die Kamera ein, bevor er sich auf den Weg zur Herrentoilette im Hilton machte.

Er setzte sich eine Baseballkappe auf und schaute aus dem getönten Fenster, das so dunkel war, dass es wie Einwegglas aussah, bevor er aus dem Wagen sprang. Er eilte zu seinem Ziel, wobei er die Tür des Ladens im Auge behielt, bis sie aus seinem Blickfeld verschwand. Innerhalb weniger Minuten war er wieder auf der Straße und kletterte in den Lieferwagen. Er überprüfte das aufgezeichnete Filmmaterial und war erleichtert, dass keine Aktivitäten zu sehen waren.

Es war kurz vor Mitternacht, als sein Telefon wieder piepte. Er kniff die Augen zusammen, als er die Nachricht las. Sie war von seiner Sicherheitsfirma. Nachdem AB vor ein paar Monaten im Büro überfallen worden war, hatte er auf ein System mit einer Benachrichtigungskomponente umgestellt. Das System ermöglichte es ihm, das Geschehen im Büro live zu überwachen. Es aktivierte Kameras und zeichnete die Aktivitäten auf, während er alle Vorgänge von seinem Telefon aus verfolgen konnte.

Er aktivierte die Aufnahmekamera im Wagen, während er sich auf sein Telefon konzentrierte, und sah, wie ein Mann in einem dunklen Kapuzenpulli und einer dunklen Hose durch das Büro ging. Er stand an ABs Schreibtisch und wühlte in den Papieren. Coop konnte seinen Blick nicht vom Bildschirm nehmen, als er beobachtete, wie die dunkle Gestalt in sein eigenes Büro ging.

Er sah, wie er die Oberseite des Konferenztisches absuchte, und beobachtete dann, wie er das Whiteboard betrachtete, und sah dann einen Lichtblitz. Der Kapuzenmann machte mit seinem Telefon ein Foto von der Tafel. Coop drückte auf die Tasten seines Telefons und hielt es an sein Ohr. »Ben, ich bin's. Ich habe gerade eine Sicherheitsmeldung von den Bewegungsmeldern im Büro erhalten. Jemand ist gerade in meinem Büro. Er trägt eine dunkle Hose und einen dunklen Kapuzenpulli. Ich kann sein Gesicht nicht erkennen und er trägt Handschuhe.« Er nickte und sagte: »Okay, ich bin bei dem Postgeschäft. Ruf mich an, sobald du kannst.«

Er drückte eine weitere Taste und schaute wieder auf den Bildschirm. Er blickte immer wieder zum Eingang des Ladens und versuchte, beides zu beobachten. Er sah den Mann und bemerkte, wie seine behandschuhten Hände die Papiere auf seinem Schreibtisch durchsuchten und Schubladen öffneten.

Es kostete Coop all seine Selbstbeherrschung, im Wagen zu bleiben und nicht in sein Büro zu fahren. Er wollte diesen Idioten mit dem Kapuzenpulli in die Finger kriegen, am liebsten am Hals. Coops Herz pochte in seiner Brust und sein Bein wippte, als er das Geschehen beobachtete. Er wusste, dass Ben Einheiten losschicken würde und die logischerweise vor Coop im Büro eintreffen würden, aber das änderte nichts an seinem Wunsch, dorthin zu eilen.

Er beobachtete, wie der Mann durch das Büro ging, an dem Alarmpad anhielt und sich durch die Hintertür hinausschlich. Er verfolgte ihn auf dem Bildschirm, bis er den Rand des Grundstücks erreichte und aus der Reichweite der Kamera entwich. Coop ließ seine Finger über den Bildschirm gleiten und rief Ben an, um ihm ein Update zu geben.

»Die Einheiten sind weniger als eine Minute entfernt«, sagte er, während die Sirene seines Wagens heulte. »Ich bin auf dem Weg, aber mindestens zehn Minuten entfernt.«»Sucht außerhalb des Hauses. Er ging in Richtung Westen, als er außer Reichweite war. Er ist etwa eins achtzig groß, stämmig gebaut, schwarze Schuhe.«

»Ich rufe dich zurück, sobald ich mehr weiß«, sagte Ben.

Coop rief AB an, um sie über den Stand der Dinge zu informieren, während er den Laden beobachtete und auf ein Update von Ben wartete. Nach einer längeren Diskussion und ABs Hartnäckigkeit stimmte Coop zu, dass sie ins Büro ginge. »Warte auf Ben und schnüffle nicht in der Nachbarschaft herum. Warte in deinem Auto, bis du mit der Polizei gesprochen hast. Geh nirgendwo alleine hin. Wir wissen nicht, was dieser Idiot tun wird.«

»Ich werde die Videodateien des Systems an Ben schicken, damit seine Techniker versuchen können, sie so gut wie möglich zu analysieren. Außerdem möchte ich prüfen, ob etwas fehlt.«

Coop stieß einen Seufzer aus. »Ich habe nur gesehen, wie er ein Foto vom Whiteboard gemacht hat. Ich habe nicht gesehen, dass er irgendwelche Papiere gestohlen hat.« Er konzentrierte sich weiter auf den Laden. »Versprich mir, dass du mich anrufst, sobald du dort bist.«

»Ich verspreche es. Soll ich Ross anrufen, damit er dich früher ablöst?«

»Nein, lass ihn schlafen! Wenn wir ihn brauchen, werden wir ihn später anrufen.«

Coop legte auf und kehrte zu seiner Nachtwache zurück. Ein paar Minuten später rief Ben an. »Wir haben ihn noch nicht gefunden. Wir gehen von Block zu Block. Die Gegend ist ein reines Wohngebiet, also gibt es keine Kameras, bis wir ein paar Blocks weiter sind. Ich habe nicht viel Hoffnung. Er könnte ein Auto versteckt haben und weggefahren sein, bevor wir hier ankamen.«

»Verdammt! Ich kann es kaum erwarten, diesen Clown in die Finger zu bekommen.« Er hielt inne, um Ben den Funk im Hintergrund hören zu lassen. »AB ist auf dem Weg ins Büro. Sie hat darauf bestanden. Ich habe ihr gesagt, dass sie nicht ohne die Polizei hineingehen soll.«

»Verstanden. Ich sage den Beamten am Tatort Bescheid. Wir sprechen uns später.«

Coop lehnte sich mit dem Rücken gegen den Stuhl und atmete aus. Sein Gehirn filterte mögliche Verdächtige für den Einbruch heraus. *Nur der Schuldige würde sich für das interessieren, was wir wissen. Wir haben am richtigen Baum gerüttelt, und jemand ist besorgt. Das muss Featherstone sein.*

Coop dachte über seine Schlussfolgerung nach und beobachtete den Laden weiter. Er holte ein *Arnold Palmer* aus der Kühlbox und trank die Hälfte der Flasche in einem Zug aus. »Featherstone ist mit Richter Hunt verbunden. Irgendwie«, murmelte er.

Er sah auf die Uhr und stellte seufzend fest, dass er noch vier Stunden vor sich hatte. Die Zeit verging im Tempo eines erschöpften Faultiers. Coop stand auf und streckte sich, er sehnte sich nach einem Spaziergang, um seine aufgestaute Energie loszuwerden. Er schritt die Länge des hinteren Teils des Wagens ab, was weniger als zwei Schritte waren, und kehrte zum Fenster zurück. Gebeugt prüfte er die Aussicht und sah einen Mann in einem dunklen Kapuzenpulli, der mit einem Schlüssel die Tür öffnete.

Er kletterte auf seinen Sitz, schaltete die Überwachungskamera ein und schaute durch das Okular. Ein Foto nach dem anderen löste aus, aber er konnte nur seinen Hinterkopf sehen. Dunkle Hose, schwarze Sportschuhe, dunkler Kapuzenpulli, Handschuhe. »Unglaublich«, flüsterte er, während er weiter Aufnahmen machte. Coop beobachtete, wie der Mann sich der Rückwand näherte und einen Schlüssel in Featherstones Postfach steckte. Er holte zwei Umschläge heraus und steckte sie in seinen Kapuzenpullover. Er drehte sich um und hielt seinen Kopf gesenkt. Coop sah, dass er eine Baseballkappe unter der Kapuze trug, deren Krempe sein Gesicht verdeckte.

Coop schnappte sich sein Handy und hielt es so hoch, dass er das Display und den Mann sehen konnte, und wählte Ben an, während er auf den Knopf der Kamera klickte. »Ich habe einen Mann in einem dunklen Kapuzenpulli, der gerade das Postgeschäft betreten und Featherstones Post abgeholt hat. Es sieht aus wie derselbe Mann, den ich auf dem Video in meinem Büro gesehen habe.«

»Was?«, rief Ben, und dann hörte Coop, wie sein Freund Einheiten zu Coops Standort dirigierte. »Ich habe Einheiten losgeschickt und bin auf dem Weg. Bist du sicher?«

»So sicher, wie ich sein kann. Ich kann sein Gesicht nicht erkennen, aber die Statur und die Kleidung passen. Er geht zur Tür hinaus. Ich werde ihm folgen.«

»Sei vorsichtig, Coop! Lass ihn dich nicht sehen.«

Coop trennte die Verbindung und steckte das Mobiltelefon ein. Er öffnete die Seitentür und achtete darauf, sie möglichst geräuscharm zu schließen. Er zog seine Baseballkappe tief ins Gesicht und ging die Straße entlang, gegenüber von seinem Verdächtigen.

Er beobachtete den Mann, dessen Blick nicht vom Bürgersteig wich, dabei, wie er die Straße in Richtung Hilton hinunterging. Coop behielt den Mann mit dem Kapuzenpulli im Blickfeld und schlängelte sich langsam vorwärts, um hinter ihm zu bleiben. Der Mann kam an eine Kreuzung, zögerte einen Moment am Bordstein und überquerte die Straße, ohne auf Grün zu warten.

Coop beschleunigte seine Schritte und beobachtete, wie der Mann das Hilton-Gelände betrat. Die dunkle Gestalt umkreiste das Gelände und machte sich auf den Weg zu den Selbstparkern. Coop folgte ihr, wobei er auf der anderen Straßenseite Abstand hielt.

Der Mann, der in seiner dunklen Kleidung fast unsichtbar war, hielt sein Tempo bei und schlängelte sich im Zickzack durch die geparkten Autos. Coop sah, wie der Mann sich die behandschuhte Hand an die Seite seines Kopfes hielt.

Coop holte sein Handy aus der Tasche und drückte auf Bens Symbol. »Unser Mann ist gerade auf dem Parkplatz des Hilton und telefoniert.«

»Verstanden. Die Einheiten sind etwa eine Minute entfernt.«

Der Mann mit dem Kapuzenpulli sprintete durch die letzten Reihen von Autos auf den Bürgersteig. Eine dunkle Limousine hielt an, und der Mann öffnete die Tür und sprang auf den Beifahrersitz.

Coop erreichte den Bürgersteig, als sich das Auto vom Bordstein löste. Er schaute nach dem Nummernschild. »Verdammt, verdammt, verdammt.«

Er griff nach seinem Telefon. »Er ist gerade in einen

neueren dunkelblauen Toyota gestiegen, viertürig. Keine Nummernschilder, dunkle Fenster. Sie fahren auf dem Broadway nach Osten.« Er hörte das Knistern des Funkverkehrs und Bens Stimme, die die Informationen von Coop übermittelte.

»Ich rufe dich gleich mit einem Update zurück.«

»Ich gehe zurück zum Wagen und hole die Kameras. Ich bin im Büro, falls du mich brauchst«, sagte Coop.

Er joggte zurück zum Überwachungswagen und baute die Ausrüstung ab, bevor er zum Parkplatz eilte, um den Jeep zu holen. Das Büro war hell erleuchtet, als er dort ankam.

Als er die Tür öffnete, roch er den frischen Duft von Kaffee. Im Empfangsbereich standen zwei Polizisten mit AB. »Coop, du bist schon zurück?«

»Ja, der Typ kam zum Postfach. Ich glaube, es war derselbe Kerl, der heute Abend ins Büro eingebrochen ist.«

»Der Mann hat den Alarm ausgeschaltet und beim Verlassen des Büros wieder eingeschaltet«, sagte einer der Beamten.

Coop schüttelte den Kopf, stellte seine große Tasche ab und ließ sich auf das Sofa fallen. »Wir haben das System gerade aufgerüstet, um Manipulationen am Alarm zu verhindern.«

AB holte die Kameras aus der Tasche und machte sich daran, die Daten auf ihren Computer zu übertragen.

»Wir kommen hier schon zurecht, Leute. Ihr könnt gehen«, sagte Coop zu den Beamten.

»Chief Mason hat uns angewiesen, bis auf Weiteres einen Wagen bei Ihnen zu lassen. Wir werden draußen sein, wenn Sie uns brauchen.« Coop begleitete sie zur Tür und vergewisserte sich, dass sie hinter ihnen verschlossen war.

Er goss sich eine Tasse Kaffee ein und setzte sich wieder zu AB an ihren Schreibtisch. Sie zeigte ihm auf einem

Bildschirm die Sicherheitsaufzeichnungen aus dem Büro und auf dem anderen die Aufnahmen, die Coop aus dem Überwachungswagen gemacht hatte.

Sie beobachteten die Bildschirme, bis sie schwarz wurden. »Was denkst du, AB?«

Sie nickte. »Ich glaube, es ist derselbe Typ in beiden Videos.«

»Das habe ich Ben auch gesagt. Der Trottel ist gut darin, sein Gesicht zu verbergen.«

»Ich schreibe Ross und Madison eine SMS und sage ihnen, dass wir mit der Überwachung fertig sind, damit sie ihren Sonntag genießen können.«

Coop sah sich die Videos noch einmal an und beobachtete, wie sich der Kapuzenmann durch das Büro bewegte. Der Mann stand die meiste Zeit mit dem Rücken zur Kamera. Er hielt inne, um einen besseren Blick auf den Mann zu werfen, der das Tastenfeld der Alarmanlage manipulierte. Der Eindringling benutzte ein elektronisches Gerät, das er in seiner Tasche trug, um den Alarm zu umgehen. Der Mann mit dem Kapuzenpulli ging durch die Küche und erreichte den Schreibtisch von AB, wo er Papiere durchging und sich umschaute. Coop sah sich den Rest des Filmmaterials an und überprüfte, ob der Mann jemals seine Handschuhe auszog.

Der Kapuzenmann durchsuchte das Büro und den Schreibtisch von Coop. Coop verlangsamte das Video, als der Mann in seinem Büro war und ein Foto machte. Das Blitzlicht des Telefons war hell, aber es ermöglichte Coop einen besseren Blick auf das Gesicht des Mannes. Er sah nur Augen und Lippen. Der Mann trug eine dunkle Skimaske unter der Baseballmütze und einen Kapuzenpullover. Er war kein Risiko eingegangen.

Coop schlug mit der Hand auf ihren Schreibtisch. »Das

kotzt mich an!« Er stürmte durch die Vordertür, schritt durch den Hof und murmelte vor sich hin. Sein Handy klingelte und er sah, dass es Ben war. »Habt ihr den Kerl erwischt?«

»Nein. Wir haben den Wagen an der Anschlussstelle verloren. Die Highway Patrol fährt in diesem Moment die Freeways ab.«

»Verdammt! Ich dachte, er würde auf dem Parkplatz in ein Auto steigen. Ich hätte mit einem Fahrer rechnen müssen. Vielleicht können wir die Aufnahmen der Verkehrskameras zu Hilfe nehmen.«

»Kate ist wieder im Büro und arbeitet an den Aufzeichnungen. Wir besorgen uns Überwachungsvideos aus dem Hilton und von überall sonst, wo wir können. Wir werden ihn finden.«

»Wenigstens wissen wir, dass wir auf der richtigen Spur sind. Ein ziemlicher Aufwand, um etwas aus einem Postfach zu holen. Ganz zu schweigen von der Tatsache, dass AB und ich uns gerade die Aufnahmen aus meinem Büro und dem Postgeschäft nebeneinander angesehen haben. Es ist derselbe Mann.«

»Schick es an Kate, und sie wird die Jungs beauftragen, die Bilder zu analysieren.«

»AB schickt es raus. Außerdem handelt es sich nicht um einen gewöhnlichen Einbrecher. Er hatte irgendeine Vorrichtung, die meine brandneue, unüberwindbare Alarmanlage ausgeschaltet hat.«

»Du und AB solltet versuchen, euch etwas auszuruhen. Wir werden den Ort im Auge behalten.«

»Ja, deine Leute sitzen jetzt draußen. Danke, Ben. Wir sehen uns später.« Er legte auf und sah, dass er einen Anruf von Tante Camille verpasst hatte. Er stapfte die Treppe hinauf und ließ sich auf die Couch plumpsen. Er erwiderte ihren Anruf und lehnte seinen Kopf an ein Kissen, während er sich unterhielt.

Er beendete das Gespräch mit: »Klingt gut, Tante Camille. Ich bringe AB mit.«

Sie wandte sich von ihrem Bildschirm ab und warf ihm einen Blick mit hochgezogener Augenbraue zu. »Wohin bringst du mich mit?«

»Nach Hause. Mrs. Henderson hat ein riesiges Frühstück gemacht. Sie dachten, ich käme von meiner Schicht nach Hause, und wollten mich überraschen. Lass uns den Laden abschließen und etwas essen gehen.«

# KAPITEL FÜNFZEHN

Coop und Gus trafen AB am frühen Nachmittag im Büro, erfrischt von einer großen Mahlzeit, einem Nickerchen und einer Dusche. Trevor, der Mann, der Coop bei der Einrichtung des Sicherheitssystems unterstützt hatte, traf ein paar Minuten später ein.

Coop begrüßte ihn auf der Veranda mit einem Händedruck und Gus schlug mit dem Schwanz gegen die Holzplanken. Coop lenkte Trevor vom Haus weg, um mit ihm in der Nähe des Bürgersteigs zu sprechen. »Hey, Trevor, danke, dass du an einem Sonntag kommst. Wir hatten letzte Nacht einen Einbrecher, der unseren Alarm mit einem elektronischen Gerät umgangen hat. Ich möchte, dass du das Haus nach Abhörgeräten oder Kameras durchsuchst. Ich will sichergehen, dass er nichts zurückgelassen hat.«

Coop ließ Trevor arbeiten, während er und Gus im Empfangsbereich saßen. Er und AB hatten vereinbart, den Fall nicht zu besprechen, bis Trevor die Durchsuchung abgeschlossen hatte. Um alle Geräusche zu übertönen, legte

AB die Weihnachtslieder wieder auf und spielte sie im ganzen Haus.

Sie öffnete die Post, die sie aus dem Postamt geholt hatte, und druckte, nachdem sie die Zahlungen eingetragen hatte, ein Arbeitsblatt aus. Sie reichte ihm den Ausdruck, aus dem hervorging, dass bis auf zwei alle ausstehenden Rechnungen vollständig beglichen worden waren. Er gab ihr einen Daumen hoch. Gus konnte sich nicht zurückhalten und begann, Trevor durch das Büro zu folgen, wobei er sich ein Leckerli schnappte, mit dem AB versuchte, ihn zu locken, bei ihr zu bleiben.

Trevor kam aus Coops Büro und deutete mit einer Geste an, dass er etwas gefunden hatte. Er untersuchte den Rest des Gebäudes weiter und kam schließlich zu ABs Schreibtisch. Er deutete auf eine Pflanze in der Ecke neben ABs Schreibtisch und nickte mit dem Kopf. Trevor gab Coop ein Zeichen, ihm in Coops Büro zu folgen. Er zeigte Coop ein kleines Gerät hinter einem der gerahmten Drucke an der Wand neben seinem Schreibtisch.

Coop führte Trevor in den Garten und sah zu, wie er seinen Jeep und ABs Auto inspizierte. Trevor schüttelte den Kopf und zeigte an, dass beide sauber waren. »Soll ich die beiden in deinem Büro entfernen? Alles andere ist sauber. Nichts in den Telefonen, keine Kameras. Nichts an der Außenseite.«

»Hmm, lass mich darüber nachdenken! Wie weit können diese Mikrofone senden?«

»Die sind raffiniert. Sie haben eine SIM-Karte, und der Abhörer programmiert sie über eine Textnachricht an ein Handy. Die Technologie gibt dem Abhörer die Möglichkeit, von überall zuzuhören, und das Gerät sendet einen Alarm, sobald es durch eine Stimme aktiviert wird.«

»Was ist mit meinem Alarm? Der Kerl hat etwas benutzt, um ihn zu umgehen.«

Trevor schürzte seine Lippen und nickte. »Ja, wenn die Bösewichte genug Geld und Ressourcen haben, hält sie kein Alarm da draußen ab. Du hast eines der besten Systeme. Aber es dauert immer nicht lange, bis die Experten der kriminellen Welt alle Systeme knacken können. Die Guten müssen immer auf der Hut sein. Es war klug von dir, die Kameras installieren zu lassen, sonst hättest du nicht bemerkt, dass bei euch eingebrochen wurde.«

»Gut, dass ich dich angerufen habe«, sagte Coop und schüttelte angewidert den Kopf. Seine Augenbrauen hoben sich. »Ich muss mit Ben und AB sprechen und mir überlegen, wie wir die Wanzen zu unserem Vorteil nutzen können. Kannst du die Telefonnummer, mit der sie verbunden sind, herausfinden, ohne den Abhörer zu alarmieren?«

Trevor nickte. »Ich habe da eine Technologie«, sagte er grinsend. »Ich werde den Alarm jetzt wiederherstellen und dich darüber nachdenken lassen.«

Coop folgte Trevor zurück ins Büro und sagte: »AB, wie wäre es, wenn ich dich in der Bäckerei, die du so magst, zum Tee einlade? Ich könnte eine Pause gebrauchen.« Er deutete mit dem Kopf nach draußen und legte seine Finger an die Lippen.

»Backwaren kann ich nicht ablehnen. Klingt gut.« Sie ließ die Musik an und folgte ihm zur Hintertür hinaus, Gus auf ihren Fersen.

Als sie das Haus verlassen hatten, erklärte Coop, was Trevor gefunden hatte, und rief Ben mit seinem Handy an. Er erreichte seine Mailbox und hinterließ eine Nachricht. Coop sah auf seine Uhr. »Er sitzt schon im Flugzeug.«

»Ich frage mich, ob wir Featherstone mithilfe der Wanzen zu uns locken könnten«, überlegte AB.

»Daran habe ich auch schon gedacht. Wir könnten sagen, dass wir die Beweise gefunden haben, die wir brauchen, etwas Vages.«

»Das Büro abriegeln und den Kerl festnehmen, der die Beweise stehlen will?« AB nickte, als sie über die Idee nachdachte. »Lass uns in die Bäckerei gehen, während Trevor hier fertig wird. Ich will nicht in der Kälte herumstehen.«

Coop fuhr sie die kurze Strecke zu *Sugar Buns*. Gus klopfte mit dem Schwanz auf den Sitz und hechelte vor Aufregung. *Sugar Buns* war hundefreundlich, und Gus bekam immer ein paar Kürbis-Hundekekse, wenn sie dort waren.

Sie ließen sich an einem gemütlichen Tisch nieder, während Gus zu ihren Füßen saß und fleißig an seinen eigenen Leckereien knabberte. Nach ein paar Bissen von seinem Gebäck sagte Coop: »Ich habe vergessen, dir zu sagen, dass Ben sagte, sie hätten den Toyota von letzter Nacht gefunden. Er wurde auf dem Highway 40 abgestellt und von allen Fingerabdrücken befreit. Es gibt keine Kameras in der Gegend, also keine Möglichkeit herauszufinden, welches Fahrzeug sie abgeholt hat oder wie viele von ihnen im Auto waren. Er sagte, sie hätten die Fahrgestellnummer überprüft und den Besitzer gefunden, der noch nicht einmal wusste, dass sein Auto letzte Nacht gestohlen worden war.«

»Hört sich nach einer Sackgasse an, oder zumindest nach einer, die hartnäckig aufrechterhalten bleiben will«, sagte sie.

»Ja, sie suchen nach Kameras in der Gegend und untersuchen die Aufnahmen nach Fahrzeugen mit mehreren Insassen, aber das ist ein bisschen weit hergeholt. Nichts aus dem Wohngebiet, in dem der Toyota gestohlen wurde.«

Er sah auf die Uhr. »Ben wird uns erst in ein paar

Stunden anrufen können. Sie landen in Seattle gegen halb neun unserer Zeit.«

»Wir könnten uns bei Kate und Jimmy erkundigen und gemeinsam darüber nachdenken, Featherstone zu uns zu locken.«

Coop nickte und trank den letzten Schluck des Tees aus. »Ja, mal sehen, was wir uns einfallen lassen können. Ich will diesen Scheißkerl erwischen.«

Als sie wieder im Büro ankamen, wartete Trevor schon auf sie. Wie immer hatte er den Standort der Geräte mit seiner Videokamera dokumentiert, bevor er sein elektronisches Fachwissen eingesetzt hatte, um die Informationen auf der SIM-Karte zu entziffern. Er übergab einen schriftlichen Bericht über seine Erkenntnisse, eine Kopie der Videodokumentation und die mit den Geräten verbundene Telefonnummer. »Sie ist nicht registriert, also vermute ich, dass es sich um ein Wegwerfhandy handelt. Ruf mich an, wenn du sie entfernen lassen willst.«

Nachdem Trevor gegangen war, machten Coop und AB die Musik aus und schlossen das Büro, wobei sie laut zu erkennen gaben, müde zu sein und nach Hause zu gehen. Sie sammelten ihre Akten und Informationen ein und machten sich auf den Weg zu Tante Camille.

Sie war mitten in ihrem sonntäglichen Abendmahlsritual und überglücklich, als sie erfuhr, dass es einen weiteren Gast geben würde. Coop und AB richteten sich in Coops Arbeitszimmer ein. Er nahm seinen Stuhl hinter dem Schreibtisch ein und rief Kate an. Er informierte sie über die Ergebnisse von Trevors Arbeit.

»Ich werde diese Nummer auf die Liste derer setzen, die wir verfolgen, und sehen, was wir darüber herausfinden können. Ihr habt im Büro nichts gesagt, um die Bösewichte zu warnen, dass ihr die Wanzen gefunden habt, richtig?«

»Nein, wir waren vorsichtig. Bevor Trevor kam, haben AB und ich uns das Video angesehen und darüber gesprochen, dass es derselbe Typ am Postfach war, aber nicht über die Wanzen.«

»Gut. Eure Idee, eine Falle zu stellen, gefällt mir, aber wie wäre es, wenn wir das Telefon zurückverfolgen und zuschnappen, anstatt zu erzwingen, dass die zu euch kommen?«

»Klingt weniger gefährlich.«

»Ihr denkt euch einen Plan aus, damit sie weiter zuhören, und ich schicke euch eine SMS, sobald wir eine Spur haben.«

»Gib uns bis acht Uhr Zeit, dann sind wir wieder im Büro.«

»Übrigens, genau zu dem Zeitpunkt, als du Ben von dem Anruf des Kerls mit dem Kapuzenpulli erzählt hast, wurde eines der Wegwerfhandys aktiv. Er rief ein anderes Wegwerftelefon an, nicht das von Featherstone.«

»Das ergibt Sinn. Ich schicke dir eine SMS, wenn wir heute Abend im Büro sind.«

Er unterbrach die Verbindung und sah AB mit hochgezogenen Augenbrauen an. »Ich nehme an, wir stellen ihm heute Abend eine Falle?«

Er grinste. »Ja. Wir müssen uns ein Gespräch einfallen lassen, um ihn für ein paar Minuten in Schach zu halten.«

Sie überlegten sich mögliche Gesprächsthemen, um die Aufmerksamkeit der Täter zu bekommen, und nach einigem Hin und Her einigten sie sich auf einen Plan. »Das sollte genügen«, sagte Coop.

AB nickte und lächelte. »In der Zwischenzeit, zurück zum Thema.« Sie zog einen Notizblock aus dem Stapel von Akten, den sie auf der Couch platziert hatte. »Gestern habe ich Unmengen an Zeitungen durchforstet. Ich habe nach jeder Erwähnung der Camden Academy gesucht und Artikel über Sport und Schulaktivitäten gefunden. Logan und Hunt waren auf Gruppenfotos abgebildet wie auch im Jahrbuch. Es gab Artikel über Veranstaltungen und Spendenaktionen, und in einem Artikel ging es um die College-Zulassungsentscheidungen der Absolventen. Beide wurden während ihrer Zeit in Camden als Spitzensportler erwähnt. Es gab auch eine Serie über das Auslandsstudienprogramm in dem Jahr, als beide für ein Semester nach Europa gingen.«

»Klingt mondän.«

»Ja, keiner von beiden wurde erwähnt. Das einzig Interessante im Zusammenhang mit Mount Camden war der Tod einer jungen Frau, die 1980 bei einer Veranstaltung in der Schule arbeitete. Die Schule veranstaltete eine Tanzveranstaltung in Zusammenarbeit mit einer reinen Mädchenschule, und die Frau arbeitete für das Catering-Unternehmen. Sie ging spätabends nach der Arbeit auf der Straße spazieren und wurde von einem Autofahrer mit Fahrerflucht getötet. Das war, kurz bevor beide ihren Abschluss machten.«

»Irgendeine Verbindung zu unseren Jungs?«

Sie rümpfte die Nase. »Konnte keine finden. Der einzige Grund, warum ich darauf gestoßen bin, war die Suche nach dem Namen der Schule. In dem Artikel wurden keine Schüler genannt. Ich habe den Artikel in den Zeitungen verfolgt und nie gefunden, wie der Fall gelöst wurde. Sie war alleinerziehende Mutter eines Kleinkindes. Eine traurige Geschichte. Das ist das Einzige, was ich auf der negativen Seite gefunden habe, mit einer entfernten Verbindung zu Camden.«

»Sag Kate Bescheid und frage sie, ob sie nachforschen kann.« Ein Klopfen an der Tür unterbrach sie.

Camilles Gesicht zwängte sich in den Spalt, den sie geöffnet hatte. »Das Essen ist fertig, ihr zwei.«

Sie informierten Camille über die Überwachung und den Einbruch, während sie Hühnchen und Biscuits aßen. Camille quiekte auf und sagte: »Ich mache mir Sorgen um euch. Diese Ganoven klingen ausgesprochen gefährlich.«

»Wir kommen schon zurecht«, sagte Coop und streichelte beruhigend ihre Hand. »Wir lassen Gus hier bei dir. Mach dir keine Sorgen, wenn ich spät nach Hause komme.«

»Wir werden mit Kate in Kontakt bleiben und sie wird Einheiten in der Gegend haben. Es wird schon gehen«, sagte AB mit einem Lächeln. »Wie wäre es mit einem Dessert, bevor wir gehen?«

Camilles Augen funkelten. »O ja. Ich habe selbstgemachte Brownies und Eis für euch heute Abend gemacht.« Sie eilte in die Küche, während Coop die Teller holte und den Tisch abräumte.

Nachdem sie Eisbecher so groß wie ihre Köpfe gegessen hatten, fuhren sie mit Coops Jeep zurück ins Büro. Als sie dort ankamen, verschanzten sie sich in Coops Büro. Coop stellte sein Handy auf lautlos und schickte Kate eine SMS, um sie wissen zu lassen, dass sie in Position waren.

Sobald er eine Bestätigung von ihr erhalten hatte, begannen sie ein Gespräch, um das Abhörgerät zu aktivieren. Nach einer Weile des Plauderns brachte Coop den Ball ins Rollen. »Also, ich habe heute Abend einen Anruf von Ben bekommen. Sie haben hochwertiges Videomaterial aus der Innenstadt von unserem Freund mit dem Kapuzenpulli. Er sagte, dass sie das Bild verfeinern werden und sehr optimistisch sind, dass sie ihn identifizieren können.«

»Und der Mann aus unserer Nachbarschaft, der sich gemeldet hat, er hat den Kerl gesehen und erstellt ein

Phantombild für die Polizei. Ganz zu schweigen von unserem eigenen Video vom Einbruch.«

»Gut, dass wir diese Kameras im Büro installiert haben. Ich denke, das reicht aus, um festzustellen, dass es sich um denselben Drecksack handelt, und mit etwas Glück ist er im System und sie können einen Namen herausfinden.« Auf Coops Handy leuchtete eine SMS von Kate auf. Er nickte und lächelte AB an.

»Was ist mit dem Auto, in das er eingestiegen ist?«, fragte sie.

»Es wurde gestohlen, aber Ben sagte, dass die Kriminaltechniker einige physische Beweise gefunden haben, die sie jetzt analysieren. Wenn wir alles zusammennehmen, sollten wir in der Lage sein, den Kerl zu finden.« Coop fuhr fort, den Ort zu beschreiben, an dem das Auto gestohlen wurde, und fügte hinzu, dass sie einen Zeugen gefunden hätten, der bei der Identifizierung des Autodiebs hilfreich wäre.

Sein Telefon blinkte, und er gab AB einen Daumen nach oben. Kates SMS meldete, dass das Telefon und ein weiteres Wegwerfhandy aktiviert worden wären, ebenso wie das von Featherstone. Die Einheiten waren auf dem Weg.

Sie setzten die Scharade fort und redeten weiter, bis sie eine SMS von Kate bekamen, in der stand, dass sie zwei Männer in Gewahrsam hätten und sich bald wieder bei ihnen melden würde. Coop atmete tief durch.

Die beiden starrten auf das Whiteboard und hofften, dass ein Teil der Daten, die sie über die Verdächtigen gesammelt hatten, das Rätsel lösen würde. AB stieß einen Seufzer aus und sagte: »Ich glaube, wir brauchen eine Ablenkung. Ich muss für ein paar Stunden von der Sache wegkommen und meine Gedanken arbeiten lassen. Wie wäre es mit einem Film?«

»Klar, ich könnte eine Pause gebrauchen.« Im Jeep rief Coop Tante Camille an, um ihr mitzuteilen, dass es ihnen gut ging und sie im Multiplex-Kino in Green Hills sein würden. Gleich würde ein Spionagefilm beginnen. Sie deckten sich mit Popcorn und Snacks ein und machten es sich in den komfortablen Sitzen bequem. Beide konzentrierten sich auf den Film, einen Spielfilm mit einer verworrenen Handlung und großartigen Schauspielern.

Der Film war in der Mitte angelangt, als AB keuchte und ihre Finger sich an Coops Arm festhielten. Sie lehnte sich dicht an sein Ohr. »Wir müssen etwas überprüfen. Ich glaube, ich weiß vielleicht, wo Callies Umschlag ist.«

»Willst du den Film zu Ende sehen?«, fragte er.

»Nein«, flüsterte sie. »Lass uns gehen!« Sie eilten durch den Gang, und als sie in den Jeep stiegen, sagte sie: »Fahr in die juristische Bibliothek!«

Coop legte die Stirn in Falten, aber er lenkte sie zur Vanderbilt. »Woran denkst du?«

»In dem Film benutzten die beiden Männer ein totes Postfach, um Informationen weiterzugeben. Das hat mich an die Zeit erinnert, als Callie und ich Jura studiert haben. Ich hatte morgens Professor Rhodes und sie ihn am Nachmittag. Sie hatte es schwer, also kam ich in die Bibliothek und hinterließ ihr eine Nachricht, um sie über die Themen der Prüfungen zu informieren.«

»Du hast geschummelt?« Er grinste, als er sie anschaute.

Sie schnaubte. »Technisch gesehen, denke ich. Ich habe ihr keine Antworten gegeben, nur Themen. Sie war so gestresst, und ich habe nur versucht, eine gute Freundin zu sein. Aber verstehst du nicht, worum es geht?«

»Ich kann einfach nicht glauben, dass Annabelle Davenport betrügen würde. Du bist der ehrlichste Mensch, den ich kenne.«

Sie rollte mit den Augen. »Auch das ist nicht der Punkt. Wir haben uns während der Schnitzeljagd in der Bibliothek herumgetrieben. Sie war allein und hätte ihn verstecken können. Ich will in unserem Buch nachsehen, ob sie den Umschlag dort gelassen hat.«

»Welches Buch?«

»Wir haben immer dieses obskure alte Nachschlagewerk mit Gerichtsprotokollen aus dem neunzehnten Jahrhundert benutzt. Einer von Ardens Urururururgroßvätern war damals Richter, also haben wir es für unsere Zwecke genutzt.«

Coop schüttelte den Kopf, als er in das Parkhaus einfuhr. »Ernsthaft, ein toter Briefkasten?«

»Wir nannten es nicht so und wussten nicht einmal, dass es tote Briefkästen tatsächlich gibt. Es war einfach ein Ort, an dem niemand jemals nachschauen würde.«

Sein Handy vibrierte mit einer SMS von Kate. Er las sie und sagte: »Kate sagt, sie arbeiten an den beiden Kerlen, die sie in Gewahrsam genommen haben. Sie wissen noch nicht viel, aber sie werden sie über Nacht festhalten und sie gegeneinander ausspielen. Featherstones Telefon war für einige Sekunden an und wurde dann abgeschaltet. Er ist schlau.«

Coop zog seine Zugangskarte aus der Brieftasche. Als Mitglied der Anwaltskammer hatte er schon vor Jahrzehnten eine Karte für den nächtlichen Zugang zur Bibliothek erhalten. Sie machten sich auf den Weg zum Eingang, durch das karge Parkhaus. Er hielt die Karte an das Lesegerät und das Licht blieb rot. Er nahm sie heraus und versuchte es erneut. Nichts.

AB nahm ihm die Karte aus der Hand und hielt sie an das Lesegerät. Rotes Licht. »Was zum Teufel?« Sie zog ihren Mantel fest um sich und sehnte sich nach den Handschuhen, die sie zurückgelassen hatte.

Coop schaute auf die Glastüren und sah ein kleines Schild. Geschlossen wegen Winterpause. »AB, sie haben geschlossen.«

Sie lenkte ihre Aufmerksamkeit von dem Kartenlesegerät ab. »Mist, verdammter.« Sie steckte die Hände in die Taschen ihres Mantels.

»Ich werde morgen früh anrufen und versuchen, jemanden zu überreden, uns Zugang zu gewähren. Kate wird es hinbekommen, wenn wir die Uni nicht überzeugen können.«

Sie gab ihm die Karte zurück. »Warum habe ich nicht früher daran gedacht?« Sie eilten zurück zum Jeep, um der eisigen Brise zu entkommen. »Ich weiß nicht, ob ich bis zum Morgen warten kann.«

# KAPITEL SECHZEHN

Am Montagmorgen traf sich Coop mit AB früher als sonst im Fitnessstudio. Sobald sie ihr Training beendet hatten, schickte Coop Kate eine SMS, um sich nach ihren Fortschritten zu erkundigen, ob sie Zugang zur juristischen Bibliothek bekommen konnte.

Nach einer kurzen Dusche und mit Gus im Schlepptau traf er AB in der Küche von Tante Camille. Das Büro war immer noch tabu, bis die Abhörgeräte entfernt wären. Der einladende Duft seines Lieblingskaffees erfüllte die Luft und er nahm sich eine große Tasse. AB stand an der Theke und fuhr mit ihren Fingern über die saubere Oberfläche. »Gibt es etwas Neues?«, fragte sie mit erwartungsvollen Augen.

»Noch nicht, aber es ist kaum acht Uhr. Kate hat gesagt, sie meldet sich, sobald sie jemanden gefunden hat, der uns reinlassen kann.« Er nahm einen großen Schluck von seinem Morgengebräu und stöhnte, nachdem er sich verschluckt hatte. »Sie sind kurz davor, unseren Kapuzenfreund zum Singen zu bringen.«

Er streichelte Gus, genoss seinen Kaffee und lauschte

dem Ticken der Uhr, während sie auf eine Nachricht von Kate warteten. Er stellte seine leere Tasse in die Spüle und sein Handy klingelte. »Kate.«

AB wurde hellhörig und hörte sich Coops Teil des Gesprächs an. »Hm, hm. Verstehe. Wir sind auf dem Weg und werden ihn dort treffen.«

Als Coop die Verbindung unterbrach, hatte sie ihre Jacke bereits angezogen. Da Camille es vorzog, auszuschlafen, und noch nicht aus ihrem Schlafzimmer aufgetaucht war, und Gus sein traurigstes Gesicht machte, stimmten sie zu, dass er mitfahren durfte. Sie eilten zum Jeep, luden Gus auf den Rücksitz und fuhren die paar Blocks zur Vanderbilt. Coop parkte in der gleichen leeren Garage und sie gingen zum Eingang. Sie standen ein paar Augenblicke vor den Glastüren, bevor ein kleiner kahlköpfiger Mann sie aufschloss.

»Sie müssen Mr. Harrington und Ms. Davenport sein?«, fragte er.

»Ja, Sir.« Coop streckte seine Hand aus. »Wir freuen uns, dass Sie es einrichten konnten, Mr. Conrad.«

»Die Polizistin erklärte, es sei ziemlich dringend und es gehe um einen Mordfall. Ich bin gerne bereit, Ihnen zu helfen«, sagte der sanftmütige Mann, der eine Fliege trug. Er schloss die Tür hinter ihnen und wies ihnen den Weg durch die Lobby.

AB schaute Coop an, und er nickte ihr zu. »Wir müssen oben in einer der historischen Abteilungen nachsehen.«

»Was immer Sie brauchen.« Er gestikulierte mit seinen Händen und ließ ihnen freien Lauf. »Ich bin in meinem Büro im ersten Stock, gleich hinter dem Atrium.«

Coop folgte AB die Treppe hinauf und in den Lesesaal. Er beobachtete, wie sie die Regale durchsuchte und ein schweres, in Leder gebundenes Buch herausnahm. Sie legte es auf einen Tisch in der Nähe und öffnete es vorsichtig. Als sie es öffnete, schlug eine Seite auf, die einen modernen Briefumschlag enthielt.

AB hob den Kopf und ihre Augen funkelten vor Vorfreude, als sie die von Coop sah. »Ich hatte recht.« Coop reichte ihr ein Paar Handschuhe aus seiner Tasche und sie zog sie an. Der Umschlag war per Hand an *Featherstone* an das Postfach adressiert.

Sie berührte den Umschlag mit den Handschuhen an den Rändern und untersuchte ihn. Coop sagte: »Schau, da ist ein Teil eines Etiketts!« Er holte sein Handy heraus und machte Fotos von dem Umschlag, bevor AB den Verschluss öffnete.

Sie schob den Inhalt auf den Tisch und trennte die Blätter mit ihrer behandschuhten Hand ab. Coop machte weitere Fotos und untersuchte dann die Blätter. »Hier ist unsere Verbindung, AB.« Er zeigte auf das Blatt mit dem Namen und den Fotos von Avery Logan.

»Richter Hunt hat das also an Featherstone geschickt. Warum?«, fragte sie und starrte auf die Informationen auf den Papieren, die Logans Wohn- und Arbeitsadresse zeigten.

»Das ist die Frage des Tages, AB.« Er rief Kate an und erklärte ihr, dass sie Beweise für sie hätten, die sie abholen solle.

Er legte auf und sagte: »Sie schickt einen Spurensicherungstechniker und sagte, ich solle warten, bis er hier ist, und sie dann auf dem Revier treffen. Ich möchte auf dem Weg dorthin den Rest unserer Akten abholen.«

Coop ging nach unten, um Mr. Conrad zu suchen, während AB bei den Dokumenten blieb. Coop erklärte, dass die Polizei kommen würde, woraufhin Mr. Conrad aufgeregt seine Schlüssel aus der Tasche zog und den Flur hinunter in die Lobby eilte.

Nachdem sie die Beweise abgegeben und einen Bericht

ausgefüllt hatten, holten Coop und AB ihre eigenen Akten und machten sich auf den Weg zum Revier. Gus schlängelte sich durch die Flure und ließ sich auf das Hundebett plumpsen, das Ben in seinem Büro nur für ihn bereithielt. Coop holte zwei Flaschen grünen Tee aus Bens Kühlschrank. Grüner Tee war seine neueste Alternative zum Kaffee, und Ben unterstützte seine gesunde Veränderung und hatte immer welchen als Vorrat.

Jimmy saß an seinem Schreibtisch. »Setzt euch an den Konferenztisch, Leute. Kate ist gleich wieder da.« Coop schob AB eine Flasche Tee zu und öffnete den Aktenordner. Das große Whiteboard, auf der die Arbeit an Callies Mord skizziert war, starrte ihn an.

Er blätterte durch seine Berichte und schob den Bildschirm seines Telefons über den Tisch. »Die Nummern auf dem Etikett des Ordners, den wir gefunden haben, stimmen mit den Sendungsnummern überein, die in Richter Hunts System vergeben wurden.«

Kate und Jimmy setzten sich an den Tisch. Kate seufzte, als sie ihren Notizblock überflog. »Der Umschlag wird gerade überprüft. Sie suchen nach Fingerabdrücken oder anderen Beweisen. Es sieht so aus, als ob der Aufkleber eine Verbindung zum Büro von Richter Hunt aufweist.«

Coop nickte. »Die plausibelste Erklärung ist, dass dieser Umschlag alle Informationen für einen Anschlag auf Logan enthielt. Es ist nur schwer zu glauben, dass Richter Hunt in so etwas verwickelt sein könnte. Er wird von allen respektiert und steht für eine weitere Ernennung zu einem höheren Gericht zur Debatte.«

»Vielleicht ist seine Ernennung der Grund, warum Richter Hunt involviert ist. Etwas, das mit Logan zu tun hat, könnte seine Auswahl gefährden«, sagte AB.

»Ben ruft uns in ein paar Minuten an, damit wir das mit

ihm besprechen können. Wir wollen sichergehen, dass er damit einverstanden ist, gegen Richter Hunt vorzugehen«, sagte Kate.

»Ihr Kapuzenfreund, von dem wir jetzt wissen, dass er Ricky Dunbar heißt, ist dabei, einen Deal mit der Staatsanwaltschaft zu machen. Er will Immunität für das, was er über Featherstone weiß«, fügte Jimmy hinzu. »Er kennt das System. Er hat eine Akte. Einbruch, Betrug, Körperverletzung. Hat sich seit seiner letzten Bewährungszeit eine saubere Weste bewahrt. Sein Freund war der Fahrer, der ihn abgeholt hat, als du ihm gefolgt bist, Coop.«

»Wir müssen Featherstone finden, bevor er abhaut. Irgendwelche weiteren Aktivitäten auf seinem Telefon?«

Kate schüttelte den Kopf. »Ricky ist herausgerutscht, wie vorsichtig der Chef mit dem Telefon ist. Ricky hat einen Termin, um mit Featherstone am späten Abend zu telefonieren.«

Jimmy fügte hinzu: »Featherstone hat unserem Jungen Ricky gesagt, er solle sich bedeckt halten, damit die Bullen ihn nicht aufgrund des vorgetäuschten Gesprächs, das ihr beide geführt habt, finden können. Wir haben uns natürlich nicht anmerken lassen, dass es vorgetäuscht war.«

Das Telefon summte, als Bens Anruf kam. Kate stellte es auf Lautsprecher. Sie brachte ihn auf den aktuellen Stand der Dinge. Coop und AB erklärten die Verbindung zwischen Hunt und Logan.

»Wenn wir gegen einen amtierenden Richter vorgehen, müssen wir diese Dinge genau wissen. Wir können ihn nicht beschuldigen, wenn wir uns nicht sicher sind. Es fällt mir schwer zu glauben, dass er so etwas tun würde.«

»Er hat sich kooperativ gezeigt, als ich mit ihm gesprochen habe. Er hat sich überrascht gezeigt, als

Featherstones Informationen zweifelhaft waren. Ich verstehe, was du meinst, Ben, aber mein Bauchgefühl sagt mir, dass mehr dahintersteckt und er involviert ist.«

Die Gruppe beriet und diskutierte, wobei Ben das letzte Wort hatte. »Ich möchte, dass ihr den Richter erst dann einschaltet, wenn wir uns so gut wie zu hundert Prozent sicher sind. Ruft mich an, wenn ihr etwas findet, das die Sache verschärft.«

Die vier am Tisch ließen die Köpfe hängen, als sie das Freizeichen hörten. Kate schaltete den Lautsprecher aus und sagte: »Ihr habt ihn gehört. Wir brauchen mehr, wenn es um den Richter geht.«

»Ben hat einen harten Job. Ob es ihm gefällt oder nicht, er muss politisch versiert sein, und er ist derjenige, der den Kopf hinhalten muss, vor allem, falls wir uns irren«, sagte Coop.

»Hast du etwas über den alten Fall der Fahrerflucht herausgefunden, von dem ich dir erzählt habe?«, fragte AB.

Kate schüttelte den Kopf. »Noch nicht. Tut mir leid, das hatte keine Priorität. Wenn du selbst in der Akte wühlen willst, lasse ich sie dir bringen.«

AB nickte. »Ja, das passt mir.«

»Aber ich denke, ihr beide solltet euch von eurem Büro und den Abhörgeräten fernhalten. Wir wollen uns nicht verraten«, sagte Jimmy.

»Theoretisch haben wir die nächsten zwei Wochen geschlossen, also kein Problem. Wir können zu Hause oder hier arbeiten«, sagte Coop.

Coop breitete die Akten auf dem Tisch aus und kritzelte in seinen Notizblock, während sie auf die Lieferung der alten Akte warteten. Als die eintraf, machten sie sich an die Arbeit und erstellten auf der Tafel einen neuen Abschnitt mit den wichtigsten Daten aus der Akte.

Der Name des Opfers war Patricia Redmond. Sie war alleinerziehende Mutter eines Kleinkindes, Amy Redmond, gewesen. Die Eltern von Patricia hatten nach dem Tod ihrer Tochter das Sorgerecht für das kleine Mädchen erhalten. Die Spuren in diesem Fall waren dünn. Es gab keine Zeugen und keine Kameras in dieser Zeit. Die Ermittler durchsuchten die Autowerkstätten nach beschädigten Fahrzeugen, wurden aber nicht fündig. Patricia war auf der Stelle tot gewesen und wurde am nächsten Morgen am Straßenrand gefunden.

AB durchsuchte die Datenbanken nach Patricias Eltern. Sie lebten immer noch in Nashville. Sie schrieb ihre Adresse auf einen Klebezettel und gab ihn Coop. »Wir sollten sie besuchen und herausfinden, ob sie etwas über Patricias Tod sagen können.«

Coop gab Gus ein Zeichen, und der Hund folgte ihnen zum Jeep. Sie setzten Gus bei Camille ab und fuhren zum Haus der Redmonds. Dort wurden sie von einer älteren Frau begrüßt, deren Gesicht hinter der Tür hervorlugte. »Mrs. Redmond?«, fragte Coop.

»Ja«, sagte sie und warf ihnen einen misstrauischen Blick zu. »Wer sind Sie?«

»Ma'am, ich bin Cooper Harrington und das ist meine Mitarbeiterin Annabelle Davenport. Wir sind Privatdetektive und arbeiten mit der Polizei an einem Fall. Im Zuge unserer Ermittlungen sind wir auf den Unfall mit Fahrerflucht Ihrer Tochter aus dem Jahr 1980 gestoßen und haben gehofft, Ihnen ein paar Fragen stellen zu können.«

Mrs. Redmonds Augen blinzelten in schneller Folge. »Meine Patricia?« Sie schob die Tür weiter auf.

»Ja, Mrs. Redmond. Wir wissen, dass es lange her ist, und es tut uns leid, dass wir ein so schmerzhaftes Thema ansprechen.«

Sie nickte, öffnete jedoch die Tür und winkte sie herein.

»Meinem Mann geht es nicht gut. Er schläft gerade.« Sie führte sie in das Esszimmer, das an die Küche grenzte.

Sie setzten sich an den Tisch und Coop räusperte sich. »Wie ich schon sagte, untersuchen wir einen Fall, der mit Mount Camden im Jahr 1980 in Verbindung steht. Wir haben alte Zeitungen durchgeblättert und den Artikel über den Unfall Ihrer Tochter gesehen. Haben Sie irgendwelche Theorien darüber, was passiert war?«

Die Frau rieb sich die Hände und schüttelte den Kopf. »Nein, wir konnten nie herausfinden, was passiert war.«

»Hatte Patricia irgendwelche Feinde oder Probleme mit jemandem, der ihr etwas antun wollte?«, fragte AB.

Mrs. Redmonds Augen füllten sich mit Tränen und sie fuhr fort, ihre Hände zu bewegen. »O nein, nicht, dass wir wüssten. Patricia war sehr freundlich und ruhig. Sie hat nur versucht, etwas Geld zu verdienen, um Amy zu unterstützen. Sie hat den Bus genommen und ist zu Fuß zur Haltestelle gegangen. Wir konnten uns kein Auto leisten, damit sie selbst fahren konnte.«

»Wir haben gesehen, dass Amy nach Patricias Tod in Ihre Obhut gegeben wurde. Wie geht es ihr?«

Ein Funkeln blitzte in ihren wässrigen Augen auf. »Sie ist wunderbar. Sie war noch so jung, dass ich nicht glaube, dass sie registriert hatte, was mit ihrer Mutter passiert war. Wir haben sie einfach geliebt und sie wie unser eigenes Kind aufgezogen. Jetzt ist sie erwachsen. Verheiratet und hat eigene Kinder.« Sie erhob sich von ihrem Stuhl und ging zu einem Bücherregal, aus dem sie mehrere gerahmte Fotos herausholte.

»Das ist Amy, als sie das College abgeschlossen hat.« Sie reichte ihnen einen weiteren Rahmen. »Ihre Hochzeit.« Sie hielt das letzte Foto und lächelte. »Das ist Amy mit ihrer

Familie letztes Weihnachten.« Sie stellte es vor AB ab. »Sie sieht ihrer Mum so ähnlich.«

Coop studierte die Fotos. »Sie hat an der Vanderbilt Law studiert?«

Mrs. Redmonds Lächeln lächelte. »Ja, sie war eine ausgezeichnete Schülerin. Sie ist jetzt Anwältin. Sie arbeitet in der Innenstadt bei Bailey und Fulgram.«

»Das ist eine ausgezeichnete Kanzlei«, sagte Coop. »Annabelle und ich haben beide auf der Vanderbilt Law studiert.«

Die alte Frau blickte sehnsüchtig auf die Fotos. »Patricia wäre so stolz auf sie. Wir hatten nie das Geld, sie aufs College zu schicken, und als sie dann schwanger wurde, kam das nicht mehr infrage.« Sie schob die Bilderrahmen beiseite und stellte sie zurück ins Bücherregal. »Amy hatte das Glück, ein Stipendium zu bekommen. Sie ging auf die Magnolia Academy und dann auf die Vanderbilt. Ohne das Stipendium hätten wir sie nie auf eine der beiden Schulen schicken können.«

»Magnolia ist die Schwesterschule von Mount Camden, richtig?«

Sie nickte. »Das ist richtig. Es ist eine reine Mädchenschule. Die Schule hat uns kontaktiert und uns mitgeteilt, dass Amy ein Vollstipendium erhalten hat. Wir haben uns nicht einmal beworben oder daran gedacht, dass sie dorthin geht. Es ist so teuer.«

»Wie hieß ihr Stipendium?«

Mrs. Redmond schloss die Augen. »Oh, lassen Sie mich nachdenken! Es war ein seltsamer Name. Sie bezahlten ihre gesamte Zeit an der Magnolia und dann das ganze Jurastudium hindurch. Jede Ausgabe, sogar ein monatliches Stipendium für die Lebenshaltungskosten.« Sie stand auf und ging zu einem Schreibtisch im Wohnzimmer.

Sie hörten, wie Schubladen geöffnet und geschlossen wurden, und nach ein paar Minuten sagte sie: »Hier ist es.« Sie kam mit einer Mappe zurück, die vergilbt war. Sie zog einen Brief heraus und las: »Hier steht, dass sie ein Stipendium von der Corrigenda-Apsconditus-Stiftung erhielt.« Sie reichte den Brief an Coop weiter. »Wir hatten noch nie davon gehört.«

»Ich kenne sie auch nicht. Sehr großzügig, und ich bin sicher, dass es wohlverdient ist.« Er lächelte und machte sich Notizen in seinem Notizbuch, bevor er den Brief zurückgab. »Bitte grüßen Sie Amy von uns, Sie können stolz auf sie sein.« Coop stand auf und AB folgte seinem Beispiel.

»Falls Sie herausfinden, was mit meiner Patricia passiert ist, kommen Sie bitte wieder.«

Coop nahm ihre Hand in die seine. »Das verspreche ich. Danke, dass Sie mit uns gesprochen haben.«

Sie verließen das Haus, und sobald sie die Türen des Jeeps geschlossen hatten, drehte AB den Bildschirm ihres Telefons zu Coop hin. »Ich habe den Namen der Stiftung als lateinischen Namen erkannt, bin mir aber nicht sicher, was er bedeutet.«

Er blinzelte auf den Bildschirm. »Lies es mir einfach vor!«

»Grob übersetzt bedeutet es, dass verborgene oder versteckte Dinge korrigiert werden müssen.«

Seine Augen weiteten sich und seine Stirn legte sich in Falten, als er sie auf das Revier lotste. »Wir müssen mehr darüber herausfinden.« Sie aßen unterwegs zu Mittag und machten sich dann an die Arbeit, um die Stiftung zu recherchieren.

AB tippte auf die Tastatur und runzelte die Stirn, während sie von ihrem Sandwich abbiss. »Da steht nichts. Sie geben kein Geld für Werbung oder die Suche nach

Bewerbern für Stipendien aus. Auf der Vanderbilt-Website, wo sie alle Stipendien auflisten, ist nichts zu sehen. Auch nicht bei der Magnolia. Alles, was bei einer Suche auftaucht, sind Vokabelhilfen und Lateinübersetzer.«

Kate ging am Konferenztisch vorbei. »Gibt es Fortschritte?«, fragte sie.

»Vielleicht. Du hast dich nach Stipendien für die Logan-Kinder erkundigt. Hast du etwas herausgefunden?«, fragte Coop.

Sie öffnete die Akte und blätterte die Blätter durch. »Nichts. Ich habe bei der Camden Academy und der Universität von Tennessee angerufen, aber noch keinen Rückruf erhalten. Die Frau da war nutzlos. Mr. Logan kümmerte sich um die Finanzen, und seine Frau hatte keine Ahnung von den Stipendien. Warum nur?«

Coop erklärte, was sie von Patricia Redmonds Mutter und dem großzügigen Stipendium der Corrigenda-Apsconditus-Stiftung erfahren hatten.

Kate rümpfte die Nase. »Die Übersetzung klingt wie eine geheime Buße oder so.«

AB sah sich den Papierkram in Kates Akte an. »Ich werde versuchen, jemanden an der Magnolia Academy zu erreichen und bei den beiden anderen Schulen nachzufragen, um weitere Informationen zu erhalten.«

Coop schaute auf seine Notizen. »Kate, hast du die Witwe nach Logans alten Jahrbüchern aus Camden gefragt?«

Sie schüttelte den Kopf. »Ich kann sie anrufen und fragen, ob sie sie hat.« Sie blätterte in der Akte und nahm den Hörer in die Hand.

Während Kate und AB an den Telefonen arbeiteten, entschuldigte sich Coop in Bens Büro und benutzte das Telefon auf seinem Schreibtisch, um einen Anruf zu tätigen.

Ein paar Minuten später kam er mit einem süffisanten Grinsen wieder heraus.

AB legte auf, als er sich auf einen Stuhl neben sie setzte. »Magnolia sagte, sie hätten keine aktuellen Unterlagen über ein solches Stipendium. Die Frau, mit der ich gesprochen habe, sagte, sie bewahren keine Stipendienakten auf, die älter als zehn Jahre sind.«

Kate legte auch auf und sagte: »Mrs. Logan ist immer noch ein Nervenbündel, aber sie sagte, wir könnten vorbeikommen und die Jahrbücher abholen, wenn das hilft. Ich schicke gleich einen Kollegen los, um sie abzuholen.«

Coop räusperte sich mehrmals und wackelte mit den Augenbrauen. »Würde es euch überraschen, meine Damen, wenn ihr wüsstet, dass Richter Hunt eine eigene Stiftung hat, die Stipendien vergibt?«

Die beiden Frauen sahen sich an und zuckten mit den Schultern. Coop fuhr fort: »Nun, das tut er. Er leitet die Corrigenda-Apsconditus-Stiftung seit 1988, als er sein Jurastudium an der Vanderbilt abgeschlossen hat.«

»Ich würde das als die Mutter aller Zufälle bezeichnen«, sagte Kate.

Coop und AB sahen sich an und sagten: »Es gibt keine Zufälle.«

# KAPITEL SIEBZEHN

Auf Coops Enthüllung folgte eine hektische Betriebsamkeit. Kate wies die Mitarbeiter an, sich auf die Suche nach Personal an den einzelnen Schulen zu machen. Die Kollegen kamen zusammen mit den Jahrbüchern aus dem Logan-Haus. Jimmy konzentrierte sich darauf, den Staatsanwalt zu bedrängen, der den Deal für den Kapuzenmann abschließen sollte.

Coop und AB blätterten in den Jahrbüchern und fanden die Unterschrift von Richter Hunt und eine Nachricht an seinen Freund Avery. In jedem Jahr schrieb Hunt einen kurzen Eintrag, der auf eine enge Freundschaft hindeutete. Im letzten Jahrbuch fanden sie einen Eintrag, der auf Ende Mai 1980 datiert war. *Avery, ich habe Glück, einen wahren Freund wie dich zu haben. Genieße deine Collegejahre in Auburn! Ich hoffe, wir sehen uns in den Semesterferien wieder. Ich stehe für immer in deiner Schuld und werde deine Hingabe auf und neben dem Spielfeld nie vergessen. Dein Freund und Vanderbilt JD, Reese Hunt.*

Jimmy kam um die Ecke und sagte: »Wir haben einen

Deal mit dem Kapuzenmann. Er wird seine Verabredung mit Featherstone einhalten und ihn zum Reden bringen, damit wir wissen, wo wir Featherstone finden können. Ricky ist Featherstones rechte Hand und sein Laufbursche. Wie wir vermutet haben, ist Featherstone ein Deckname und Ricky kennt ihn als Marcus. Er ist sich aber nicht sicher, ob das sein richtiger Name ist.«

Coop drehte das Jahrbuch, damit Jimmy es lesen konnte. »Damit haben wir unsere Verbindung zu Richter Hunt. Wir müssen ihn über Avery Logan befragen und seine Reaktion beobachten.«

Jimmy nickte. »Lasst uns das mit Kate besprechen. Außerdem hat Ricky zugegeben, dass er nach der Fahrerflucht mit dem Fahrradkurier in der Innenstadt in der Gasse war. Featherstone hatte ihn dorthingeschickt, um nach einem Umschlag zu suchen. Er hatte bis zum Mittag eine Lieferung erwartet und Ricky losgeschickt, um sie zu finden.«

»Was ist passiert, als er ihn nicht gefunden hat?«

»Ricky sagte, er habe Featherstone auf dem Handy angerufen und ihm gesagt, dass der Umschlag nicht da sei, und das ist alles, was er weiß.«

»Weiß Ricky etwas über die Verbindung zu Richter Hunt?«, fragte Coop.

Jimmy schüttelte den Kopf. »Er weiß nichts, was über seine Lieferpflichten hinausgeht. Das behauptet er jedenfalls. Schwer zu sagen, wie viel man glauben soll.«

»Er wusste also nicht, was in den Umschlägen war, die er aus dem Postfach holte?«

»Nö. Er ist nur Abholer und Lieferant.«

»Und ein bisschen ein Einbrecher. Wie in unserem Büro«, fügte AB hinzu.

»Ja, wenn seine Informationen nicht zu einer

Verurteilung von Featherstone führen, wird unser Freund Ricky eine harte Zeit vor sich haben.« Jimmy tippte auf sein Telefon, um eine Nachricht zu lesen. »Die Abdrücke auf dem Umschlag, den AB gefunden hat, gehören zu unserem Opfer Callie. Keine anderen Abdrücke.«

Coop runzelte die Stirn. »Ich hätte gedacht, dass sich auf dem Umschlag noch andere Fingerabdrücke von Richter Hunts Büroangestellten befinden würden.« Seine Gedanken wurden durch das Geräusch seines Handys unterbrochen.

Er blinzelte auf die Nummer, die er nicht kannte und die laut Display aus Colorado kam. Ihm fiel ein, dass Hildie im Urlaub war, und er entschuldigte sich in Bens Büro. Er nahm ab: »Coop Harrington.«

Eine Frauenstimme sagte: »Mr. Harrington, ich bin Sandie Coleman, Hildies Schwägerin. Ich wollte Sie anrufen und Ihnen mitteilen, dass Hildie hier in Denver im Krankenhaus liegt. Ich bin Krankenschwester und die Familie dachte, ich sollte Sie anrufen. Hildie hat uns ein wenig von Ihnen erzählt.«

»Es tut mir leid, zu hören, dass sie im Krankenhaus ist. Was ist passiert?«

»Die Ärzte sagen, dass sie toxische Werte von Digitalis in ihrem Körper hat. Sie nimmt kein Digitalis, also versuchen wir herauszufinden, wie das passiert ist. Sie klagte über Stimmungsschwankungen und war lethargisch und schläfrig. Ich habe darauf bestanden, dass sie ins Krankenhaus kommt, und als sie Bluttests machten, haben sie es gefunden.«

»Kommt sie wieder in Ordnung?«

»Es ist zu früh, um das zu sagen, ihre Werte waren ziemlich hoch. Wir haben jemanden geschickt, um alles, was sie gegessen haben könnte, aus dem Haus zu holen. Wir vermuten, dass es von einer Flasche Whiskey stammen muss, die sie mitgebracht hat. Sie war die Einzige, die ihn getrunken hat. Es war ein Bürogeschenk, das sie zum Teilen mitgebracht hatte. Keiner von uns ist ein großer Whiskey-Fan.«

»Sie hat es also von jemandem bei der Arbeit geschenkt bekommen?«

»Ich weiß es nicht genau. Die Flasche wird gerade untersucht.«

»Könnten Sie herausfinden, woher die Flasche stammt? Ich bin gerade dabei, einen Fall zu untersuchen, der mit Hildies Arbeit im Gericht zu tun hat, und es könnte wichtig sein.«

»Sicher, ich werde es versuchen. Das Krankenhaus hat die Polizei gerufen, also werden wir wohl von ihnen hören.«

»Geben Sie ihnen meine Kontaktdaten und bitten Sie sie, mich anzurufen.« Er gab ihr auch den Namen und die Nummer von Kate, denn er wusste, dass die Polizei lieber mit ihren eigenen Leuten spricht. »Wenn Sie den Namen des für den Fall zuständigen Detectives erfahren, rufen Sie mich zurück, und ich rufe ihn selbst an.«

»Okay, ich werde mein Bestes tun. Glauben Sie, dass Hildie absichtlich vergiftet wurde?«

»Ich bin mir nicht sicher, aber ich halte es für sehr wahrscheinlich. Deshalb muss ich herausfinden, woher die Flasche stammt.«

Er hörte das scharfe Einatmen der Frau. »Okay, ich melde mich bald wieder.«

»Sagen Sie Hildie, dass ich an sie denke. Bitte lassen Sie mich wissen, wie sie auf die Behandlung anspricht.« Er schickte Sandie eine SMS mit all seinen und Kates Kontaktinformationen, damit sie sie zur Hand hätte.

Als er aus Bens Büro kam, blickte AB von dem

Papierkram auf dem Tisch auf. »Coop, was ist los? Du bist so blass wie die Laken deiner Tante.«

Er ließ sich auf einen Stuhl neben ihr fallen. »Das war die Schwägerin von Hildie. Sie rief an, um mir zu sagen, dass Hildie im Krankenhaus in Denver liegt.« Er gab das Gespräch unter einem Keuchen von AB wieder.

»Wie du sagtest, müssen wir die Herkunft der Flasche bestimmen«, sagte Jimmy.

Kate kam durch die Tür und sah die ernsten Gesichter am Tisch. »Was ist passiert? Warum seht ihr alle so unglücklich aus?«

Jimmy gab ihr die Fakten zu Coops Anruf von Hildies Familie. Kate schritt im Raum umher. »Jetzt haben wir einen guten Grund, um mit Richter Hunt zu sprechen.«

»Ich würde gerne mitkommen«, sagte Coop, dessen Gesicht noch immer nicht seine normale Farbe angenommen hatte.

»Ja, natürlich. Du bist derjenige, der mit ihrer Familie gesprochen hat.« Sie wandte sich an Jimmy. »Ich werde mit Coop gehen. Du und AB arbeitet weiter an allen Punkten, die wir haben, und versucht, mit jemandem in Denver in Kontakt zu treten, um mehr Informationen über die Flasche zu bekommen. Schickt mir eine SMS, wenn ihr etwas erfahrt.«

»Ich werde mit Hildies Familie in Kontakt bleiben und euch über ihren Zustand auf dem Laufenden halten«, meldete sich AB.

Coop fuhr mit Kate, die sie mit der Polizeisirene in Rekordzeit zum Gerichtsgebäude brachte. Sie machten sich auf den Weg in den sechsten Stock und fanden Sadie am Schalter von Richter Hunts Büro vor.

Kate trat vor und zeigte Sadie ihren Ausweis. »Ich bin Detective Kate Woodman, und ich glaube, Sie kennen

Cooper Harrington bereits. Wir müssen sofort mit Richter Hunt sprechen.«

Sadie schob sich die Brille auf die Nase und sah darüber hinweg. »Geht es um einen aktuellen Fall?«

»Nein, Ma'am, es geht nicht um einen Fall. Es handelt sich um einen Notfall und eine Polizeiangelegenheit. Ich muss darauf bestehen, dass wir ihn jetzt sehen«, sagte Kate mit ihrer *Ich-meine-es-ernst*-Stimme.

Sadie stieß einen Laut aus und drückte eine Taste auf der Telefonkonsole. Sie drehte ihren Stuhl um und murmelte in den Hörer. Sie legte den Hörer auf und sagte: »Richter Hunt ist zu sprechen.«

Sie drückte den Summer, um die Tür zu öffnen, und führte sie den Flur entlang. Sie klopfte zweimal kurz und öffnete dann die Tür zu Richter Hunts Zimmer. Ohne Sadie eine Chance zu geben, sie anzukündigen, trat Kate ein und Coop folgte ihr, wobei er einen Blick auf Sadies verdattertes Gesicht erhaschte, bevor er die schwere Tür schloss.

Richter Hunt stand auf. »Mr. Harrington, was kann ich für Sie tun? Sadie hat angedeutet, dass es sich um einen Notfall handelt.«

Kate sprach, bevor Coop antworten konnte. »Ich bin Detective Woodman und wir sind hier wegen Ihrer Assistentin Hildie.«

»Hildie ist mit ihrer Familie im Urlaub. Sie kommt nicht vor Januar zurück. Ich glaube, sie ist in Colorado.«

Kate nickte. »Ja, das ist sie. Mr. Harrington hat in der letzten Stunde einen Anruf von ihrer Schwägerin erhalten. Hildie ist im Krankenhaus.«

Die Augen des Richters wurden groß und seine Brauen hoben sich. »Was ist passiert? Geht es ihr gut?«

Kate nickte Coop kurz zu. Er sagte: »Sie sind sich noch nicht sicher. Sie wird wegen einer Vergiftung behandelt.«

»Vergiftung? Wie ist sie vergiftet worden?«

Kate holte ihr Handy heraus und sagte dann: »Wir haben gerade eine Nachricht von den Behörden in Denver erhalten. Eine Flasche Whiskey, aus der sie getrunken hat, war mit Digitalis versetzt. Die Flasche hatte sie als Weihnachtsgeschenk hier im Büro erhalten. Deshalb sind wir hier. Wir müssen mehr darüber wissen.«

Der Richter fuhr sich mit der Hand über den Mund und rieb sich dann die Stirn. »Wir werden oft mit Weihnachtsgeschenken überhäuft. Ich achte darauf, nichts davon für mich selbst zu nehmen, sondern überlasse es den Mitarbeitern, was sie wollen. Kekse, Pralinen, Schnaps. Das ist das Einzige, woran ich denken kann, wenn Sie Bürogeschenke sagen.«

»Tauschen Sie und die Mitarbeiter Geschenke untereinander aus?«

Der Richter schüttelte den Kopf. »Nein, nicht formell. Ich schenke den Mitarbeitern immer Gutscheine für ihre Lieblingssachen. Dieses Jahr habe ich Hildie ein Wellness-Wochenende geschenkt. Meine Frau ist diejenige, die die Geschenke für sie besorgt. Sie ist besser darin, die Geschenke für die Damen auszuwählen.«

»Wissen Sie, woher der Whiskey stammt?«, fragte Kate.

»Nein, es tut mir leid. Das Personal stellt einfach alle Sachen in den Pausenraum und die Leute nehmen sich, was sie wollen.«

Kate stand auf und zeigte ihm den Bildschirm ihres Telefons. »Das ist ein Foto von der Flasche. Es ist eine spezielle Flasche in limitierter Auflage, die für die Feiertage hergestellt wurde. Erkennen Sie sie?«

Der Richter sah sich das Foto an. »Nein, das tue ich nicht. Ich mische mich absichtlich nicht in die Sache mit den Geschenken ein. Ich möchte nicht, dass der Eindruck entsteht, es sei unangemessen, und ich habe versucht, von Geschenken abzuraten, und früher habe ich sie alle zurückgegeben, aber vor Jahren haben wir einen Kompromiss geschlossen, indem wir sie den Mitarbeitern überlassen haben.«

»Kennen Sie jemanden, der Ihnen oder Ihren Mitarbeitern etwas antun will?«, fragte sie und nahm ihr Telefon.

Er schürzte die Lippen, und sie sah, wie seine Augen mit Tränen glitzerten. »Das ist eine schwierige Frage. Viele Menschen, die bei mir bei Gericht erscheinen, verlassen den Saal unglücklich oder landen im Gefängnis, und ich bin mir sicher, dass einige von ihnen mir Böses wünschen.«

»Wurden Sie in letzter Zeit bedroht?«, fragte Kate.

Er schüttelte den Kopf. »Da fällt mir nichts ein.« Er stand auf und schritt zu den Fenstern. »Die arme Hildie. Ich kann das nicht glauben.« Er rieb sich den Nacken und schlug dann die Hände zusammen. »Sie ist ein wunderbarer Mensch. Das hat sie nicht verdient.«

Coop hob eine Augenbraue und Kate nickte ihm fast unmerklich zu. »Im Laufe unserer Ermittlungen sind wir auf den Namen Avery Logan gestoßen. Sagt Ihnen der Name etwas?«, fragte Coop.

Der Richter steckte die Hände in die Taschen und leckte sich über die Lippen. »Ich war mit Avery an der Mount Camden.«

»Wussten Sie, dass er ermordet wurde?«

Der Richter trat zu seinem Stuhl und setzte sich hinter seinen Schreibtisch. Er blinzelte einige Male und nickte. »Ja, ich habe in der Zeitung darüber gelesen.«

»Standen Sie Avery nach Ihrer Zeit an der Mount Camden noch nahe?«, fragte Coop.

Der Richter schüttelte den Kopf. »Nein, wir haben den

Kontakt verloren, als wir aufs College gingen. Ich ging auf die Vanderbilt und er auf die Auburn.«

»Sie haben also seitdem keinen Kontakt mehr zu ihm gehabt? Wie vor dreißig Jahren?«

Er lehnte sich auf seinem Stuhl zurück, und Coop bemerkte, dass seine Hände die Armlehnen des Stuhls umklammerten. »Ja, das ist richtig.« Der Richter lehnte sich nach vorne und stützte seine Ellbogen auf den Schreibtisch. »Was hat das mit Hildie zu tun?«

»Henry Featherstone«, sagte Coop. »Der Umschlag, nach dem ich Sie gefragt habe. Er steht in Verbindung mit Avery Logan.«

Hunts Stirn legte sich in Falten. »Das ist ein seltsamer Zufall.« Der Richter sah auf seine Uhr. »Ich werde im Gericht erwartet. Bitte halten Sie mich über Hildies Zustand auf dem Laufenden.« Er stand auf und wies die beiden Besucher fast ab.

»Wir bleiben in Kontakt, Richter Hunt. Bleiben Sie über die Feiertage in der Stadt?«, fragte Kate.

Er öffnete einen Schrank und holte seine Robe heraus. »Ja, ich werde hier sein. Wenn sich etwas ändert, rufen Sie mich bitte zu Hause an. Hildie ist schon ewig bei mir ...« Er beendete seinen Gedanken nicht, als er seinen Arm durch die Ärmel steckte. »Ich werde ihr von meinen Mitarbeitern ein paar Blumen schicken lassen.« Coop bemerkte, wie seine zittrigen Hände am Reißverschluss herumfummelten.

Sie verabschiedeten sich und sprachen erst, als sie in Kates Auto saßen. Sie sah ihn an und hob fragend die Brauen.

»Er ist aufgewühlt und wollte nicht über Avery Logan sprechen. Ich glaube, er war schockiert, als er von Hildie erfuhr. Seine Reaktion wirkte echt.«

»Da stimme ich dir zu. Ich glaube nicht, dass er etwas mit der Vergiftung zu tun hat.«

»Vielleicht war er das Ziel, nicht Hildie?«

Sie nickte, als sie den Wagen zurück zum Revier lenkte. »Genau das habe ich auch gedacht. Ich will den Richter überwachen lassen und herausfinden, wohin er geht.«

»Wenn Callie wegen des an Featherstone adressierten Umschlags getötet wurde, könnte es sein, dass Featherstone Spuren verwischt. Er ist ein vorsichtiger Typ. Das bedeutet, dass Richter Hunt der Nächste sein könnte.«

Kate forderte ein Team an, das den Richter bis auf Weiteres im Auge behalten sollte.

---

Sie fanden Jimmy und AB dort, wo sie sie zurückgelassen hatten. Coop fragte AB: »Gibt es Neuigkeiten über Hildie?« Sie schüttelte den Kopf.

Jimmy legte den Hörer auf und sagte: »Das war die Destillerie in Kentucky. Die Flasche stammte aus ihrer limitierten Weihnachtsedition. Es gibt nur zweihundertachtundachtzig Flaschen, also werden sie mir eine Liste der Käufer schicken. Sie ist exklusiv für den Laden der Destillerie, sodass wir einen vollständigen Datensatz haben werden.«

»Hat Denver uns wegen der Einzelheiten zurückgerufen?«, fragte Kate.

Jimmy nickte und blätterte in seinem Notizbuch. »Vorläufige Laborergebnisse zeigen, dass das ursprüngliche Wachs der Flasche entfernt wurde, und so das Gift in die Flasche gelangt ist. Dann wurde neues Wachs, das eine etwas andere rote Farbe hat als das Original, über das Ganze gestrichen. Das merkt man nur, wenn man es ins Labor bringt.«

»Hildie hatte also nichts bemerkt, als sie ihn öffnete?«

Jimmy schüttelte den Kopf. »Wahrscheinlich nicht. Das neue Wachssiegel hat das alte überdeckt. Ich bezweifle, dass sie ein bisschen mehr Wachs als üblich bemerkt hätte. Sie hätte das Wachs aufschneiden und dann den Deckel abschrauben müssen. Das ist nicht so einfach zu lösen.«

»Irgendwelche Fingerabdrücke?«

Jimmy blätterte eine Seite in seinem Notizbuch um. »Sie sagten, die Flasche sei erstaunlich sauber. Hildies Fingerabdrücke haben sie gefunden und einen weiteren Satz. Sie lassen die gerade durch das System laufen.«

»Wenn man bedenkt, dass die Flasche von dem Verkäufer, dem Käufer, Hildie und allen anderen Mitarbeitern im Büro angefasst werden musste«, sagte Coop. »Unser Mann muss sie vor der Lieferung abgewischt haben.«

»Rufe sie an und sag ihnen, sie sollen den Satz mit den Mitarbeitern von Richter Hunt abgleichen. Wir können ihnen ihre Abdrücke aus der Datenbank schicken. Wenn es einer der Angestellten ist, spart das allen Zeit.« Jimmy nickte Kate zu und verließ den Raum.

Kate schaute auf ihre Uhr. »Wir haben noch einige Stunden Zeit, bevor Ricky Featherstone kontaktieren wird.« Eine Stimme von der Tür her rief sie weg.

Coop gab AB eine ausführliche Beschreibung ihres Gesprächs mit Richter Hunt.

»Klingt, als wäre er nervös gewesen. Wenn du recht hast, hat er herausgefunden, dass Featherstone hinter ihm her ist.«

Coop wippte mit dem Kopf. »Wir müssen ihn schnappen, bevor die Sache weiter eskaliert.« Coop lehnte sich auf seinem Stuhl zurück und schloss die Augen. »Wir sollten Ben ein Update geben.«

Jimmy und Kate setzten sich wieder zu den beiden. Jimmy legte eine Liste vor sie hin. Er zeigte auf die gelb unterlegte Zeile. »Henry Featherstone war der Käufer einer Flasche Whiskey. Sie wurde ihm aus dem Postgeschäft zugeschickt. Bezahlt hat er mit einer Zahlungsanweisung, die er mit Lieferanweisungen an die Brennerei geschickt hat.«

»Und Ricky hat gerade bestätigt, dass Featherstone ihn geschickt hat, um sie mit der Zahlungsanweisung in einem örtlichen Supermarkt zu kaufen, ungefähr zu der Zeit, als der Whiskey bestellt wurde. Er behauptet, nichts weiter über den Whiskey oder das Gift zu wissen.«

Das Telefon klingelte für Kate. Sie legte den Hörer auf und sagte: »Hunt ist unterwegs. Sieht aus, als wäre er auf dem Weg nach Hause.«

Coop schaute auf seine Uhr. »Ein bisschen früh. Ich würde sagen, er ist verunsichert.«

Während sie darauf warteten, dass Ricky Featherstone anrief, rief Kate Ben an, und die vier setzten sich um den Lautsprecher und informierten ihn. »Geh und sprich mit Jeff im Büro des Staatsanwaltes. Geh mit ihm durch, was wir bisher haben, und frage ihn, ob es genug ist. Ich denke, wir müssen den Richter zur Befragung hinzuziehen.«

Jimmy nahm die Aufgabe an und fuhr in die Stadt. Sobald er weg war, meldete das Überwachungsteam Kate ein Update. Der Richter war nach Hause gegangen, war aber nach etwa einer Stunde wieder herausgekommen und auf dem Weg zurück in die Stadt.

Kate erhielt eine Nachricht von der Polizei in Denver, die bestätigte, dass die anderen Abdrücke auf der Whiskeyflasche zu Sadie gehörten. Einer der Beamten brachte Tüten mit Essen, und Coop versuchte, ein paar Bissen zu sich zu nehmen, konnte aber den stechenden Geruch und Geschmack nicht ertragen, da seine Gedanken zu Hildie abschweiften. Coops Handy klingelte, als er seinen Teller mit chinesischem Essen in den Müll warf.

Er antwortete und gab ein Zeichen zur Ruhe. Kate und AB hörten auf zu plaudern und lauschten. »Sicher, Richter Hunt, ich komme gern.« Er nickte. »Ich kann innerhalb von dreißig Minuten in Ihrem Büro sein.« Wieder eine Pause und dann: »Noch keine Nachricht. Ich habe mich erkundigt und werde Ihnen Bescheid geben, sobald ich etwas höre.«

Er unterbrach die Verbindung und sagte: »Ich muss in das Büro von Richter Hunt. Er deutete an, dass er Informationen über Featherstone haben könnte. Er ist verzweifelt wegen Hildie.«

»Ich rufe bei der Staatsanwaltschaft an, die werden das wissen wollen. Ich werde es an Ben weitergeben«, sagte Kate.

»Nichts für ungut, Kate, aber ich werde mich auf den Weg machen. Ich habe ein Funkgerät in meinem Jeep. Wir können es benutzen, damit du hören kannst, was gesagt wird, und mit mir reden. Ich muss ihm nicht seine Rechte vorlesen oder einen Staatsanwalt einschalten. Ich will ihn nicht verschrecken. Ich gehe allein hin. Er sagte mir, ich solle die Sprechanlage am Seiteneingang benutzen, der für das Personal reserviert ist. Er sagte, er würde die Sicherheitsbeamten bitten, mich hinein und bis in sein Büro zu lassen.«

AB folgte ihm nach draußen und holte das Kommunikationsgerät für Kate. »Hast du deine Waffe?«, fragte AB.

Er grinste und klopfte sich auf die Seite. »Sie ist im Jeep. Ich lege sie an, bevor ich hineingehe, da ich die Metalldetektoren ohnehin umgehen werde.«

# KAPITEL ACHTZEHN

Auf der Fahrt in die Stadt rief AB an. Sie sagte, man ginge davon aus, dass Hildie es schaffen würde. Die Behandlungen schlugen an und ihr Herzschlag stabilisierte sich. Coop stieß einen Seufzer aus, als er die Nachricht hörte. Die Verspannungen in seinem Nacken und seinen Schultern ließen nach, als er mehrmals tief durchatmete.

Er parkte den Jeep und ging zu der von Richter Hunt angegebenen Tür. Bevor er die Sprechanlage betätigte, sprach er und vergewisserte sich, dass Kate ihn hören konnte. Sie verließ gerade das Revier und würde mit ihrem Ausweis ins Gebäude gelangen und vor dem Büro warten, bis sie hörte, wie Coop ein Signal für die Polizei gab. Für den Fall, dass Coop in eine unerwartete Situation geraten sollte, vereinbarten die beiden ein Notrufsignal.

Die uniformierten Sicherheitsbeamten gewährten Coop Einlass und wiesen ihm den Weg zu den Aufzügen. Das Gebäude war für die Nacht verriegelt, und die einzigen Geräusche waren seine eigenen Schritte auf dem Steinboden. Er kam im sechsten Stock an und fand die Außentüren unverschlossen. Der vordere Schalter war verwaist und die Lichter waren ausgeschaltet. Die Tür, die zu den hinteren Büros führte, war aufgestoßen.

Coop flüsterte seinen Standort und seine Beobachtungen und ging weiter den Flur entlang. Er hörte, wie Kate seinen Bericht bestätigte.

Er machte sich auf den Weg zum Büro von Richter Hunt und klopfte an die Tür. »Hier ist Coop Harrington, Richter Hunt.«

»Kommen Sie herein!«

Coop öffnete die Tür und sah den Richter an seinem Schreibtisch. Die Deckenbeleuchtung war gedämpft, aber seine Schreibtischlampe war an, ebenso wie mehrere andere Lampen im Raum. Durch die Beleuchtung wurde die Anspannung im Gesicht des Richters noch deutlicher. Seine Augen waren rot umrandet und glasig, seine Hände ruhten auf dem Schreibtisch.

»Sir, geht es Ihnen gut?«

Er starrte Coop an und nickte. »Ich habe mich über Sie informiert. Ich weiß, dass Sie ein schlauer Kerl sind. Ich denke, Sie haben Ihren Fall im Griff, aber ich muss Ihnen ein paar Dinge sagen, die Sie nicht wissen.«

Coop nahm Platz. »Ich habe von Hildies Familie gehört, dass sie es schaffen wird. Es geht ihr besser.«

Erleichterung machte sich in Richter Hunts Gesicht breit. »Gott sei Dank!« Er stieß einen Seufzer aus. »Das alles begann schon vor langer Zeit. Als Sie mich nach Avery gefragt haben, wusste ich, dass es nur eine Frage der Zeit war. Wir waren in der Abschlussklasse der Mount Camden und ich habe Avery überredet, sich von der Abschlussfeier wegzuschleichen. Wir fuhren runter zum Fluss und tranken. Avery hatte Angst, zurückzufahren, also fuhr ich sein Auto. Es war dunkel und ich beeilte mich, zurück zur

Schule zu kommen, bevor sie merkten, dass wir weg waren.«

Der Richter hielt sich mit beiden Händen den Kopf. »Ich habe sie nicht gesehen.«

»Patricia Redmond?«

Der Richter nickte. »Ja. Wir waren beide zu Tode erschrocken. Wir ließen sie am Straßenrand liegen. Sie war tot. Averys Auto war sowieso eine Ansammlung von Beulen. Es war ein altes Auto, an dem er ständig arbeitete und nie fertig wurde. Ein weiterer Schönheitsfehler würde nicht auffallen. Er kaschierte ihn mit noch mehr Spachtelmasse und niemand fand es heraus.«

Der Richter seufzte und holte tief Luft. »Avery hat versprochen, nie ein Wort zu sagen, und ich habe ihm vertraut. Ich sagte mir, dass ich das, was ich getan hatte, wiedergutmachen würde. Ich habe es versucht.«

»Ihre Stiftung?«

Richter Hunt starrte durch den Raum, während ihm eine Träne über das Gesicht glitt. »Ich dachte, wenn ich ihrer Tochter helfe, könnte ich es wiedergutmachen. Ich gab ihr ein Stipendium und schickte sie auf die juristische Fakultät. Amy ist ihr Name.« Ein leichtes Lächeln bildete sich auf seinen Lippen. »Sie ist eine erfolgreiche Anwältin.«

»Was ist passiert?«

»Avery«, spuckte er den Namen aus. »Jahrelang hatte ich ihm Geld zukommen lassen. Um ihn für die Einhaltung seines Versprechens zu entschädigen. Es machte mir nichts aus. Wir hatten viel Geld und ich wusste, dass Avery die Hilfe gebrauchen konnte. Ich stellte Stipendien zur Verfügung, damit seine Kinder auf eine Privatschule und ein College gehen konnten. Alles war gut, bis Brad verhaftet wurde.«

»Wegen Trunkenheit am Steuer und Drogenbesitz?«

»Genau. Blöder Kinderkram. Wie auch immer, Avery war nicht bei Sinnen. Wir hatten immer gefälschte E-Mail-Konten benutzt, um für die Geldübergaben zu kommunizieren. Ich hinterließ es in einem Park oder in einem Schließfach in einem Fitnessstudio. Er verlangte ein Treffen im November. Er wollte, dass ich Brads Fall an mein Gericht übertrage und dann zu seinen Gunsten entscheide oder ihn freispreche.«

Der Richter sprang von seinem Stuhl auf und stand auf. Coops Hand wanderte an seine Seite und ruhte auf seiner Waffe.

Hunt schritt hin und her. Mit erhobener Stimme sagte er: »Ich habe ihm gesagt, ich könnte ihm mehr Geld geben, aber ich würde meinen Amtseid nicht verletzen. Ich hatte nie auch nur den Hauch eines Makels in meinem richterlichen Führungszeugnis und ich würde nichts tun, was meine Ernennung gefährden könnte. Ich bin ein fairer Richter.«

Er fuhr sich mit den Händen durch das Haar. »Er wollte nicht aufgeben. Er hat gedroht, mich zu entlarven.«

»Da haben Sie also Featherstone kontaktiert?«

»Ja. Er sollte niemanden verletzen. Ich wollte nur, dass er Avery Angst einjagt und ihm die Lage klarmacht. Featherstone ist ein Fixer. Ich kam durch eine Person, die ich von einem Fall kannte, mit ihm in Kontakt. Ich dachte, ich wäre vorsichtig gewesen und könnte anonym bleiben, aber Sie sehen ja, wie es ausgegangen ist.« Der Richter öffnete eine Schublade auf seinem Schreibtisch und Coops Hand glitt zu seiner Waffe.

Hunt knallte ein Mobiltelefon auf den Schreibtisch. »Das ist das Wegwerfhandy, das wir zur Kommunikation benutzt haben.«

Coops Hand entspannte sich. »Erzählen Sie mir von Callie!«

Der Richter ließ den Kopf hängen und sackte auf seinem Stuhl zusammen. »Ein dummer Fehler. Ich habe Averys Informationen an Featherstones Postfach geschickt. Ich habe mir den Trick ausgedacht, dass er mich als Redner auf der Veranstaltung haben wollte, als Tarnung, falls jemand nach der Lieferung fragen sollte.«

»Und Ihre Praktikantin hat den Umschlag verloren, richtig?«

»Ich wusste, dass Sie schlau sind. Ja, einer von vielen kleinen Fehlern. Featherstone erwartete die Lieferung bis Mittag, und als er sie nicht bekam, rief er an.« Der Richter deutete auf das Wegwerfhandy. »Dann hat das verdammte Mädchen es nicht in der Nachmittagslieferung verschickt. Und Billy wurde getötet und verursachte ein weiteres Problem.«

»Deshalb haben Sie darauf bestanden, dass Ihre Mitarbeiter alle Dokumente für diesen Tag neu erstellen. Sie brauchten diesen Umschlag, und es wäre verdächtig, wenn das die einzige Sendung wäre, die Sie mit einem anderen Dienst austauschen.«

»Wieder richtig, Mr. Harrington.«

»Woher wusste Featherstone, dass Callie den Umschlag hatte?«

Der Richter schüttelte angewidert den Kopf. »Das war meine Schuld. Ich war verzweifelt, als er anrief und sagte, der Umschlag wäre nicht geliefert worden. Ich habe ihm gesagt, dass er mit der Nachmittagslieferung rausgehen würde. Dann ging es wieder schief, und ich rief ihn an, um ihm mitzuteilen, dass es sich verzögern würde. Ich erklärte ihm, dass unser Bote auf der Straße getötet worden war und wir die Sendung mit einem anderen Dienst verschicken würden. Featherstone drehte durch. Er dachte, dass der Umschlag vielleicht bei Billy war, und wollte sichergehen, dass er nicht in die falschen Hände geriet. Ich versuchte, ihn davon zu überzeugen, dass es nicht so war. Ich habe unsere Protokolle überprüft und Callie war die Einzige, die an diesem Tag außer Billy Akten abgeholt hat.«

Der Richter hielt sich die Hände an die Schläfen. »Ich war erschöpft. Ich habe versucht, es Featherstone zu erklären, und ihm gesagt, dass ich Callie kontaktieren und den Umschlag zurückbekommen könnte. Daher wusste er, dass sie es war. Ich versuchte, ihn zur Vernunft zu bringen, aber er sagte, ich sollte es ihm überlassen. Er sagte, wenn ich versuchen würde, etwas zu unternehmen, würde er sich meine Familie vorknöpfen. Ich flehte ihn an, die ganze Sache zu vergessen, aber er sagte mir, wenn er erst einmal unter Vertrag wäre, gäbe es keine Möglichkeit mehr, den Auftrag zu beenden. Er versprach, er würde nichts Drastisches tun.«

Er zitterte vor Schluchzen und ließ den Kopf hängen, während er murmelte: »Es tut mir so leid. Avery hätte nicht sterben sollen und Callie auch nicht. Ich habe das alles in Gang gesetzt, aber Featherstone war außer Kontrolle. Und jetzt Hildie. Das Gift war für mich bestimmt, aber Featherstone ist es offensichtlich egal, wer geschädigt wird, solange er selbst verschont bleibt.«

»Kennen Sie Featherstones richtigen Namen?«

Der Richter schüttelte den Kopf. »Nein. Ich habe ihn nie persönlich getroffen. Wir haben mit dem Wegwerfhandy oder über das Postfach kommuniziert.«

»Was ist mit der Person, die Sie mit Featherstone in Verbindung gebracht hat?«

Sein Kopf schoss in die Höhe. »Nein, nein. Ich bin fertig. Ich ziehe niemanden mehr mit hinein und lasse die Sache nicht weiterlaufen. Es hört jetzt auf.« Er wischte sich über die Augen und stand auf. »Ich wollte, dass Sie die ganze Geschichte kennen.«

Coop beobachtete, wie der Richter sich umdrehte und aus dem Fenster blickte, um die Lichter und Spiegelungen des Flusses zu betrachten. »Sagen Sie allen, dass es mir leidtut.« Bevor Coop reagieren konnte, sah er das Glitzern in der Hand des Richters. Coop sprang von seinem Stuhl auf, als das Geräusch des Schusses im Raum widerhallte. Der Richter fiel mit einem dumpfen Aufprall zu Boden, bevor Coop ihn erreichen konnte. Unbewegte Augen starrten zu Coop auf. Er legte seine Finger an den Hals des Richters, fand aber keinen Puls. Der Klang von Kates Stimme, die ihm ins Ohr schrie, lenkte Coops Aufmerksamkeit von der dunklen Blutlache ab, die sich unter dem Kopf des Richters gebildet hatte.

»Mir geht es gut, Kate. Richter Hunt ist am Boden. Er hat sich erschossen.«

»Ich komme gerade durch die Tür im Erdgeschoss. Ich bin auf dem Weg.«

Coop trat zurück und entfernte sich von der Leiche. Er lenkte seinen Blick zu den Fenstern. Der sonst makellose Blick auf die Stadt unter ihm wurde durch Blutspritzer und ein langes Rinnsal unterbrochen, das am Glas herunterlief.

# KAPITEL NEUNZEHN

Schnelle Schritte und Kates Stimme, die nach zusätzlicher Verstärkung rief, hallten den Flur zum Büro von Richter Hunt hinunter. Kate sah sich die Szene an und fragte Coop: »Bist du sicher, dass es dir gut geht?«

Er saß auf einem der Stühle, die vom Schreibtisch entfernt waren, und nickte. »Hast du alles gehört?«

»Ja, wir haben alles, und es ist aufgezeichnet.« Das Geräusch von eiligen und schweren Stiefeln kam aus dem Korridor, gefolgt vom Eintreten mehrerer Beamter. Kate führte Coop in einen Konferenzraum und bat ihn, seine Aussage aufzunehmen. Techniker trafen mit Kameras und Ausrüstung ein, um den Tatort zu sichern. Er hörte, wie Kate anordnete, dass alle Sicherheitsbeamten im Gebäude festgehalten werden sollten, ohne Zugang zu Kommunikation. Sie wollte nicht, dass die Nachricht schon durchsickerte.

Dr. Lawrence war innerhalb weniger Minuten vor Ort und überwachte den Abtransport der Leiche von Richter Hunt. Coop beendete gerade seine Aussage, als das

Quietschen der Räder der Trage, die sich den Flur hinunterbewegte, die relative Ruhe durchbrach. Obwohl er mehrere Räume entfernt war, stieg ihm der metallische Geruch von Blut in die Nase. Er suchte gerade nach Taschentüchern, als Kate durch die Tür kam.

»Kannst du nach Hause fahren? Ich werde noch ein bisschen länger hierbleiben.«

»Ich fahre zum Revier und melde mich bei AB. Ich bin in der Lage zu fahren. Hast du Ben Bescheid gesagt?«

Sie nickte. »Ich habe ihn angerufen.« Sie nahm sich einen Stuhl am Tisch und Coop setzte sich zu ihr. »Er ist besorgt. Er denkt, dass es ein Fehler war, nicht früher zu handeln. Wir sind immer darauf bedacht, den Fall gerichtsfest abzuschließen, und haben nicht mit Richter Hunts Tat gerechnet.«

»Ein angesehener Richter als Verdächtiger für einen Auftragsmord ist keine leichte Gratwanderung.« Coop atmete aus. »Ich hätte mehr tun müssen, um ihn aufzuhalten.«

»Ich bin mir nicht sicher, ob du etwas hättest tun können. Ich glaube, er war fest entschlossen und hatte einen Plan. Wir haben in seinem Schreibtisch Umschläge gefunden, die an seine Familie adressiert waren, und einer an Hildie.«

»Er muss sich entschieden haben, nachdem wir ihm von Hildies Vergiftung erzählt haben.«

Sie nickte. »Klingt, als hätte er gewusst, dass wir seinen Verbindungen zu Avery und Callie auf der Spur sind.«

»Er hätte die Schande nicht ertragen können. In seiner Vorstellung hatte er für den Unfall mit Patricia Redmond bezahlt. Er rechtfertigte das Geld gegenüber Avery und die Stipendien als eine Art Entschädigung, aber er zog die Grenze bei seiner juristischen Integrität.«

»Seine ganze Identität war darauf ausgerichtet, ein guter

Richter zu sein, und auf diese bevorstehende Ernennung.« Sie nahm die Akte mit Coops Erklärung und stand auf. »Ich muss es seiner Frau und dem Gouverneur sagen.«

»Es tut mir leid, Kate. Ich wünschte, ich hätte etwas tun können oder früher erkannt, was er vorhatte.«

Sie schaute auf ihre Uhr. »Ricky soll sich in etwa einer Stunde mit Featherstone in Verbindung setzen. Jimmy leitet die Operation, aber ich werde dafür sorgen, dass ich bis dahin wieder da bin.« Sie legte Coop die Hand auf die Schulter. »Du und AB solltet euch etwas ausruhen. Wir rufen euch an und sagen euch, was passiert. Wir halten die Sache unter Verschluss. Ich kann nicht riskieren, dass Featherstone Wind von Richter Hunts Tod bekommt.«

»Sieh nur zu, dass du den Mistkerl erwischst, Kate.« Durch ein Gewimmel von uniformierten Beamten bahnte sich Coop seinen Weg aus dem Gebäude. Er fuhr zum Revier und fand AB, die auf ihn wartete. Sie stand auf und umarmte ihn in einer langen und stillen Umarmung. Sie löste ihre Arme und sagte: »Lass uns von hier verschwinden!«

Er fuhr zu einem Diner und gönnte sich eine Tasse Kaffee, ohne dass AB ihn wie üblich streng ansah, wenn er sich über ärztliche Anordnungen hinwegsetzte. Jeder von ihnen bestellte ein Stück Kuchen und versuchte, sich von dem anstrengenden Tag zu erholen, den sie hinter sich hatten.

»Morgen ist Heiligabend«, sagte AB. »Hoffentlich können wir dann Callies Eltern anrufen und ihnen sagen, dass es vorbei ist.«

»Ja, ich will warten, bis sie Featherstone haben.« Er nahm einen weiteren Schluck aus seiner Tasse. »Ich muss es Hildie sagen.«

Sie runzelte die Stirn. »O ja, das wird nicht einfach sein. Wir warten besser, bis sie fitter ist.«

»Ich werde morgen früh ihre Schwägerin anrufen und ihr die Situation erklären, bevor ich mit ihr spreche.« Er aß seinen Kuchen auf und schob den Teller zur Seite. »Ich habe wieder Appetit. Wollen wir uns eine Portion Käsepommes teilen?«

Sie grinste. »Klar.«

Sie aßen einen Teller mit den gebratenen Kartoffelecken mit Käse und Speck auf, gaben der fleißigen Kellnerin ein großzügiges Trinkgeld und machten sich auf den Weg zurück ins Revier. Sie fanden den Konferenztisch in demselben Zustand vor, in dem sie ihn verlassen hatten, übersät mit Akten und Papierkram.

Kate und Jimmy waren nirgends zu finden, also machten sie sich daran, die Akten zu ordnen und den Arbeitsbereich aufzuräumen. Als sie damit fertig waren, stürmte Kate in den Raum. »Hey, Leute. Ich dachte, ihr würdet zu Hause sein und schlafen.«

»Nein, wir konnten das große Finale nicht verpassen. Habt ihr Featherstone erwischt?«

Ein breites Grinsen breitete sich auf ihrem Gesicht aus. »Jimmy bringt ihn jetzt her. Ricky hat gute Arbeit geleistet und ihn lange genug in der Leitung gehalten, damit wir das Telefon orten konnten. Wir hatten Einheiten im gesamten Stadtgebiet verteilt und konnten ihn erreichen, bevor er sich bewegte.«

Ein uniformierter Beamter betrat den Raum. »Detective Woodman, wir brauchen Sie.«

Kate nickte. »Ihr zwei solltet jetzt gehen. Wir werden noch stundenlang mit Verhören und Anwälten zu tun haben. Morgen früh wissen wir mehr darüber, wo wir mit ihm stehen.«

»Und hoffentlich seine wahre Identität«, sagte Coop. »Ich bin erschöpft«, fügte er hinzu und kramte in ihren Akten.

Kate winkte ihnen zu, als sie dem Beamten den Flur hinunter folgte. AB gähnte einige Mal auf der Fahrt zu Camille. Coop riss das Fenster auf, um eine kalte Brise hereinzulassen, in der Hoffnung, sich selbst in einen wachen Zustand zu versetzen.

Er hielt vor dem Haus und sagte: »Du kannst dich gerne im Gästezimmer einquartieren. Es ist immer noch für dich hergerichtet.« Er holte die Akten von der Rückbank und fügte hinzu: »Wir könnten uns morgen früh neu aufstellen und Trevor dazu bringen, die Abhörgeräte zu entfernen, bevor wir zurück ins Büro gehen.«

Sie nickte und gähnte erneut. »Danke, Coop. Ich bin zu müde, um noch klar zu denken, geschweige denn zu fahren.« Sie schlich auf Zehenspitzen den Flur entlang zum Gästezimmer, und Coop ging durch die Tür in seinen Flügel des Hauses. Er fand Gus schlafend vor und warf seine Kleider auf den Boden, bevor er ins Bett fiel.

---

Coop wachte erst am Vormittag auf. Nach einer langen Dusche ging er zu Camille und AB in das Esszimmer. Er nippte an seinem Kaffee, während Mrs. Henderson ihm einen Teller mit Eiern Benedict machte. »Gibt es etwas Neues von Kate?«, fragte er.

AB nickte. »Ich habe angerufen und sie und Jimmy sind nach Hause gegangen, um ein paar Stunden zu schlafen. Sie sagten, sie würde dich vor dem Mittag anrufen und dir ein Update geben.«

Camille drehte eines ihrer Taschentücher in ihrer Hand. »Ich kann nicht glauben, dass Richter Hunt sich umgebracht hat. Und das direkt vor deinen Augen.«

»Es war furchtbar. Eine tragische Geschichte«, sagte er und nahm Mrs. Henderson seinen Teller ab.

»AB hat mir gesagt, dass es noch nicht öffentlich bekannt ist, also werde ich heute im Schönheitssalon nichts sagen.« Sie schaute auf ihre Uhr. »Ich sollte mich besser beeilen. Ich muss nach meinem Friseurtermin noch ein paar Besorgungen machen.«

Sie stand auf und nahm ihre Tasse mit. »Vergiss nicht, heute Abend ist unsere Party, also komm nicht zu spät, Coop.«

»Ich werde hier sein. Mach dir keine Sorgen!« Er nahm noch einen Bissen und sagte: »Oh, ich muss Trevor anrufen.«

»Schon erledigt. Er trifft uns dort um zwölf und sagte, es würde nur ein paar Minuten dauern. Ein Techniker wird uns treffen, um alles als Beweismittel gegen Featherstone aufzunehmen.«

»Hast du gut geschlafen?«, fragte er.

»Wie ein Stein. Dieser Fall hat mich sehr belastet. Ich bin froh, dass er vorbei ist.«

»Ich muss Hildie heute anrufen und die Baxters über das Ergebnis informieren.«

Als Coop seinen letzten Bissen zu sich nahm, klingelte sein Mobiltelefon. »Kate«, sagte er und schaute auf das Display.

»Hey, Coop. Ich wollte dich nur wissen lassen, dass wir Featherstone identifiziert haben. Sein richtiger Name ist Marcus Burns. Er ist ein Auftragskiller und ist daran interessiert, uns für einen Deal Informationen über einige andere Fälle zu liefern. Der Staatsanwalt arbeitet noch an den Details.«

»Für mich wird er immer Featherstone sein. Haben wir ihn dran für Callies Tod?«

»Ja, der Staatsanwalt sagt, das sei solide. Avery auch. Wir

müssen abwarten, bis die Vereinbarung, die sie treffen, abgeschlossen ist. Ich weiß nicht genau, was er hat, aber sein Anwalt spielt im Moment ein hypothetisches Spiel. Featherstone sagte, dass Richter Hunt ihn durch jemanden im Büro des Gouverneurs kontaktiert hat. Er will keine Namen nennen, bis er einen Deal hat, aber es klingt, als wäre es jemand aus dem inneren Kreis des Gouverneurs gewesen.«

»Ich werde Callies Eltern anrufen und ihnen Bescheid sagen. Ich habe vor, heute mit Hildie zu sprechen und ihr die Neuigkeiten über Richter Hunt mitzuteilen.«

»Darum beneide ich dich nicht. Seine Frau war am Boden zerstört, als ich die Meldung überbrachte.« Er hörte, wie sie einatmete. »Und der Gouverneur auch. Ich habe Featherstones Enthüllung über die Verbindung zu jemandem in seinem eigenen Büro nicht erwähnt.«

»Hat die Presse schon Wind von dem Selbstmord bekommen?«

»Noch nicht, aber das wird heute geschehen. Es klingt, als wolle der Gouverneur den Eindruck erwecken, Richter Hunt sei schwer krank gewesen und habe sich das Leben genommen. Er möchte nicht mit den Vergehen von Richter Hunt in Verbindung gebracht werden.«

»Politiker enttäuschen nie, nicht wahr? Die denken immer nur an sich selbst.«

»Ich fühle mit Hunts Familie. Sie hatten keine Ahnung von der Vereinbarung mit Avery oder dem Unfall. Er hatte es all die Jahre geheim gehalten.«

»Apropos Geheimnisse, Mrs. Redmond verdient es, alles zu erfahren.« Er sah, wie AB vom anderen Ende des Tisches aus nickte. »AB und ich können sie heute besuchen.«

»Das wäre großartig. Ben verlässt Seattle am Tag nach

Weihnachten. Jen und die Kinder werden bleiben und später nach Hause kommen.«

»Armer Kerl. Ich wette, es war die Hölle für ihn, bei all dem nicht hier zu sein.«

Kate gluckste. »Ja, er wollte vor ein paar Tagen nach Hause kommen, aber ich glaube, Jen hat ein Machtwort gesprochen.«

»Frohe Weihnachten, Kate! Ich nehme mir die nächste Woche frei, also ruf mich auf dem Handy an, wenn du etwas brauchst.«

Er legte auf und AB schlug vor, dass sie Mrs. Redmond auf dem Weg zu Trevor im Büro besuchen sollten. AB nahm ihr eigenes Auto und folgte ihm.

Mrs. Redmond öffnete die Tür, begrüßte die beiden und führte sie in das Esszimmer. »Meinem Mann geht es immer noch nicht gut, also setzen wir uns hier hinein, um ihn nicht zu stören.« Sie bot ihnen Tee und selbstgebackene Kekse an.

»Es tut uns leid, dass wir wieder unangekündigt vorbeikommen, aber es gibt Neuigkeiten«, sagte Coop.

Die alte Frau saß auf der Kante ihres Stuhls, die Hände vor sich verschränkt. »Wissen Sie, was mit Patricia passiert ist?«

Er nickte und sah AB in die Augen. »Das tun wir.« Er erzählte von dem Unfall, an dem zwei Jungen von der Camden Academy beteiligt waren, die Patricia angefahren hatten. Er ging nicht auf den Plan ein, den Richter Hunt mit Avery ausgeheckt hatte, und auch nicht auf die Art und Weise, wie Avery zu Tode kam, aber er nannte ihr die Identität des Fahrers. »Er wurde später Anwalt und dann Richter. Er ist derjenige, der das Stipendium einrichtete und dafür sorgte, dass Amy aufs College ging.«

Mrs. Redmonds wässrige Augen starrten ihn an, als er fortfuhr, die Einzelheiten von Richter Hunts Selbstmord zu schildern, als er mit Patricias Tod und den darauf folgenden Verbrechen konfrontiert wurde, die er beging, um ihn zu verheimlichen.

»Sie waren bei ihm, als er sich umgebracht hat?« Ihre Stimme zitterte, als sie das fragte.

»Ja, Ma'am. Ich weiß, dass sein Kummer darüber, was er mit achtzehn Jahren getan hat, echt war. Ich weiß auch, dass das Ihren Schmerz und Verlust nicht mindert. Er versuchte, Patricia wiedergutzumachen, indem er für Amy sorgte. Es war der beste Weg, den er kannte, um seine Taten wiedergutzumachen.«

Ihre trockenen Lippen bebten und sie nickte. »Wir wollten eigentlich Weihnachten zu Amy fahren, aber da mein Mann so krank ist, können wir das nicht tun.«

»Wenn Sie möchten, dass ich es Amy sage, kann ich sie gerne kontaktieren«, bot Coop an.

Sie schüttelte den Kopf. »Nein, sie muss es von der Familie erfahren. Sie weiß, dass ihre Mutter gestorben ist, als sie noch klein war, aber ich habe ihr lange nicht die Geschichte von der Fahrerflucht erzählt, erst sie viel älter war. Jetzt kann ich ihr den Rest der Geschichte erzählen.«

»Geht es Ihnen gut, Mrs. Redmond?«, fragte AB und legte ihre Hand auf die der Frau.

Stumme Tränen liefen ihr über das Gesicht und sie tupfte sie mit einem Taschentuch ab. »So viele Leben wurden ruiniert. Jetzt wird die Familie von Richter Hunt wegen all dem für immer leiden.«

»Möchten Sie, dass wir Amy oder jemand anderen anrufen, der jetzt bei Ihnen ist?«, fragte AB.

Die Frau lächelte schwach. »Nein, Amy wird bald hier sein. Da wir dieses Jahr nicht verreisen können, verbringt sie Weihnachten bei uns.«

»Es tut mir sehr leid, Mrs. Redmond. Wenn wir noch

etwas für Sie tun können, lassen Sie es uns bitte wissen. Sie können Amy gerne unsere Nummer geben, wenn sie mit uns sprechen möchte.« Coop stand auf und gab Mrs. Redmond seine Karte. »Ich hoffe, Ihrem Mann geht es bald besser.«

Sie drehte das Taschentuch in ihren Händen und sagte: »Ich bin dankbar, dass Sie gekommen sind, um mir zu sagen, was Sie herausgefunden haben. Ich habe lange darauf gewartet zu erfahren, was mit meinem kleinen Mädchen passiert ist.«

Sie ließen sich selbst hinaus und Coop bemerkte, wie AB sich eine Träne aus dem Auge wischte, als sie zu ihrem Auto ging. »Das war furchtbar«, sagte sie. »Herzzerreißend.«

Er drückte ihre Schulter und wartete, bis sie losgefahren war, bevor er ihr folgte.

---

Sie parkten hinter dem Büro, neben Trevors Wagen. Coop eilte zur Tür: »Tut mir leid, ich bin ein paar Minuten zu spät.«

»Kein Problem. Ich bin in fünf Minuten hier fertig.« Der Spurensicherungstechniker traf ein, als Trevor gerade die Geräte entfernte. Er sammelte sie ein und gab Coop eine Quittung.

Nachdem die beiden gegangen waren, ging Coop in sein Büro, um Hildies Schwägerin anzurufen. Er erreichte sie und war überrascht zu erfahren, dass Hildie aus dem Krankenhaus entlassen worden war und sich in Sandies Haus erholte. Da diese Krankenschwester war, hatte sie sich bereit erklärt, Hildies Pflege zu übernehmen.

Coop erklärte, er hätte eine schlechte Nachricht für Hildie und wollte sichergehen, dass sie stark genug wäre, sie zu empfangen. Er wollte nicht riskieren, dass sie es aus den

Nachrichten oder von jemand anderem erfährt, und Sandie stimmte zu.

Hildie meldete sich in der Leitung. »Coop, wie nett von Ihnen, dass Sie anrufen.« Ihre Stimme war kräftig und unverändert.

»Ich bin so froh, dass es Ihnen besser geht. Ich habe ein paar Neuigkeiten in Bezug auf Ihre Vergiftung und den Rest dieses verdrehten Falles.« Er fuhr fort, die ganze schmutzige Angelegenheit zu erklären, angefangen mit der Fahrerflucht vor über dreißig Jahren. Er hörte, wie Hildie mehrmals scharf einatmete, aber jedes Mal, wenn er sich nach ihrem Wohlergehen erkundigte, drängte sie ihn, fortzufahren.

Er machte eine Pause, nachdem er erklärt hatte, dass sie mit dem für Richter Hunt bestimmten Whiskey vergiftet worden war. »Er wollte, dass Sie wissen, wie schrecklich er sich fühlte, dass Sie durch all das geschädigt wurden.«

»Das ist alles einfach schrecklich. Ich hätte nie gedacht, dass Richter Hunt in so etwas wie Korruption verwickelt sein könnte.« Sie seufzte und fragte: »Was wird mit ihm geschehen?«

Coop stärkte sich mit einem tiefen Atemzug. »Hildie, ich fürchte, Richter Hunt hat sich das Leben genommen. Es tut mir leid, dass ich Ihnen die Nachricht am Telefon überbringe, aber ich wollte nicht, dass Sie es woanders erfahren.«

Er hörte Schluchzen, gefolgt von »Oh, nein, nein, nein«. Sie stöhnte und weinte. »Seine arme Familie.«

»Geht es Ihnen gut, Hildie?«

»Ja«, sagte sie mit leiser Stimme. »Ich bin einfach am Boden zerstört. Er war ein anständiger Mann, Coop. Ich weiß, das alles lässt ihn böse und schrecklich erscheinen, aber er war ein ausgezeichneter Richter und Mensch. Ich hätte nie gedacht, dass er zu so etwas fähig ist.«

»Was werden Sie jetzt tun?«, fragte er.

Sie schniefte und atmete lange aus. »Ich bin mir nicht sicher. Meine Schwester und mein Bruder möchten, dass ich in die Gegend von Denver ziehe. Sie hätten mich gern näher bei sich. Ich habe ihnen gesagt, dass ich Richter Hunt nicht im Stich lassen will, aber jetzt …«

»Sie müssen sich ausruhen und erholen, bevor Sie eine wichtige Entscheidung treffen.«

»Ich rufe Sie an, wenn ich darüber nachgedacht habe.« Sie machte eine Pause, bevor sie hinzufügte: »Danke, dass Sie mich angerufen haben, Coop. Ich weiß, dass das alles nicht leicht für Sie gewesen sein kann.«

»Gute Besserung, und wir sehen uns bald wieder. Ich wünsche Ihnen ein frohes Weihnachtsfest mit Ihrer Familie. Ich bin so froh, dass Sie aus dem Krankenhaus entlassen wurden. Vergessen Sie nicht, dass Sie versprochen haben, sich mit mir auf einen Drink zu treffen.«

Die Erinnerung entlockte ihr ein leichtes Lachen. Sie unterhielten sich noch ein paar Minuten, bevor sie auflegten. Coop rief AB über die Sprechanlage an und bat sie, hereinzukommen, damit sie gemeinsam die Baxters anrufen konnten.

Sie erreichten Arden und Carter, die sie auf Lautsprecher stellten und die ihnen zuhörten, wie sie die ganze Situation erklärten und von Callie berichteten, die über die Verbindung zwischen Richter Hunt und Avery Logan gestolpert war, was zu ihrem Tod geführt hatte.

Wie Hildie waren auch sie schockiert, als sie erfuhren, dass Richter Hunt involviert gewesen war. Sie dankten Coop und AB für ihre Arbeit an dem Fall. Arden bat Coop, eine Abschlussrechnung zu mailen, und versprach, einen Scheck zu schicken. Sie verabschiedete sich, um sich um die

Weihnachtsvorbereitungen zu kümmern, aber Carter blieb in der Leitung.

»Mr. Harrington, ich möchte Ihnen dafür danken, dass Sie John geholfen haben, alles klar zu sehen. Er hat die Entscheidung getroffen, sich von Winnie scheiden zu lassen. Es war schwierig, aber ich denke, sein Leben wird sich zum Besseren wenden, wenn er das hinter sich gelassen hat. Und meine liebe Annabelle. Danke, dass Sie Callies Freundin waren. Ich bin so froh, dass sie Sie in ihrem Leben hatte.« Seine Stimme stockte, als er fortfuhr: »Ich werde mich immer an Ihre Freundlichkeit gegenüber meinem kleinen Mädchen erinnern.«

Sie verabschiedeten sich und Coop drückte auf den Knopf am Lautsprecher. »Uff, bis jetzt war der Tag deprimierend.«

AB tupfte sich die Augen mit einem Taschentuch ab. »Nicht der beste Heiligabend, an den ich mich erinnern kann.«

»Hast du deinen Flug umgebucht?«

»Ja, auf morgen Nachmittag.«

»Am ersten Weihnachtstag?«

Sie nickte. »Tante Camille hat mich für heute Abend zu ihrer Weihnachtsfeier eingeladen. Flüge für morgen waren leicht zu bekommen. Offenbar will niemand am ersten Weihnachtstag fliegen.«

»Das ergibt Sinn. Es wäre schön, wenn du heute Abend dabei wärst. Ich könnte jemanden im Alter von unter siebzig Jahren gebrauchen.«

»Das wird lustig. Deine Tante ist eine Wucht.« Sie warf ihre Taschentücher in den Papierkorb. »Ich habe ein Schild aufgehängt, auf dem steht, dass wir bis Januar geschlossen haben, und eine Nachricht auf den Anrufbeantworter gesprochen. Ich muss noch ein paar Besorgungen machen, bevor die Party heute Abend steigt.«

Coop nickte, »Natürlich. Ich hatte selbst noch keine Zeit, Weihnachtseinkäufe zu machen.« Er schaute auf seine Uhr. »Ich bin in ein paar Stunden zu Hause.« Er stand auf und Gus sprang von seinem Stuhl auf, um ihm zu folgen.

Er löschte das Licht und vergewisserte sich, dass die Türen abgeschlossen waren, bevor er sich auf die Suche nach ein paar Geschenken machte, die er brauchte.

---

Camilles Haus war erfüllt von Geschnatter und Gelächter, als sechs ihrer Freundinnen mit Coop und AB das Fest feierten. Es erklangen Weihnachtslieder, und Mrs. Henderson hatte ein üppiges Buffet aufgebaut. Ein riesiger Turm mit Obst und anderen Leckereien war von Lola Belle und Daisy geliefert worden.

Die Frauen, gekleidet in glitzernde Festtagskleider, wuselten durch die dekorierten Wohn- und Esszimmer, besuchten und genossen das extravagante Festmahl und bewunderten Camilles Dekorationen. Coop fungierte als Barkeeper und versorgte die Damen mit Whiskey Sours, Old Fashioneds und Mint Juleps. Schließlich waren sie stolze Tennesseans und genossen ihren Whiskey.

Die Damen tauschten Geschenke aus und ließen den Abend mit Champagner und einer dekadenten Auswahl an Desserts ausklingen, darunter Camilles berühmte Bourbon-Torte mit braunem Zucker und eine festliche Eierlikörtorte.

Die Limousine, die Camille für ihre Gäste gemietet hatte, wurde am Ende des Abends gerufen. Coop half allen Damen mit ihren Pelzmänteln und trug ihre Taschen zur Auffahrt. Sie kicherten auf dem Rücksitz der Limousine, beschwipst von ihren Feiertagsgetränken. Als sie drinnen saßen, gab Coop dem Fahrer ein Zeichen und Tante Camille winkte zum Abschied, bis das Auto außer Sichtweite war.

Sie nahm Coops Arm und sie kehrten in die Wärme des Hauses zurück. AB war damit beschäftigt, Geschirr einzusammeln und die Küche aufzuräumen. »Lass das stehen!«, sagte Camille. »Ich habe eine Überraschung.«

AB folgte ihnen ins Wohnzimmer. Camille überreichte jedem von ihnen eine elegante, als Geschenk verpackte Schachtel. AB öffnete ihre Schachtel und fand ein helles Sommerkleid und Sandalen, passend für ihren Strandurlaub. »Oh, das ist fabelhaft. Ich kann es kaum erwarten, es zu tragen.« Sie umarmte Camille.

»Mach schon, Coop, öffne deins«, drängte Camille mit einem Funkeln in den Augen.

Er kramte in seinem Paket und fand ein Hemd mit tropischem Muster, Shorts und eine Badehose. Seine Augenbrauen zogen sich in Falten, als er sich weiter durch das Papier wühlte und einen großen Umschlag zutage förderte.

Er öffnete ihn und schob eine Mappe mit Flugtickets und einer Reservierung für ein Resort auf den Bahamas heraus. Camille vibrierte vor Begeisterung, als sie ihm beim Lesen der Unterlagen zusah. Sie konnte es kaum erwarten, bis er fertig war, und platzte heraus: »Wir werden AB und ihre Familie auf den Bahamas besuchen.«

Coop zog bei AB die Augenbrauen hoch. »Wusstest du davon?«

»Ich kann weder bestätigen noch dementieren, dass ich von dem genannten Ereignis weiß.« Sie versuchte, ein Kichern zu unterdrücken. »Nachdem du deiner Mutter gesagt hattest, dass ihr beide mit mir kommen würdet, hielt Camille das für eine ausgezeichnete Idee.«

»Wir sind in der Villa neben AB untergebracht. Das ist ein tolles Haus, direkt am Strand. Wir fliegen morgen mit AB ab. Mr. und Mrs. Henderson werden in einem Gästezimmer wohnen und sich um Gus und das Haus kümmern.«

Coop lächelte und stand auf, um seine Tante zu umarmen. Er riss sie von ihrem Stuhl und wirbelte sie herum, bevor er sie wieder absetzte. »Danke, Tante Camille.«

Sie kreischte und kicherte, als sie sich wieder auf ihren Platz setzte. »Ich dachte, du hättest eine Pause verdient von all der Plackerei und dem Chaos, das du erlebt hast.« Sie hielt seine Hand fest. »Eine Änderung der Tradition wird uns beiden guttun.«

Camille holte ihre neue tropische Garderobe hervor, die sie für diese Reise gekauft hatte. Die drei probierten die neueste Strandmode an, und Coop schlang seine Arme um seine Tante und AB. Im Lichterglanz sah er ihr Spiegelbild in einem der großen Ornamente am Baum. Statt Winterkleidung waren es Blumenkleider, Shorts und ein leuchtend rosa Sonnenhut auf Camilles weißem Kopf, die den Beginn ihres diesjährigen Urlaubs ankündigten. Er grub seine Füße in den Teppich und konnte fast den warmen Sand zwischen seinen Zehen spüren.

Vor lauter Freude drückte Coop seiner Tante einen Kuss auf die Wange und drückte AB die Schulter. »Das wird ein tolles Weihnachtsfest mit meinen beiden Lieblingsmädchen.«

# EPILOG

*Tödliche Verbindung* ist das zweite Buch der Cooper-Harrington-Detektivromane. In jedem Buch der Serie werden Sie einen neuen Fall entdecken, aber die Charaktere, die Sie kennengelernt haben, werden in der Serie weiterleben. *Tödlicher Fehler* ist das nächste Buch. Die Bücher müssen nicht der Reihe nach gelesen werden, aber es macht mehr Spaß, wenn Sie es tun, da Sie im Laufe der Serie mehr über Coops Hintergrundgeschichte erfahren. Lesen Sie weiter, um weitere Krimis zu entdecken, die Sie bis zum Ende in ihren Bann ziehen. Wenn Sie die Bücher von Coop zum ersten Mal lesen, sollten Sie sich die anderen Romane der Reihe nicht entgehen lassen.

Falls Sie etwas verpasst haben, finden Sie hier die Links zur gesamten Serie in der richtigen Reihenfolge.

Mörderische Musik
Tödliche Verbindung

Tödlicher Fehler
Kalter Mörder

# DANKSAGUNG

Ich liebe Coop und AB und hatte so viel Spaß beim Schreiben von *Tödliche Verbindung*. Wie das erste Buch der Cooper-Harrington-Detektivserie war es eine Herausforderung, das Geheimnis und die Hinweise zu konstruieren, aber es hat Spaß gemacht. Ich mag das Rätsel um die Lösung des Falles mit Coop und bemühe mich, dem Leser eine unterhaltsame Lektüre mit vielen Wendungen und Überraschungen zu bieten.

Mein Lieblingsteil beim Schreiben von Romanen ist die Entwicklung von Charakteren. In diesem Buch erfährt der Leser ein bisschen mehr über Coops Hintergrund und bekommt einen Einblick über das Verhältnis zu seiner Mutter. Ich hatte viel Spaß mit einigen anderen Nebenfiguren, vor allem mit Audrey. Wie auch *Mörderische Musik* ist dieses Buch ein Ableger von meiner Hometown-Harbor-Reihe im Frauenroman-Genre, aber ich plane, Coop bald in einen anderen Fall zu verwickeln, und ein neues Buch wird bald erscheinen.

Wie immer bin ich meinen ersten Lesern dankbar, die fleißig meine Manuskripte lesen. Theresa, Vicki, Dana und Jana waren so freundlich, meine Entwürfe zu lesen und mir wertvolles Feedback und Ideen zu geben. Mein Vater ist eine großartige Quelle für Fachwissen in Sachen Kriminalität, da er seit über dreißig Jahren im Polizeidienst tätig ist.

Ich liebe die neuen Cover, die ich von Elizabeth Mackey Graphic Design verwende. Sie ist sehr talentiert und enttäuscht mich nie.

Ich bin dankbar für die Unterstützung und Ermutigung meiner Freunde und Familie, während ich meinen Traum vom Schreiben weiter verfolge. Ich danke allen Lesern, die sich die Zeit genommen haben, eine Rezension auf Amazon oder Goodreads zu schreiben. Diese Rezensionen sind besonders wichtig für die Förderung zukünftiger Bücher, wenn Ihnen also meine Romane gefallen, sollten Sie eine Rezension hinterlassen. Ich empfehle Ihnen auch, mir bei den großen Buchhändlern zu folgen, damit Sie als Erstes über Neuerscheinungen informiert werden.

Vergessen Sie nicht, meine Website unter www.tammylgrace.com zu besuchen oder mir auf Facebook unter www.facebook.com/tammylgrace.books zu folgen, um in Kontakt zu bleiben – ich würde mich freuen, von Ihnen zu hören.

Christmas Sisters: Soul Sisters at Cedar Mountain Lodge

Christmas Wishes: Soul Sisters at Cedar Mountain Lodge

Christmas Surprises: Soul Sisters at Cedar Mountain Lodge

Christmas Shelter: Soul Sisters at Cedar Mountain Lodge

**Glass-Beach-Cottage-Reihe**

Beach Haven

Moonlight Beach

Beach Dreams

**The-Wishing-Tree-Reihe**

The Wishing Tree

Wish Again

Overdue Wishes

**Sisters-of-the-Heart-Reihe**

Greetings from Lavender Valley

Pathway to Lavender Valley

**Bücher von Casey Wilson:**

A Dog's Hope

A Dog's Chance

Tammy freut sich über den Kontakt mit ihren Lesern in den sozialen Medien und hofft, dass Sie sie auf Ihrer Lieblingsplattform finden. Vergessen Sie nicht, sich in ihre Mailingliste einzutragen, um ein exklusives Interview mit den Hunden aus ihren Büchern zu erhalten, das nur für Leser auf ihrer Mailingliste zugänglich ist. Folgen Sie diesem Link, um sich anzumelden unter https://wp.me/P9umIy-e.

# ÜBER DIE AUTORIN

Tammy L. Grace ist eine USA Today-Bestsellerautorin und preisgekrönte Autorin der Cooper-Harrington-Detektivromane, der Bestseller-Serie Hometown Harbor und der Glass Beach Cottage-Serie sowie mehrerer süßer Weihnachtsromane. Tammy schreibt auch unter dem Pseudonym Casey Wilson für Bookouture und Grand Central Publishing. Sie finden Tammy online unter www.tammylgrace.com, wo Sie ihrer Mailingliste beitreten und Teil ihrer exklusiven Lesergruppe werden können. Verbinden Sie sich mit Tammy auf Facebook unter www.facebook.com/tammylgrace.books oder auf Instagram unter @authortammylgrace.